U0907408

IZAAK WALTON | CHARLES COTTON

THE COMPLEAT ANGLER OR THE CONTEMPLATIVE MAN'S RECREATION

钓客清话

博 物 图 鉴 版

[英] 艾萨克 · 沃尔顿 ——著
[英] 查尔斯 · 科　顿 ——著
阮建中——译

中国 · 武汉

图书在版编目（CIP）数据

钓客清话：博物图鉴版 /（英）艾萨克·沃尔顿，（英）查尔斯·科顿著；阮建中译.
-- 武汉：华中科技大学出版社，2018.10
（蓝知了）
ISBN 978-7-5680-3993-2

Ⅰ. ①钓… Ⅱ. ①艾… ②查… ③阮… Ⅲ. ①散文集—英国—近代 Ⅳ. ① I561.64

中国版本图书馆 CIP 数据核字 (2018) 第 138541 号

钓客清话（博物图鉴版） [英] 艾萨克·沃尔顿，[英] 查尔斯·科顿 著 阮建中 译
Diaoke Qinghua
Bowu Tujianban

策划编辑：刘晚成
责任编辑：黄 验
责任校对：张会军
责任监印：朱 玢
插图整理：刘晚成 靖 成
装帧设计：璞茜设计
出版发行：华中科技大学出版社（中国·武汉） 电话：（027）81321913
武汉市东湖新技术开发区华工科技园 邮编：430223
印 刷：武汉精一佳印刷有限公司
开 本：710mm × 1000mm 1/16
印 张：24
字 数：379 千字
版 次：2018 年 10 月第 1 版第 1 次印刷
定 价：89.80 元

華中出版

本书若有印装质量问题，请向出版社营销中心调换
全国免费服务热线：400-6679-118 竭诚为您服务

导 言

在鉴别人品的时候，我们总是以“物以类聚，人以群分”为衡量标准，虽然不尽科学，但不同群体的各自优劣，也足以明证各个群体之中群聚之人品位的高雅和低俗。在形形色色的群体中，有那么一群淡泊明志之人，抱着人终究不过是一抔黄土掩白骨的心态，采取与世无争的生活态度，追求心灵之净美和道德之高尚，一如浮于空中的尘埃，即便十分渺小，亦不甘与泥土与凡俗之辈同流合污。由于没有追名逐利的锐意和勇谋，这种人无形之中就显得柔弱一些，但实际上，面对“人为财死，鸟为食亡”的明争暗斗和尔虞我诈，他们却是不战而胜。世人为名利所累，困困苦苦，茶饭不思，夜不能寐，他们却“不正经”地追求人生的雅兴。君不见，身健体强之人，正精神抖擞地赛一段小跑！追逐名利和淡泊名利是两种截然不同的人生态度，前者或许更具成功之哲学，但不可否认的是，后者更具人性之本质。淡泊之人，更能写就“异端”的传奇故事之书，心性柔和之人细细读来，必能从中开辟宁静致远的途径，曲径通幽之中，似有柔美之乐，无须热闹的伴奏，独自轻缓地流淌。大漠孤旅之人，无论是服从宿命的安排，抑或听从心灵的呼唤，总是一意孤行，在旅途的终点，一旦发现没有收获，便立即能以未曾失去的东西用以抵充，从而一如既往的满腹平和。自古英雄谁无死？即便人生注定是失败，在生命终结之时，他们依然认为，与世纷争越少，人生的惬意就越多。

与淡泊之人相比，另一种人无疑就是权贵之人。权贵之人往往都是高官厚禄，确实辉煌无限。但淡泊之人追求的是平平淡淡的人生旅途中无处不在的高贵品质，于他们而言，品质高贵之人才是真正的贵族，品质高贵之名才是真正的名声。

在淡泊之人中，有的遁于尘世之外，默默修行，有的逆行于尘世之河，击楫中流。繁华世界，茫茫人海，其间却有很多与世隔绝的隐者，所谓“大隐隐于市”。对于不必要的身外之物，他们视而不见，无意取之，总是尽力与尘世隔绝，独善其身，过着平庸而卑微的生活。飞黄腾达的权贵之人自然不甘平庸卑微，追求高官厚禄之际，贪奸之中自然就失去了人性的辉煌，告老还乡之时貌似庄严威武，实则身贬名贱，街谈巷议之中，便不足挂齿。尽管他们自认为是功成名就后的衣锦还乡，但在品行上因灭绝人性丧尽天良，终究还是遭人唾弃。

与权贵之人形成鲜明对比的淡泊之人比比皆是，最典型的人物莫过于《钓客清话》（*The Compleat Angler*）或者《闲思偶得》（*The Contemplative Man's Recreation*[①]）的作者艾萨克·沃尔顿（Izaak Walton）。这是一个精神矍铄、自得其乐的耄耋之人，有生之年，仅凭自己的品性就赢得无数文人雅士青睐，一生挚友无数。其心性之友善，从不与人纷争；其行为之审慎，绝不损人利己；其营生之道，胜过其入账之金。而且，此人身健气朗，活力无穷，毕生清流垂钓，乐此不疲。除此之外，他更看重修身养性，鸿儒谈笑之间，他总是取人之长，补己之短。“品行高尚悦己者交”是他交友的基本原则，著书立说者、韬国略家者、敬神仰仙者、拘礼谨节者、种田挖地者，无论贵贱长幼，只要心和气蔼，均能赢得这位卖布出身的垂钓大师的芳心。尽管人生坎坷，愁闷连绵，但他与生俱来的风雅，恰如出泥之莲，经年不灭。文如其人，其心性之温静，

① 《钓客清话》的别名。

足现于作品之字字句句。读其作品，不难发现，他似乎在历经长途跋涉之后，终于找到了一方清雅的乐土。毋庸讳言，初始写作之际，他文笔欠佳，但几经修炼，文采突飞猛进，与之前已判若两人。其笔力之进步，亦如其人品之历练，文如其人，人如其文，如日月当空，两相辉映。

毫无疑问，初涉垂钓之时，艾萨克·沃尔顿尚年幼无知，斯塔福郡的河边溪际，闪现的不过是个幼童学徒的身影，有幸生于此地，可谓是莫大的福分。可是，祸福两相依，艾萨克·沃尔顿出生不到三年，他的父亲杰维斯·沃尔顿（Jervis Walton）便撒手人寰。据说，他的母亲仙逝更早。艾萨克·沃尔顿父亲的生平不详，他母亲则连姓氏都无处考证。他的发妻是雷切尔·弗拉德（Rachel Floud），他的岳父埃德蒙德·克兰麦（Edmund Cranmer）是坎特伯雷市（Canterbury）的领班神父。艾萨克·沃尔顿的第二任妻子名叫安妮·肯（Anne Ken），是巴斯市（Bath）德高望重的主教托马斯·肯（Thomas Ken）同父异母的妹妹。艾萨克·沃尔顿的子女也非常有涵养，而且都很成器。他作为牧师的儿子步步高升，最终成为索尔兹伯里大教堂（Salisbury Cathedral）的教士。他女儿嫁给了霍金斯博士（Dr. Hawkins），霍金斯是温彻斯特市（Winchester）的受俸牧师。由此看来，子女们都是青出于蓝而胜于蓝。艾萨克·沃尔顿青少年时期状况如何？他是否能够正常地上学？是否能够按时去教堂做祷告？学习垂钓时是否聪颖善学、技艺有成？这些我们都不得而知。毋庸置疑的是，就他自己的品性而言，他绝对是朋友遍天下的，只是我们对他的生平不甚了解而已。我们对他的了解恰如对莎士比亚的了解一样少得可怜，只知道他的出生地，或多或少受过正规教育，去了伦敦，谋得一份职业，恋爱，结婚，建立了社会关系，最终名扬天下。

艾萨克·沃尔顿于1618年来到伦敦，此前的生平经历我们一无所知。来到伦敦后，他的名字首次出现在五金业主名册上，但我们不能据此来推断艾萨克·沃尔顿就是五金贩子出身，因为就像前面提到过的，按更早给他写传记的作者记录，他是布贩出身。在我看来，艾萨克·沃尔顿是布贩出身应该比五金贩子出身更为确凿，就是臆断起来也是如此，因为没有什么证据能够推翻更早期的结论。1626 年他与雷切尔·弗拉德登记结婚时，所写的身份信息是：“伦敦市民，五金贩子。”虽然如此，但并不能推翻他是布贩出身的结论，因为此时不如实地写自己的谋生方式，稍稍言过其实地夸大一点以显得体面是很正常的。任何与艾萨克·沃尔顿一样平和谦逊的人对这种“小饰”都是不经意的，最多只能在他夫人雷切尔·弗拉德的心目中增加那么一丁点分量而已。艾萨克·沃尔顿最早以何营生，我们没有确凿的依据，但内战爆发时，他已家境殷实，可以坐享其成了。因此，自 1644 年开始，他就开始做起了甩手掌柜，过起了闲雅的生活。美中不足的是，他的家庭生活并不轻松快意，最悲催的是他先后痛失七个子女，而且发妻也于 1640 年辞世。也就是在妻亡子故之后，他才有时间开始写作，以《人生》（*The Lives*）和《钓客清话》两部作品享誉全国，从而雄踞英国文坛。

成名之后，艾萨克·沃尔顿过得十分闲雅潇洒，这份闲雅和潇洒可谓登峰造极，除了最傲慢的无礼之徒，没有谁敢说自己能与之争锋。除了物质享受的潇洒之外，他把闲雅的享受发挥到了极致，因为每年春光明媚的五月，他都会去托特纳姆区的山区（Tottenham Hill）和他的忠实钓友纳特（Nat）、阿尔·罗（R. Roe）等欢聚一堂，沿着山溪清流做垂钓的远征。或者，他会去会会挚友，他温雅的举止和促膝的交谈总是让他的朋友觉得幸福无比。在寒冷而漫长的冬夜，他就轻执笔杆，心静如水地为已故的名家作传，以飨对友人的深切追忆。在此期间，艾萨克·沃尔顿并非两耳不闻窗外事，他作为个体工商协会的会长、民事诉讼陪审员、市政监督员等，身兼数职，积极为国计民生服务。虽然他的权力不是很大，但作为一个五十出头的人，能忙中不乱、闲雅有致地处理这些事务，也是足可称道并令人嫉羡的。艾萨克·沃尔顿的生活非常轻松闲适，他能游刃有余地工作休闲两不误，每天都优哉游哉地过着神仙般的日子，因为他懂得生活的意义和本质，他不会愚昧到只埋头工作而把闲雅安逸弃之一边。从五十岁开始，在身心劳逸结合的最佳状态中，艾萨克·沃尔顿继续生活了四十多年，既活力十足，又心静如水，真正享受了莫大的人生乐趣。虽然年岁日增，艾萨克·沃尔顿却体不衰，心不老，耳聪目明，腿脚灵便，对生活的兴致丝毫不减，因为在年近五十岁写第一部作品时和在八十五岁高龄写《人生》时，他笔端流淌的是同等的轻松愉悦，从中我们足以看出他眼不花、脑不钝。当然，毕竟岁月不饶人，随着年岁渐长，他的体力自然而然地日渐下降，直到九十一岁的时候，一次严霜上的意外失足结束了他的一切。纵观艾萨克·沃尔顿毕生的作品，我们既找不到半点奋笔疾书的痕迹，也找不到半点取悦读者的痕迹，更找不到半点借书成名的痕迹。艾萨克·沃尔顿的笔墨是温润的，当他提笔的时候他总是随性而写，而且，他不想取悦任何人，如果有，那个人只会是他自己。

艾萨克·沃尔顿自从做了甩手掌柜之后的六七年间，似乎频繁地更换住所，他有时住在他的出生地，有时住在伦敦，但更多的是住在一些英国知名牧师的家里面。据说，那些牧师对他的到来个个都是喜出望外。实际上，艾萨克·沃尔顿的挚友中，多数都是神职人员，如果我们能理解他是如何和形形色色的人物“物以类聚”的话，就会发现这是个很有趣的现象。与人交往中，在品性和兴致上谁越和艾萨克·沃尔顿相近，他就越能和谁心心相印。有史料记载，“著名学者兼政客亨利·沃顿、世界著名幽默大师查尔斯·科顿、著名历史学家福勒、时称将永载史册现在基本上被后人淡忘的黑尔斯、仁慈而学富五车的博士哈蒙德、英国首位艺术大师多恩、真正意义上的逻辑专家和英国基督教的布道者奇林沃思、主教莫雷、主教金、主教沃德、主教桑德森、主教莫顿、主教肯恩、大主教厄舍、大主教谢尔登等，都是艾萨克·沃尔顿的金兰兄弟。”

在艾萨克·沃尔顿的众多“兄弟”中，艺术大师多恩是不容忽视的，正是因为他自始至终所起的桥梁和纽带的作用，才使得艾萨克·沃尔顿能和更多的高朋相识相交。最初与多恩相识时，艾萨克·沃尔顿住在韦斯特的圣·邓斯坦教区，他以教区牧师的身份与多恩结识，他们似乎“一见钟情”，不久就变得形影不离，在随后长达 20 年的交往中，这种亲密友情从未出现过丝毫裂痕。在通往圣职的道路上，多恩花了多年的心血却总不得志，而当他最终如愿以偿的时候，他已经是个饱经风霜之人，这些风霜把他打磨得十分淡泊，但他这种淡泊绝不是豁达坚韧中的平静，而是谦逊低调，甚至是略带畏缩的清心寡欲。他晚年的精神生活简朴得近于苦行，他很懊悔年少之时的轻狂，为此他写了几首诗，诗中借一个少年的形象，表达了自己心底的感慨："乳臭未干便放肆狂妄之人，涉世未深必将踏进自己的葬身之地。"看得出，多恩虽曾年轻气盛，但终究还是学会了如何控制自己的血性，轻狂之态也就日渐消失。最终，他和年轻的时候判若两人，变得正直而坦荡，仁慈而虔诚。多恩在他晚年布道的教义和其他作品中，对德行的要求是十分严格的，完全不同于他年轻时体现出来的懒散和放纵。尽管多恩总是借写诗来修炼心性，但他也采用另一个更为纯净的方式，那就是经常聆听能够令人冥想的音乐。这就是多恩，在历经多年的坎坷和延误之后，终于进入神职行列，1623 年，他被正式任命为韦斯特圣・邓斯坦教区的神父。多恩毕生都在坚持不懈地写诗，以诗批判年少轻狂和放荡不羁，晚年的时候依然强烈地想拯救世人的灵魂，他甚至说希望自己能够以身殉职，或者干脆直接死在布道讲坛上。这样的多恩为什么能够深深地吸引艾萨克・沃尔顿？博览群书、阅历丰富、涉足政坛、游历过诸多国家、精通多国语言的艾萨克・沃尔顿又是怎样欣赏沉稳大气、谦逊内敛、才情横溢的多恩？答案是不言自明的。

艾萨克・沃尔顿与多恩的情同手足使得他与多恩的挚友慢慢地也熟识起来，其中就有亨利・沃顿。亨利・沃顿毕业于牛津大学，受俸于詹姆士一世，以国家使节的身份游历过法国、意大利、德国等诸多国家。六十岁的时候，他做了伊顿公学院的院长，熟悉他的人说："他的思想所达到的高度，使他不必再刻意对教义作丝毫的冥思以反省自己的行径。"此外，亨利・沃顿在绘画、雕刻和建筑方面都有很高的造诣，被世人传为最德才兼备之人。在他的诸多造诣当中，垂钓的艺术也是不容忽视的，至少，在《钓客清话》中，艾萨克・沃尔顿不厌其烦地提到了他。

1653 年，《钓客清话》正式出版，不久查尔斯・科顿便成了艾萨克・沃尔顿的朋友。在他们的相识中，我们可以看出，对于垂钓的爱好是两人友谊之链的第一个环扣。不经意间读到《钓客清话》之后，酷爱垂钓的查尔斯·科顿就迫不及待地想结识该书的作者。当时，出生于 1630 年的查尔斯·科顿还是个青年，他刚刚在大学里循规蹈矩地完成了学业，显然没有拿到正式学位。对于查尔斯·科顿这个人，我们没有详尽的确凿信息。有人说“他对古希腊、古罗马文学研修颇深”，而事实上，他对古希腊、古罗马文学几乎只知道点皮毛，从他后来所写的作品因错漏百出而闹出笑话就足以窥见一斑。值得肯定的是，当时的查尔斯·科顿对法语倒是掌握得比较到位，因为我们知道他是法国著名作家蒙田的不朽之作《随笔集》的译者，这部著名的译作是大可称道的。还有人说查尔斯·科顿精通意大利语，这是可信的，因为他自己的诗集当中至少引用过十四行诗意大利体创始人彼得拉尔卡的一首诗作。在金钱方面，查尔斯·科顿是典型的随遇而安型，这似乎是他的家庭给他造成的特质，因为他的父亲也曾富甲一方，但过度奢侈的生活使其很快耗尽了所有家财，日日缠身的是无尽的经济官司和债务纠纷。于是，我们最初见到的查尔斯·科顿就是一个自称前途光明但其实前途并无半点光亮的不名一文的二十六岁的小伙子。生活的窘迫使得查尔斯·科顿过早地步入了婚姻，而这场婚姻却又十足的门不当户不对，因为他娶的是骑士托马斯·哈钦森的女儿伊莎贝拉。不过他的草率行事也刚好歪打正着，因为 1658 年他的岳父去世了，给他留下了布拉德福德市最为奢豪的房产。房子的旁边就是德芙河，当年的德芙河对于钓客来说是十分诱人的。也就是在德芙河上，查尔斯·科顿沉溺于他最喜欢的垂钓，从而练就了高超的蝇钓技巧，于是后来就续写了《钓客清话》的第二部分。

1663 年，查尔斯·科顿翻译出版了法国普罗旺斯市议会主席麦克斯的作品《禁欲主义伦理学》，第二年，或许是为了给《禁欲主义伦理学》做出更多的注解，他又翻译出版了《维吉尔曲解》。对于《维吉尔曲解》，我尚无闲暇细读，因此不敢妄自评论。但我可以向读者提供大多数人读后的共同感觉，也可以提供两个毋庸置疑的事实。据说，此书牵强附会，插科打诨，以低级艳俗取胜，哲理性明显不够。此书最早由约翰・萨克林先生翻译引进，到目前已经至少出现了十四个版本。约翰・萨克林先生还先后创作出版或者翻译出版过其他一些以博读者一笑的作品，首当其冲的是《爱尔兰之旅》，写的是他自己以船长身份被派往爱尔兰时一路上发生的各种笑料。艾萨克・沃尔顿和查尔斯・科顿是何年相识的，我们不得而知，但在 1676 年之前，他们就已经开始既相互亲昵又相互敬爱地以父子相称是很确切的事实，在他们长达二十年的深情厚谊中，1676 年必定是其中的年份之一。

1646 年，年过五十三的艾萨克・沃尔顿娶了他的第二任妻子。艾萨克・沃尔顿为人宽厚稳重，丧妻之后难免依然受人青睐，再次结婚是不足为奇的。令我们好奇的是，他居然自称再婚的原因是出于和伊丽莎白女王一样莫大的好奇，而他所谓的伊丽莎白女王的莫大好奇，是指她对莎士比亚作品中的喜剧人物福斯塔夫处于窘态的场景百看不厌，好奇心一直不减当年。其实，真爱降临在《钓客清话》作者艾萨克・沃尔顿的身上和降临在任何其他人的身上没有什么区别，都是不经意间的偶然。《人生》中有段话或许有着很好的暗示，如果碰巧是我无心言中的话，我们还真的应该向艾萨克・沃尔顿致歉。他在写多恩的传记时写道："那段时间，他不经意间——我不敢说他是欣喜若狂地——喜欢上了某户人家的一个温雅的小姑娘，小姑娘对他也并不反感，后来，那份喜欢演变成了真爱。"别忘了，艾萨克・沃尔顿所写的"那段时间"的多恩是晚年的多恩，是身为圣保罗大教堂院长的多恩，当然也就是当年身为韦斯特圣・邓斯坦教区神父的多恩。而且，此事让年轻的查尔斯・科顿很困惑，要是让他来写这段趣事的话，他绝对是以另一种口吻来写。

艾萨克・沃尔顿的第一部作品是《约翰・多恩传》，在导言中他提到了上述的趣事。1631 年多恩离世后，有人筹备收集出版他的布道辞，原定由亨利・沃顿先生负责写一篇多恩的生平简介以飨读者，但亨利・沃顿先生不久也离开了人世。在他离世之前，艾萨克・沃尔顿一直在帮他收集多恩的相关资料，艾萨克・沃尔顿认为，多恩的布道辞集若不体现他的生活就有失偏颇。用他自己的话说，就是他觉得“应该让世人读到作者最真实的生活，应该让世人读出他那毫无雕琢的笔触就是随手应心原汁原味地还原了他自己的生活”。于是，艾萨克·沃尔顿着手撰写《约翰·多恩传》，书成之后于 1640 年付梓出版。1651 年，他写的《亨利·沃顿传》也随后出版。艾萨克·沃尔顿曾说：“写过这两本传记之后，20 年内我再也不想写谁的传记了，既不要给人家添乱，也不要给自己添乱。因为实践之后我就知道，我不适合写传记。”1650 年，写完《亨利·沃顿传》后，艾萨克·沃尔顿搬到了伦敦东北市郊的克勒肯维尔，在那里生活了 6 年，一直住到 1661 年。

这几年正是内战爆发的混乱时期，艾萨克·沃尔顿在战火纷飞中艰难度日，熬过克伦威尔的极权统治之后，接踵而至的是查理二世的王政复辟。查理二世道德败坏，生活淫乱，成为众矢之的。为了取悦当时在伍斯特战败的查尔斯王子，揭露查理二世不务正业、生活糜烂的文学作品大量涌现。查尔斯王子在丢失王子之位的同时，丢失了一枚名为“小乔治”的印鉴。“小乔治”是英国最高统帅的标志，战乱最初是由陆军上校布拉盖保管的，布拉盖后来把它交给了一个叫巴罗的人，再后来，巴罗把它交给了艾萨克·沃尔顿。艾萨克·沃尔顿冒着天大的风险，周密部署，几经转手，最终让“小乔治”安全地回到了查尔斯王子的手中。身为保皇派的艾萨克·沃尔顿成功地完成了任务，他的秘诀就是暗中和狱中的另外两名保皇派联手合作，个中风险的巨大是难以想象的，但他居然成功了。这充分说明，艾萨克·沃尔顿很有政客的头脑。同时也充分说明，他沉着冷静、有勇有谋、韬略高明。

在此期间，艾萨克·沃尔顿乱中取静、忙里偷闲，开始写作《钓客清话》，并于 1653 年出版发行。明显，乱世当中纷争不断，面对纷争人们该何去何从？书中给出了作者的道德取向。令人惊奇的是，此段时间，艾萨克·沃尔顿居然写出了《钓客清话》《约翰·多恩传》《亨利·沃顿传》《罗伯特·胡克传》《赫伯特传》和《桑德森传》。我们之所以惊奇，是因为前几年是冷酷无情的清教徒统治时期，后几年是支持查理二世复辟的文学泛滥时期。个中原因，并非艾萨克·沃尔顿与世隔绝未受战乱的影响，而是一直以来他都保持着闲暇之时思考人生的习惯，在《钓客清话》中他写道："遐思可以使人保持内心的宁静，内心若宁静，福报便随之而来。"《钓客清话》一出版，便在艾萨克·沃尔顿的书迷中风行。这是很自然的，因为在罪恶的战乱时期，没有球场等娱乐场所可去，上层社会的绅士就都回归到垂钓活动当中打发闲暇时光。为了满足读者的需求，《钓客清话》在1655年再版的时候，新增了三分之一的内容，艾萨克·沃尔顿显然对此书进行了改写。《钓客清话》于1653年首次出版发行之后，在艾萨克·沃尔顿的有生之年不断再版，分别是1655年版、1661年版、1668年版和1676年版。其中最后一版增加了第二部分，是由查尔斯·科顿续写的，增补了如何在清水河中钓鳟鱼和茴鱼，为《钓客清话》锦上添花。

《罗伯特·胡克传》出版于1652年，写此书时艾萨克·沃尔顿有可能从他妻子雷切尔·弗拉德的叔叔乔治·克莱姆那里获取了一些与胡克相关的资料。乔治·克莱姆是一位著名散文家的挚友，他们是教会派的忠实拥护者。1670年，多恩、沃顿、胡克的传记被结集出版，此次出版新增了《赫伯特传》。艾萨克·沃尔顿所有传记作品中，最后一部是写主教桑德森的《桑德森传》，出版于1678年。艾萨克·沃尔顿一生笔耕不辍，在他离世之年还写了最后一部作品。他的第二任妻子于1662年去世，此后他再未娶。据祖奇博士说，查理二世复辟之后，艾萨克·沃尔顿和他女儿一直轮流住在温彻斯特主教摩尔利博士和索尔兹伯里主教沃德博士专门为他们准备的房子里。1683年，艾萨克·沃尔顿在温彻斯特他女婿霍金斯博士的家中安然离世，并安葬于那里的大教堂墓地。

艾萨克·沃尔顿的作品是有魅力的，他笔调轻盈，想象力丰富，语言严谨中穿插着诙谐幽默，读起来令人轻松愉悦，具有独特的个人文风特质。他这种独特的、令人轻松愉悦的风格似乎是信手拈来，自成一体，不同于诗人的风格。诗也是令人轻松愉悦的，但诗通常需要伴上端庄的音乐才能让人进入意境。"玄妙大师"约翰逊博士的诗就很令人费解，他写得再多，也没有谁会对哪章哪节产生兴趣。艾萨克·沃尔顿的作品让人产生的轻松愉悦与查尔斯·兰姆、罗伯特·路易斯·史蒂文森等作家的作品相似，但他更主要的特质是，字里行间无不透露了作者特立独行的个性品质、极具个性的业余爱好、与众不同的生活态度、于公于私的独到见解和略显端倪的人生经历。这样一来，艾萨克·沃尔顿无形之中就因他的作品而受到读者的无限敬仰。在体现作者惯性思维和性格品质方面，《钓客清话》是极具代表性的。事实上，正如艾萨克·沃尔顿自己说的那样，《钓客清话》就是他个人心性的真实写照。

有那么一批作家，虽然人数不是很多，但在任何时间、任何地方，我们都可以随时随地地品读他们的作品，他们理所当然地成为最具影响力的作家，这是毋庸置疑的。比如写《奥德赛》的荷马，写戏剧的莎士比亚，写散文的史蒂文森。虽然《钓客清话》也对我们造成影响，也让我们无比钦佩，但并不能全方位地吸引我们，因为读它的时候，在心境和环境上都是有特定要求的。我曾经在离海不远的一条大河边试着读《钓客清话》，感觉书中的一些理念不够磅礴大气。我也曾在赫布里底群岛那些光秃秃的岛礁上试着读《钓客清话》，感觉书中的环境和身边的环境很是格格不入，书中的意境和现实的意境似乎有很大的距离。我听说即便是在特威德河上游的山溪边阅读《钓客清话》，也有类似的不协调感。我想，只有在内陆深处山林簇拥的山谷里，在阳光明媚草木青翠之时，在静默无语的清流边，坐在风姿绰约的柳树下，细细地品读《钓客清话》，才是心旷神怡的。

如果说艾萨克·沃尔顿的《钓客清话》囊括了所有的科学垂钓技法，那是不恰当的。在垂钓技法方面，查尔斯·科顿就比他略胜一筹。就像艾萨克·沃尔顿自己在初版的扉页上所说的那样，“这本书不值得最擅长垂钓的钓客品读”。在垂钓技巧的构建方面，在诱饵和飞蝇的解说方面，在垂钓历史的论述方面，《钓客清话》的叙述都是不精准的，我有点奇怪作者为什么能那样轻易地相信自己的判断。尽管如此，在谋篇布局方面，在文采方面，在哲理方面，《钓客清话》都是相当精彩的，从这个角度上来说，《钓客清话》可以让每一位有文学鉴赏力的人获得轻松愉快的阅读快感。当然，不管怎么说，《钓客清话》都值得每一位钓客翻阅一遍，如果一个钓客没有读过此书，那么在我看来，他就是个生而无灵魂之人。

学会淡泊。艾萨克·沃尔顿像是给《钓客清话》安装了排气管一样，全书反复强调这个几个字，似乎写书的一切宗旨就在于此。在他自己的人生当中，他追求淡泊宁静，追求温润雅致，而且，他做到了。他为人友善，对上帝虔诚，对人诚恳，作为他心性写照的《钓客清话》对他个人的这种精神有着充分的体现，在他撰写的人物传记中，更是随处可见。艾萨克·沃尔顿在给他所敬仰的人物写传记的时候，对于不便年轻人学习、效仿的层面，他采取了相当谨慎的笔法，这点是非常值得肯定和推崇的。比如写“色鬼”多恩与他的小情人偷情的时候，具体细节他避而不谈。正是这种审慎的笔法，使得他写的传记作为传记就显得不够真实和完整，而作为歌功颂德的颂文，倒是十分完美。艾萨克·沃尔顿对他挚友的人品极力偏袒，传记的字里行间充斥着溢美之词，虽然他也知道他所写的人物也有人性的弱点，却饱含宽容，刻意曲中取直，这于所写人物的子孙后代而言，自然是风光无限的。与艾萨克·沃尔顿写传记时采用的严谨风格不同，《钓客清话》出现了幽默诙谐的笔调，这种幽默诙谐是率真善意、无伤大雅的，读起来令人忍俊不禁、轻松开怀，这种调侃是百读不厌的。不难看出，吉卜赛人和乞丐的情节都取自莎士比亚的喜剧，但在艾萨克·沃尔顿的笔下却显得更加生活化，情景都很栩栩如生，偶尔出现的人物对话中的语言、角色都非常到位。借用恩姆·谢勒的话来说，艾萨克·沃尔顿的幽默“不是把个人的个性和人类的共性割裂开来，而是爽朗地把个人的愚缺和群体的愚缺有机地结合在一起”。艾萨克·沃尔顿跟我一样，也很喜欢诗歌、民谣和小调，他曾说：“当今社会，诗歌创作者鱼龙混杂。长体诗竟然独占鳌头日趋流行，其实经典的古体诗才是真正的好诗。”《钓客清话》的亮点之一，就是在散漫的对话中插入了许多写垂钓的诗歌，这些诗歌的旋律不落俗套，首首都不同凡响。

艾萨克·沃尔顿采用对话体写《钓客清话》，虽然难免要过多地顾及他要表达的内容，但对话还是非常自然流畅。只是有些地方句子和话语太长，有时偶尔会略微失去分寸。有时又有点过于满足于自己的思如泉涌，为了一气呵成和一吐为快，明知走偏了也不掉头往回走。虽然如此，但每一层次都归结得很圆满，这点让人非常满意。在遣词造句和段落安排上，他会时不时地给人以惊喜。不管是谈论鱼还是谈论钓鱼，总是不失时机地添上一点思想道德方面的教导，或者展示一下河边溪头的秀丽景色。艾萨克·沃尔顿平生嗜书如命，一直乐此不疲地博览群书，语言能力自然博采众长。费纳托尔曾说："他的言谈简直像音乐一样行云流水，无形之中总能摄人心魄。"对此，我表示万分赞同。

查尔斯·希尔·迪克

1895 年于苏格兰格拉斯哥市科文塞德区

函 辞

——至斯塔福郡梅德利庄园名副其实

最敬之挚友约翰·奥弗雷（John Offley）阁下

阁下：

在下平生承蒙阁下一再错爱，故索翼之心日增，今斗胆恳请阁下再伸援手，以阁下浩恩，惠及在下劣作。在下自不量力，暗料阁下定会不吝赐爱，盖因劣作论鱼并渔，阁下深谙此道，且身体力行，若不烦劳阁下赐教，岂非良木闲存！

世人雅兴各异，虽无视渔趣者有之，阁下必心知肚明：渔则有艺！阁下渔艺高超，无人可及，且渔趣不减，虽事务繁重，日理万机，但偶得余闲，或择机放松，必临溪而渔，渔则身轻心悦，硕果累累，此自诠释渔艺之道。

阁下渔乐之时，若有凡夫钓客近前，必目睹阁下丰收之盛，此非阁下运佳而成，实乃阁下道高之果。阁下高超之渔艺，必致他人效仿，他人之效仿，必致习渔之勤勉，习渔之勤勉，旨在以成阁下之渔艺。然则在下深知，阁下渔艺，如三尺之冰，非一日之寒可得。当下智者无数，好渔而习渔艺，学以致用，践行于河溪之际，若有感悟，当知在下言之为实。

阁下实为渔艺大师，当知鱼、渔之奇之乐之甚，当以笔文之传之，以飨他乡之聪颖善学之渔者。聪颖善学之渔者众，本土之内，有亨利・沃顿（Herry Wotton），此君嗜渔如命，曾谓在下，意欲文记渔艺之论，以颂渔乐。若非不敌天命，无奈驾鹤西归，此君必已毕此务。在下每忆此事，必愧疚难耐，惶恐不安。盖因亨利・沃顿若长寿至今，必完成佳作，佳作必胜在下劣作千里，无渔艺者则可品鉴非常。异国之中，已有以笔记渔者，本国之内，尚无先例。

在下劣作浅陋粗简，或不值一览，遭人唾弃。在下借此率性坦言，责怨他人，莫若肯请他人恕己。在下言论，虽经验之谈，诚真可信，然则一家之言，难免错漏百出。阁下渔艺精湛，可视此书为废话连篇。恐言多增恼，故此搁笔。

掏心表意，在下确为

阁下最卑之友、最忠之奴

艾萨克・沃尔顿

致读者，顺致钓客

我觉得有些事还是有必要向读者申明一下。策划、撰写、出版《钓客清话》，并非是图个人的自得其乐，只是身为钓客，对垂钓之艺自然是津津乐道，于是就有了《钓客清话》。写《钓客清话》的目的，只是想不遗余力地和大家一起分享垂钓的乐趣。在写《钓客清话》之前，我也算略有名气，所以不必借此书博取丝毫的名声，但也不想因此书损毁已有的名声。因此，如果此书得不到您的认可，还望海涵，请勿诟责。

《钓客清话》应该足有可取之处，虽然有某些不足，但我敢肯定，只要不是事务太忙，要求太高，闲暇之时细细翻阅一遍，绝大多数读者还是能够从中获益的。当然，我很清楚，一本书的是非功过褒贬颂责应该全由读者决定，这都可以理解。但假如有人刻意曲解诋毁，我想我有充耳不闻的权利和自由，或许，我就真的充耳不闻了。

我想提请读者注意，写《钓客清话》的时候，我就是在写作的娱遣中侍弄垂钓的娱遣。读者也可采取娱遣的心态来阅读这本娱遣之作，不必过于严谨正经和一丝不苟。在书中的很多地方，我刻意添加了一些貌似恶意而低俗实则善意而无伤大雅的笑料，如果您是传统守旧之人无法接受此等调侃，敬请不要妄作评论。因为古人云：己所不欲，勿施于人。而且，古人又云：以其人之道，还治其人之身。

虽然垂钓的乐趣已是众所周知，但我还是很乐意现身说法，《钓客清话》就是我或者更准确地说是我年轻时的真实写照。在适合垂钓的季节，尤其是在撇下事务和纳特、阿尔·罗一起同行垂钓的时候，我是流连忘返、乐此不疲的。可惜他们都已经离开了人世，与他们同行垂钓是我此生莫大的幸福，如今，这莫大的幸福一去不复返，连影子都找不到了。

还需要说明的一点是，如果您不喜欢《钓客清话》，可以理解，但如果您不喜欢书中鳟鱼等的精美插图[①]，我则无法接受。书中插图之精美，我要极力推崇，因为这是名家的杰作。

① 现本书插图均为编者根据文中物种遴选博物画名作精心配制。

还有一点需要告诉读者，书中最实用的部分，就是鱼的习性、鱼的孵化、鱼成熟的季节和垂钓方法。这些方面除了书中涉及的内容之外，一个吹毛求疵的人自然能找到一些错漏的例子，我不至于头脑简单得连这一点都不清楚。因此，请那些喜欢在鸡蛋里挑骨头的人明白：经验可以告诉我们，不同的地方有不同的季节差别，因此鱼的孵化和成熟季节在不同的地方就有所不同，就像书中提到的蒙茅斯郡的塞汶河、瓦伊河、尤斯卡河等河流，它们的季节性是不完全一致的。卡姆登（William Cambden）所写的《英国之鱼》一书中说，瓦伊河中的鲑鱼成熟季节是九月到第二年四月。而我们很清楚，泰晤士河和特伦托河以及绝大多数的河流中，鲑鱼的成熟季节是在比九月到第二年四月稍微更热的另外六个月份里。

至于垂钓的艺术，或者说怎样让一个从不垂钓的人变成一个技术娴熟的钓客，我想没有谁是能仅靠一本书就可以完成这种角色转换的。谁要是想实现这个目标，就得先完成一个比黑尔先生完成的更艰巨的任务。黑尔先生（George Hale）是个勇毅出色的剑客，他依托一本《剑术秘籍》身体力行地传授剑术，结果被人取笑。其实《剑术秘籍》中除了剑术之外，还有很多值得学习的东西，他之所以被取笑，是因为人们认为剑术不是靠书传而是靠身授的。与剑术类似，垂钓也是如此。此外，在《钓客清话》中，我没有写到或者提及众所周知的垂钓常识，我只是想让读者了解那些一般钓客所不知道的技巧。至于垂钓常识，喜欢垂钓并且经常垂钓的人凭个人经验也是能列举出若干的，我也希望他们能积极地相互切磋交流。垂钓其实和数学有点相似，学起来是永无止境的。至少，总还有更多的新方法等待钓客去尝试，垂钓技术再高的人，也总能从实践创新者的身上学到新的技巧。

开卷有益，我想任何喜欢垂钓的人都会或多或少地从《钓客清话》中获益，只要不是过于贫困或者过于吝啬，于购买《钓客清话》的本钱而言还是物有所值的。如果真的贫困或者吝啬，那就请不要购买，因为我写《钓客清话》不是为了谋利，而是为了娱遣。对于《钓客清话》，我不会自吹自擂，我不愿意王婆卖瓜，那样做有坑蒙读者的嫌疑。

不管读者怎么看待《钓客清话》，我自认为在垂钓艺术的论道方面，我已经达到了一个较高的高度，究竟如何，自然得由读者品鉴。我只希望读者要细细品读，那样的话我就不必在此多言。我只想再啰唆一点，有很多人说用飞蝇钓鳟鱼要每个月都用不同的飞蝇，这样做肯定是可行的。而且，毫无疑问，和那些专挑适合垂钓的时日去钓鱼卖钱的人一样，都属于明智之举。因为，今年在某个月出现的飞蝇，第二年如果天气或冷或热，那么同一种飞蝇就会或晚或早一个月出现。因此，在《钓客清话》中，我按照十二个月份的顺序，列举出众多钓客公认的适合钓鳟鱼的飞蝇，这样就方便钓客参考使用。需要注意的是，在威尔士和某些地方，有些当地独有的飞蝇，更适合用于在当地垂钓。因此，假如在当地使用人造假飞蝇的话，也就要尽量模仿当地的飞蝇，不能一味地照本宣科，否则会徒劳无功。总的来说，有三四种制作精巧的小假飞蝇，夏天在绝大多数的河流中钓鳟鱼都是很好用的。冬天用飞蝇钓鳟鱼也可以，只是恰如有点过期的黄历，不太好用罢了。没有谁天生就是艺术大师，也没有谁天生就是垂钓大师，垂钓的艺术，最终还是实践出真知的，这点也要提请读者注意。

《钓客清话》第五版重印的时候，新增了大量的内容，我个人的经验有之，与钓友交流的经验也有之。俗话说：下雨天，留客天。自此新版《钓客清话》出版之日起，今后的雨夜我不再留您，只为让您雨夜临窗夜读，静静地细细品味《钓客清话》的字字句句。如果您是钓客，愿您每次垂钓之时，东风徐来，西风不再。

艾萨克·沃尔顿

Contents

目 录

《钓客清话》
——艾萨克·沃尔顿 著

《钓客清话》（续）

——查尔斯·科顿 著

《钓客清话》

——艾萨克·沃尔顿 著

Day 1

Chapter 1

偶遇

矛隼
gyrfalcon

钓客：早上好啊！碰到您二位真是巧啊！老弟，我到图特汉姆山来就是想来碰见您，希望您凑巧也在威尔那儿忙活。这么好的五月天，我就想着去那儿聚聚呢。

猎人：仁兄，我完全没问题！我就是想在侯底斯登的沙奇登茅屋里吹吹早上的过堂风啊。不到威尔还真闲不下来，我早就约好了一两个朋友到那里聚聚。可是您看这位老弟，我不知道他能逗留多久。我们也是才碰到，我还没来得及问他呢。

鹰夫：舍命陪君子！两位仁兄，我可以陪您二位走到西奥博尔德家，到那儿我们再分手。我要去会一个朋友，他帮我"瞄"到了一只鹰，我急着想去看看呢。

猎人：仁兄，早上空气清新，天又不热，我们能碰在一起真是快意啊！要是能结伴同行，岂不更妙！要么走快点，要么走慢点，我一定依着您二位的步伐，我不会把您二位弄丢的，我要充分享受结伴同行的其乐融融。知道意大利人有句话怎么说的吗？"伴好路短"啊！

鹰夫：确实！此话不假！两位仁兄，您二位一见如故，情投意合，无话不谈，已经是其乐融融了。我么，虽然和大哥是初次见面，但我也会敞开心扉、不拘礼节、随性而为的。大哥，结伴同行吧？

猎人：仁兄，我保证结伴同行一定会其乐融融的！

钓客：正中下怀啊！其乐融融是肯定的。不过，我冒昧地问老弟一句，您这么早就爬起来，还脚下生风地赶路，您这是为了生计，还是为了快意啊？这位老弟刚才可说了，他是要去看朋友给他“瞄”的鹰的。

猎人：兼而有之，兼而有之。生计事小，快意事大。我本打算今天处理一下闲杂事务的，然后明后天去打水獭。我约的那个朋友告诉我，打水獭比打其他东西好玩多了，不管怎么说，我还是想去试一试的。明天一早在恩威山，我就可以见到我那个朋友萨德勒（Ralph Sadler）兄了，他有一大群捕猎水獭的猎狗。为了避免日晒，太阳没出山他就会到的。

钓客：老弟，真是心想事成啊。这两天我正打算除掉一些这种害人精呢。我恨死水獭了！它们爱吃鱼，把鱼都吓跑了，湖里的鱼都所剩无几了。依我看，所有养捕水獭猎狗的人都应该得到政府的补贴，这样他们就可以全力出击，把水獭斩草除根，水獭太可恶了！

猎人：仁兄，您对狐狸怎么看？毫无疑问，狐狸跟水獭一样作恶多端啊。您就不想除掉狐狸？

钓客：老弟，即便狐狸真的跟水獭一样作恶多端，于我和于我至爱的鱼来说，

赤狐
red fox

它还是没有水獭可恶的。

鹰夫：仁兄，不管鱼是不是您的至爱，看来您对水獭总是怀恨在心的。

钓客：是的，老弟。我是所有钓客的兄弟，水獭糟蹋鱼，我自然就和水獭互为宿敌了。您应该知道，所有钓客都是情同手足的，我恨水獭，不光是为我自己，也为了我那帮兄弟。

猎人：猎犬是我的至爱，我经常跟着一大群猎犬一走就是好几里路。我听说很多猎人也都乐此不疲，甚至把它当成一种健身活动。对于静立不动的钓客，他们是有点嘲蔑的。

鹰夫: 我是个鹰夫，我也听说过很多勇敢、正直的猎人对钓客是不屑一顾的，认为垂钓是烦琐、愚钝、可鄙的行径。

钓客：您知道的，老弟，嘲笑任何艺术和造诣都是轻而易举的事情。稍有智商的人，只要品性不好、过度自信外加略带点恶意，就会嘲蔑他人。他们乐此不疲，但总是搬起石头砸自己的脚。这是有依据的，嘲蔑者的鼻祖卢希安就说过——

善嘲蔑者卢希安，
存此文字把经传。
自作聪明嘲他者，
实则愚夫遭人嘲。

对于嘲蔑者，所罗门说过，“他们是人类的过街老鼠”。他们要嘲蔑就让他们嘲蔑吧，我就把他们当水獭看好了，无非就是我、所有钓客以及所有有德之人多了个宿敌罢了。

至于您，老弟，您听说过很多勇敢、正直的猎人对钓客不屑一顾？请记住，有很多人是通过诋毁别人才使自己显得勇敢、正直的，这种人我们才真的要蔑视和不屑一顾。由于天性使然，有些人通过诋毁别人才使自己显得勇敢、正直。

有些人则财迷心窍，用尽毕生的时间和精力，先是不择手段地谋财，然后是心神不宁地守财，即便是富得流油，也还是贪得无厌、忙忙碌碌、永不满足。对这些可怜的富人，我们钓客真的是鄙视至极的！让他们学会我们钓客的清雅快意，有必要吗？没必要的。老弟，除了发财，人生还有很多所谓的圆满，我们可以充分地享受！就像法国纯正、高尚的思想家蒙田（Montaigne）直抒胸臆所说的那样："当我和我的猫相互愚弄取乐时，我用一只袜子逗得它到处跑，谁能说得清是我逗猫跑得更远呢，还是猫逗得我跑得更远？我能否就此推定猫头脑简单，我想跟它玩它就会跟我玩，我不想跟它玩它就不会跟我玩呢？非也！要是我能听懂猫的语言（毫无疑问，猫和猫之间是能相互交流并且相互理解的），谁能说我和猫不会更加和谐默契呢？当我和猫一起玩时，谁能说猫不会蔑视我除了和它玩别的一无是处呢？谁能说猫没有嘲笑和责怪我把它逗得到处跑呢？"

蒙田侃侃而谈的是猫，以此类推，能不能就因为有人没有听过钓客客观公正地说过垂钓的艺术和造诣——我再次强调，垂钓的艺术和造诣充满快意，以至于钓客是不必借助他人的思想来使自己快意的——我就可以肆意地谴责他们、嘲笑他们，使他们永远都不会变得勇敢、正直？

猎人：仁兄，您让老弟我茅塞顿开啊！说出来不怕遭雷劈，虽然我不是个嘲蔑者，但我一直以为您比一般的钓客脾气更急躁、头脑更简单呢！

钓客：老弟，请不要把我的心直口快当作是脾气急躁和头脑简单。您所谓的头脑简单，是指多数钓客都具备的在纯洁圣徒身上通常能找到的那种头脑简单？是指那些心平气和、宁静致远的人？是指那些不会为了金钱而出卖良知的人？是指那些与之相处时，烦恼、恐惧便会烟消云散的人？还是指监管形同虚设、权力随着一纸文书就能轻易获取的年代里的那种头脑简单？老弟，如果您把钓客看作我所说的头脑简单，我和其他钓客会很高兴您有这么深刻的领悟。如果您只是简单地认为论道和践行垂钓艺术的钓客真的头脑简单，那老兄我就正告您，赶紧换换脑子吧！如果您愿意而且也有耐心听我讲，我肯定会抹去由时代、偏见、谬论给您造成的那种对古老、高妙艺术的所有无知。我很清楚，垂钓是很值得一个智者去知行合一的艺术。

两位老弟，虽然我可以单口传授，但我不会那么没修养地一个人夸夸其谈。既然您二位一个说最爱鹰，一个说最爱猎犬，那么在鹰和猎犬的造诣上，我就很想听听您二位各自对自己的至爱有何高见。您二位讲完后，我再讲讲我在垂钓方面的艺术和造诣。这样的话，我们就可以做到“伴好路短”了。如果您二位能随我意的话，就从“鹰夫”老弟先开始吧。

鹰夫：仁兄，您的想法正合我意，为了印证这一点，那就如您所愿，我先说吧。

首先，我要说的要素之一是天空。天空是不以重量来衡量其价值的，而且毫无疑问，它的重要性是远远超过水和土的。虽然有时我会把水、土和天空相提并论，但我觉得天空是最适合我的，我和猎鹰霍克斯最享受的就是天空，因为天空给我们提供了最大的欢愉！天空阻挡不了我那高贵无私的猎鹰翱翔，它可以直冲云霄，让愚钝的鱼目、兽眼望尘莫及，它的身姿显然是为那种高度而生的。在浩瀚的天空，我的猎鹰们可以成群结队，一飞千里，即便远在天际消失于人们的视野，它们还是尽力奋飞，向上向上再向上，似乎欲与天公话家常。为此，我总认为我的猎鹰是神的勇敢仆从，我今后看到的任何一只鹰也都不会有丝毫的低微之感。因为鹰像代达洛斯（Daedalus）之子一样骁勇，在它所飞及的高度，翅膀有被太阳的炽热烧焦的可能，但它毫不退缩，它的勇气使它无惧任何危险。除了灵活地利用空气的流体，它无枝可栖，恰如身处最陡的险峰或者最深的湍流。它以无限荣光的职业视角，藐视一切我们人类无限膜拜的建筑尖塔和壮丽山川。而就在那样的高度，我只需片唇略动，它便知晓，并且完全遵从，迅速俯冲下来觅取我手中的肉食，俯首认我为主人，随我一起回家。第二天，它会一如既往、心甘情愿地再次为我提供类似的惬意娱遣。

我所说的要素天空其实就是空气，空气的价值就是那个样子，它是那样的必要，以至于无论什么物种都离不开它。不管是在地表上觅食的多如牛毛的动物，还是以水为居的各种各样的水生动物，只要以呼吸为生，就需要空气这一要素。如果水里没有空气，鱼就不可能存在其中，看看三尺不化之冰，其理自明。原因是任何动物的呼吸器官一旦停止供氧，它就会立即死亡，归于自然。空气是必要的，于鱼和兽都是如此，于人类也是如此。上帝一开始就把空气抑或生命之呼吸恩赐给了人类。一个人如果想死，他是可以立刻死去的，变成一具爱过他、见过他的人的伤心之物，而且很快腐朽为脓。

其次，除了猎鹰之外，天空中的各种鸟类是那样多、那样美、那样令人赏心悦目，以至于不伺机细细品察，我都不想让它们从我身边纵身飞过。鸟能令人满足和亢奋，它们精巧的身姿令人眼福无边，它们天籁般的嗓音令人精神振奋。在这里我不得不提到几种鸟，白天它们雀跃不已，对世界充满了好奇，晚间就栖息在自己排泄的柔软的粪便上。这种“恶习”姑且不论，身为空中之灵的音乐家，它们好奇地啁啾着吟唱的小曲却是不容忽视的，有了这种天籁之音，大自然就赋予了它们令艺术家们都感到羞愧的本领！

最惹眼的是云雀，当它想要欢闹、想要振奋自己、想要振奋那些听它歌唱的人的时候，它就会飞离地面，一边高声欢唱，一边快速飞升，在最高的云端，在完成神圣的使命之后，它会突然缄默不语，而且显得很伤心，似乎在想，它不得不飞回地面了。要不是不得已，这种粗糙、愚劣的地面它才懒得碰呢。

乌鸫和欧歌鸫是怎样用悠扬的歌声来迎接明媚的春天的呢？在适合的季节里，它们哼唱的小曲是任何歌唱家和乐器都无可媲美的啊！

还有一些体型较小的鸟在特殊的季节里也会有类似的本领，苏格兰小云雀、草地鹨 、赤胸朱顶雀 ，还有对生者亲昵、对逝者追忆的忠实的知更鸟。

另一种空中之灵是夜莺，它居然能从小小的乐器般的喉咙中发出那么甜美而高亢的嗓音，不禁让人觉得奇迹无处不在！午夜时分，当劳累了一天的人们都在酣睡的时候，你就能和我经常享受的那样听到夜莺的歌唱。在它的歌声里，你能听到清新的空气，听到甜美的香味，听到自然山川的起起伏伏……它的歌声拔地而起，反反复复，一遍又一遍，似乎在说：“主啊，您赐给地

球上的粗鄙人类的是那么粗劣的音乐，提供给天堂圣灵的怎么就是如此美妙的圣乐啊！”

因此，在意大利和瓦罗（Marcus Terentius Varro）的著作中能看到那么多的鸟窝就不足为奇了。罗马至今还留存着这些鸟窝的遗址，而且依然闻名遐迩，引人流连忘返。尤其是远道而来的外国要人贵客，参观完毕的归途中，脑海里必定会浮想联翩，初来乍到者不断地铭记，故地重游者不断地累加印记。

对于这些令人心旷神怡的鸟类，有更多的方面值得称道，我接下来要说的是鸟的特殊用途。在我看来，燕子毫无疑问是被训练成了军队之间传递情报的信使，在土耳其包围马耳他或者罗德的战事中这点是铁定的，我有点记不清被包围的到底是哪里。后来，鸽子涉入送信的往返差事之中。桑迪斯（George Sandys）先生在他的《旅途》中提到，在阿勒颇与巴比伦的战争中用到了鸽子送信。如果说这点不可信，尚可理解。无须怀疑的是，在诺亚面对滔天洪水的

时候，他确实是从方舟上派出了鸽子去寻找陆地，而鸽子也最终证明了自己是忠诚的信使，给人类带来了无限的慰藉。常理也因此做出让步，一对斑鸠或一对幼鸽竟然也能价值如牛。此外，上帝打算传道给先知以利亚的时候，他的方式是很奇特的，他每天早晚都让雷文斯给以利亚送肉吃，最终，当恶魔以利亚明显地蜕变成我们的圣主以利亚时，他呈现出来的也是鸽子的形态！在我讲完这番话之前，请记住，这些奇迹都是空中之鸟创造的。在天空这一要素中，鸟和我都心旷神怡，惬意无比。

在天空这一要素中，还夹杂有一个长着翅膀的渺小的小精灵，那就是勤劳的蜜蜂。蜜蜂的勤俭、规矩和自我管理的井然有序难以一一道明，它们制造的蜂蜜和蜂蜡于我们既食肉又食草的人类来说是多么有益也难以一一道明，我唯独想讲讲它们的勤劳。很明显，就在当下这五月天，在大自然为这个明媚的季节铺散开的花草丛中，蜜蜂始终是在忙碌着的。

话题扯远了，还是讲讲我的鹰吧。您二位要知道，鹰一般分为两类，即隼

欧斑鸠
European turtle dove

科和鹰科。在我们这个地方，隼科鸟是很常见的：

gerfalcon（雌矛隼）与 jerkin（雄矛隼）

falcon （雌游隼）与 tassel-gentle（雄游隼）

lanner（雌地中海隼）与 lanaret（雄地中海隼）

bockerel（一种雌隼）与 bockeret（一种雄隼）

saker（雌猎隼）与 sacaret（雄猎隼）

merlin （雌灰背隼）与 jack merlin（雄灰背隼）

hobby（雌燕隼）与 jack（雄燕隼）

隼科鸟还有：

西班牙的 stelletto

土耳其的 blood-red rook

美国弗吉尼亚的 waskite（燕尾鸢）

鹰科鸟有：

燕隼
Eurasian hobby

雀鹰
Eurasian sparrowhawk

地中海隼
lanner falcon

矛隼
gyrfalcon

eagle（雌雕）与 iron（雄雕）

goshawk（雌苍鹰）与 tarcel（雄苍鹰）

sparhawk（雌雀鹰）与 musket（雄雀鹰）

此外，鹰科鸟还有法国的两种伯劳[1]（pye）。这些鹰都是记录在册、名声较大的，还有些不太知名的鹰：

① 即灰伯劳和黑额伯劳。但它们（包括下面的渡鸦）都不属于鹰科鸟。

stanyel（红隼）与 ringtail[2]

raven（渡鸦）与 buzzard（鵟）

forked kite（赤鸢）与 bald buzzard（鱼鹰）

hen-driver（白尾鹞）和其他我忍住不去说的鹰

② 一般指雌性白尾鹞、乌灰鹞等鹞属类。

两位仁兄，如果我多费点口舌，我还可以讲讲取自鹰巢用来驯

苍鹰
northern goshawk

红隼
common kestrel

燕尾鸢
swallow-tailed kite

作猎鹰的雏鹰、刚离巢登枝尚不能高飞的雏鹰、尚未驯服的雏鹰、野性未驯的雌鹰、两种四旬斋时捕获的鹰，讲讲它们的营巢地、换羽、呕吐出的未消化的东西和羽毛的改变：召回、节食和少见的驯鹰实践故事。我是万分乐意讲讲这些的，也万分乐意讲讲在其他方面我对鹰的观察，但我不能占用太长的时间，这样太不礼貌。我先就此打住，请猎人兄谈谈您在打猎方面的感悟吧，您显然是感受颇深的。如果时间充裕，稍后请允许我就我刚才所说的做一点补充。而现在，我就先说到这。

猎人：好吧，老弟，轮到我那我就说吧。我首先要说的是土地。就像您把

欧洲鼹鼠
European mole

天空当作快意的源泉一样，大地是我驾驭快意、健康和生计的温床。大地既是固态的也是固定的，它是人类和野兽最能从中获益的要素。在大地上，人类有无限的创意：赛马、打猎、踏青、散步，不一而足。大地养育了人类和野兽，人类和野兽反过来也哺育了大地，带给大地无限的生机。在庄严、壮阔的大地上巡猎高贵的马鹿、宽厚的黇鹿、狂野不羁的野猪、机灵狡猾的水獭、诡计多端的狐狸，个中快意还用得着说？从比较低端的打猎来说，带着杜松子酒打打臭鼬（fitchet）、打打雪貂、打打鸡鼬、打打鼹鼠等[1]诸如此类活跃在地表和地坑里的小不点，难道仅仅是为地球除害？大地上芳草萋萋、鲜花艳丽、果实丰美，又给人类带来多大的身心快意！至少于我来说，当我在悠闲地品着干红的时候，硕果累累的葡萄架会让我精神振奋、心旷神怡、思绪万千。埃及艳后是怎样款待马可・安东尼的？不就是用八只烤野猪和其他一些精美的肉食做了一顿晚餐！如果大地不是慷慨无私的母亲，它怎么能繁殖、养育出硕大无比的大象？如果说说小物种，大地则向我们提供了最具典范的小蚂蚁。小蚂蚁夏储冬粮，不就是给人类做出示范？大地养育、背负着马，而马则养育、背负着我们。如果我能浪费一点您二位的时间和耐心，那我一定要好好说一说大地的造诣。大地绵延千里万里，直至没入高傲、愤怒的大海，借此来保护人类和动物免受大海的侵害，这些

① 在17世纪，这些鼬科成员并没有明确区分。fitchet既可以指鸡鼬，也可以指伶鼬。雪貂驯养自欧洲鸡鼬。

难道我们能视而不见？如果我们明智地待在大地上散步、交谈、吃、喝、打猎、生活，哪里还会有沉船、溺水、葬身鱼腹这种事情发生？打猎的造诣我先说一点点，然后请“钓客”兄谈谈钓鱼的造诣吧。

打猎是王公贵族的游戏，任何朝代都受到皇室的推崇。色诺芬在他的《居鲁士》（*Cyrus*）中谈到，他以自己是一个猎人而自豪。打猎能把气弱体虚的贵族少年训练成体格强健的青年，在壮年的时候就能适应高强度的活动。还有什么运动比打野猪、马鹿、黇鹿、狐狸、野兔更能强身健体呢？打猎显然能保持健康、增强体质、提升活力啊！

至于猎犬，谁能把它的优良品质恰如其分地评价到应有的高度呢？猎犬的嗅觉是那样的灵敏，它嗅到的第一丝气味绝对是正确的，在众多气味的干扰下绝不会调整到第二种，对空气里、水里、土壤里的气味它都能做到这一点。一群猎犬集体行动所发出的声音是那样的悦耳和动人心魄，又何尝不是美妙的音乐呢！一只灰色的猎犬盯着草丛里的一只黇鹿，暗示它出来，然后和它进行一

欧洲野兔
European hare

场顽皮的追逐游戏，其间再怎么惬意无比，猎犬始终知道要咬死它，并且最终做到这一点。我自己的猎犬的叫声也就是它们的语言，我是能听懂的。猎犬和猎犬之间，能相互听懂、理解对方，就像我们熟知朝夕相处的人的嗓音一样。

其实我还可以详细地谈谈打猎、谈谈贵族猎犬、谈谈猎犬的驯养、谈谈动物的物种。在外观形态、成员构成、生活规律、社会纪律等方方面面，各个物种都有各自的完整性和深刻性，和人类社会是极为相似的。尤其是摩西以法律的形式特许给犹太人的动物显得更为典型，这些动物都是偶蹄的反刍动物，具体名字我就不一一列举了。我不能对钓客兄失礼，我要留点时间给您谈谈您在垂钓方面的造诣。

鹰夫：我也是这么想的，虽然我还想听您讲下去。

钓客：两位老弟，我要的说的是心平气和和宁静致远，事实证明这是吻合垂钓的造诣的，请两位不要有任何成见。我们都很少口呼上帝，但嘴巴就是用来赞美上帝和祈求上帝保佑的。如果有人在讲造诣的时候没有口呼上帝，或者在祈愿的时候也不口呼上帝，您二位得明白，这既非我们的罪过，亦非我们的风格，对这种行径我们是要坚决杜绝的。请理解，我这样说并非是在指责谁，因为我也说不出个子丑寅卯能让大家觉得受益匪浅。因此，我不想费什么心思大谈什么造诣，更不会刻意夸大垂钓艺术的美誉从而达到抹黑、诋毁其他造诣的目的。闲话少说，言归正传吧。

水，肯定是我要谈的要素了。水，是上帝创世的第一个产物；水，是上帝的第一个精神寄托；水，是上帝对生物物种的巨大恩赐。如果没有水，陆地就无处可存，陆地无存，生物何存？生物不存，必然重归腐朽。法律的缔造者、哲学大师摩西在向上帝之友埃及人学习的过程中，深谙万能上帝的旨意，把水确定为上帝的首个造物。水，也就成为上帝的第一个精神寄托，成为上帝的主要造物，成为生物混杂依存的主要载体。

我们不得不承认，水是万物之源，反之，万物也必将归之于水。万物的存在正在被无尽地证明着这一点。

鲟鱼
European sea sturgeon

鲻鱼
flathead grey mullet

欧洲七鳃鳗
European river lamprey

以新插在一桶土里的柳树或者任何随处可见的植物为例，当杨柳刚刚扎根生长的时候，连桶带土一起称一称，等杨柳稍稍长高时再称一称，一直称到比最初超出一百斤，您就会发现，树长了，土却毫克未减。这就说明树木的生长依靠的是雨水或者露水，而不是依靠土壤等其他要素。这也说明树木反之则可以归之于水。显然，万物和杨柳类似。这，就是我用来证明水的优越性的公正说词。

水比土壤更具有能产性。不但如此，没有水，土壤就无法孕育春天的花朵和秋天的果实，因为所有花草果木都是靠水的哺育而茁壮成长的。高山的出现也是由水里所含的矿物质沉积而成，地下水的自然特性能使水把矿物质带到最高的山巅，因为我们在高山之巅总能看到泉水喷涌。这一点，像杨柳那样日积月累的实验也是可以证明的，而矿工的所见所闻，足以证明一切。

此外，水中衍生的鱼越来越多，越来越神奇，越来越对人类有益。它们不但可以延年益寿，还可以防止病痛，很多学有专长的医生对此是很有研究的。令人羞愧的是，多年以来，四旬大斋期和其他一些禁渔日一直蒙骗了诸多虔诚、睿智的学者，现在对四旬大斋期和禁渔日的遗弃显然是众多正人视听、摧枯拉朽、崇尚科学的主流之一。我们国家一直以现在大多数国家推崇的蔬菜、沙拉和大量的鱼为主食，说明我们英国比那些国家更客观、更科学。千万别忘了，摩西就把鱼指定为圣人的主食。因此，上流人士以鱼为主食的现象蔚然成风，以前是，现在还是。

可以明察的是，世上最大的物种是鱼类，也就是比硕大的大象还要大三倍的鲸鱼[1]，它在搏杀中是很凶猛的。世上最大的盛宴，也都是鱼宴。罗马人在他们最辉煌的时候，把钓鱼作为娱乐的主角。钓鱼时，他们用音乐来吸引鲟鱼、七鳃鳗和鲻鱼。他们对钓鱼兴趣很大，他们更喜欢的是钓鱼的新奇的过程，对结果不太在意。有兴

①鲸鱼是哺乳动物，不属于鱼类。

趣看看马克罗比乌斯和瓦罗的作品的话，对这些就会深信不疑，对鱼塘和钓鱼的难以置信的价值也就会有更深刻的领悟。

两位老弟，我都不知道我讲到哪里去了。说实话，在讲一些哲学话题的时候，我总是这样不着调。最近，我有好多次遇到哲学话题，我真心希望能有机会和我的朋友沃顿博士（Dr. Thomas Wharton）好好切磋切磋，他是学富五车的哲学大师，他很喜欢我，也很喜欢我的垂钓艺术。对于垂钓艺术的精深和神秘，我不想展开来说，我只想就我肤浅但很快意的观察谈一谈，这样可以避免一些错误。但我不得不谈谈水，以水为媒介，我们早就领悟了水的太多太多的好处。

首先，我们熟知的淋浴离不开水，这就是个神奇的引子。大海于我们的日常交通是多么重要啊，没有大海提供交通，我们的生活将无以为继。大海不但给我们提供食物，还能让我们强身健体。这些不细细观察的话，再聪慧的人也是无法领悟的。

对于依然留存在既古老又新潮的罗马和罗马周边的美我们忽略了多少呢？对佛罗伦萨、纪念碑、瓮棺和其他一些人间罕见的东西，有多少人说过一定要花一年的时间专门去好好看看，但哪一个又不是顺便过去急匆匆地瞄一眼呢？才高八斗、虔诚十足的神父杰罗姆（St. Jerome）第一次去罗马是为了当面拜见耶稣，第二次去罗马是为了聆听大传教士保罗的布道，事后难怪他许下第三个心愿要特意去看看罗马的辉煌。罗马的辉煌现在还没有完全消失，去看看最伟大的历史学家李维（Livy）的纪念碑、去看看最伟大的演说家西塞罗（Tully）的纪念堂、去海边看看从最伟大的诗人维吉尔坟墓里长出来的树，该是多么的惬意！对于学无止境的人来说，这些都是令人神往的。对一个虔诚的基督徒来说，去看看大传教士保罗曾经心满意足地居住过的普普通通的小房子、去看看为了纪念他而建立的无数个雕像，又该是何等的惬意呢！此外，还可以去看看圣徒彼得下葬的地方，旁边就是大传教士保罗的陵墓。这些辉煌要么在罗马城内，要么和罗马城近在咫尺。去看看万能的救世主潜身修行布道的原址、去看看耶路撒冷的锡安山、去看看天主耶稣的陵墓，这该是何等程度上大大地满足基督徒的虔诚的好奇之心啊！在那些地方，基督徒能够实地亲身感受他日夜惦念的圣灵，该是何等程度上大大地激发、提高他的信仰热情啊！两位老弟，我差点忘了停下话来郑重地提请您二位记住，要不是我要说的要素水，水上这位可怜的居民——陆地以前的和现存的辉煌都会被人忽略的。

两位老弟，我很有可能把这种哲思发挥下去然后又变得文不对题。我有可能告诉您二位，据说万能的主曾经对一只鱼而不是一只兽布道过，万能的主还打造过一条鲸鱼船，用它把先知约拿[1]安全地送到了既定的彼岸。我原本可以继续发挥下去，但我得适可而止，因为我看到西奥博尔德的房子了。我啰唆了这么多，恳请您二位的宽容，也谢谢您二位的耐心！

① 约拿，是耶罗波安（以色列王）二世在位的时候（约公元前790—749年）的先知。与他同时代的先知有何西阿、阿摩司、弥迦和以赛亚。

鹰夫：仁兄您过谦了！您说的字字句句都令我折服！不过万分抱歉，就在这院墙之外，我不得不和您二位分手了。我向您发誓，分手之际我对您是万分钦佩的！不但钦佩您的为人！也钦佩您的造诣！两位仁兄，就此祝您二位一路顺风吧！

钓客：猎人老弟，我还想听您继续谈谈打猎呢，您是不是既不想利用时间，也不想理睬我的迫切心情啊？

猎人：岂敢岂敢！仁兄，我记得您刚才说过钓鱼本身就是一种伟大的传承和精湛的艺术，这种艺术不是轻易就能掌握的。刚才您的高见彻底折服了我，我真的意犹未尽，还想听您更深入、更具体地发表您的高见呢。

钓客：我确实这样说过。可惜我们只能交流几小时，不然我真的有信心让您接纳我这些雅致不俗、令人愉悦的想法，不仅是为了垂钓艺术的传承，更是因为它值得推广。垂钓是门艺术，一门值得智者知行合一的艺术。

猎人：仁兄求您开开恩，赶紧说点您认为最重要的吧，到侯底斯登的沙奇登茅屋只剩下五里路了。您继续说，我绝对洗耳恭听、耐心十足。如果您真的让我觉得垂钓是一门艺术，而且是一门值得聪明人学习的艺术，我就请您答应我一件事，改天我请您和我一起去钓一两天的鱼。这样的话，我就能成为您的高徒，就能真正领悟到您如此称颂的垂钓艺术了。

钓客：老弟啊，垂钓绝对是一门艺术。您要引得一条鳟鱼优雅地跃出水面，这难道不是一门艺术吗？鳟鱼，知道吗？它的眼力比刚才提到的任何鹰都要犀利。与傲慢、大胆的灰背隼相比，鳟鱼胆小谨慎、戒备心强，但我还是能保证明天一大早就能钓到一两条大鳟鱼给您当早餐，说到做到。老弟，垂钓真的是门艺术，一门值得您学习的艺术，问题是您是否有本事学会它。因为垂钓有点像赋诗作词，两者说起来和做起来都很高雅，但很多人都会知难而退。想掌握垂钓艺术的人，不仅要勤学好问、细心观察、积极思考，还要有巨大的热情和耐心，要对垂钓艺术本身有欲望、有追求。一旦具备这些之后真正实践起来，肯定会觉得快乐无比的，而且能够从中学会修身养性，获得垂钓过程应有的回报。

猎人：仁兄，我都有点迫不及待了，非常希望您继续讲下去，轻重主次就随您定吧。

钓客：好吧。首先，垂钓的渊源我不想说得太多，只想点到为止。有人说垂钓最早出现在宙斯引发洪水毁灭人类，只留下丢卡利翁[①]和他的妻子的那个时候，有人说信仰、道德的创造者博鲁斯（Belus）[②]才是垂钓的创始人。还有人根据早期的文字记载认为，垂钓是亚当的儿子赛斯（Seth）教给他的几个儿子的，再由他的几个儿子传给他们的子孙。还有人说塞斯把垂钓技艺雕刻在了柱子上，在洪水泛滥之前，他按照上帝的旨意竖立起一根柱子，把数学、音乐和其他一些重要的知识和艺术都刻在上面，这样诺亚遭遇洪水、

① 丢卡利翁，西方神话中的人物，传说为普罗米修斯和普罗诺亚之子。古希腊人对丢卡利翁崇敬、赞美至极，认为他是最纯粹、最应该尊敬的人，他是第一个建立城市与神庙的人，同时也是他们的第一位国王。

② 海神波塞冬之子。

万物毁灭的时候，这些宝贵的东西就能幸免于难。

老弟，这些说法都极力体现了垂钓的历史悠久性，而没有体现垂钓的人类需求性，真假与否，值得商榷。就我来看，我可以很得意地告诉您，垂钓其实比上帝出现得还要早，因为在先知阿摩司的《阿摩司》[①]一书中，就提到了六个鱼钩。在比《阿摩司》更早的据说是摩西写的《约伯》[②]一书中，也提到了鱼钩，这说明那个时候就有了垂钓。

好老弟，我宁愿用可以感染您的学识、谦逊、勇敢、善良、道义这些美德而不是以徒有虚名的金钱、财富来证明我的高雅，或者为了证明我具备这些美德而自吹自擂说我的祖祖辈辈都是高雅的人，虽然我承认一个出自贵族世家的人更有可能变得高雅。因此，毫不牵强地说，垂钓艺术的传承就像一个家族美德的传承一样，对高雅既是一种修饰，也是一种荣光。而我，既爱这种高雅，也在践行这种高雅。很高兴能碰巧谈到高雅的传承，这一点我不打算多说，我只想说说对高雅的追求，这是高雅应得的效应。

您知道吗？早在远古时期，追求高雅就引起了人们的热烈辩论，而且至今尚无定论。问题的核心是：一个人的幸福，更多地源自于思想，还是更多地源自于行为？

面对这一问题，有些人认为幸福更多地源自于思想，他们说，我等凡人凭想象力和上帝靠得越近，感觉就越幸福。他们还说，上帝如果想一想自己的身形渺小却生命不朽、威力无比、慈悲无量，他一定会很幸福的，我等亦非例外。此外，世上很多默默奉献的大学者、大功臣都倾向于三思而后行。再者，很多神父似乎也都证明了幸福源自于思想，在他们对上帝传话玛莎的评论中就充分体现了这一点。

与此形成鲜明对比的是，很多同样知名、权威的人士认为，行

① 《阿摩司》，是《圣经》旧约的一卷书，本卷书共9章，记载了警告列国、惩罚以色列、五个异象、复兴的应许等。

② 约伯，《圣经·旧约》当中记载的人物，是一个非常正直的人，他敬爱天神，信仰忠诚，并且热衷于慈善事业。

为比思想更能带来幸福。他们认为，通过为国家或者个人效力等身体力行的方式，可以确保自己人生安逸和拓展生命的内涵。他们认为，身体力行是有教育意义的，可以传授艺术和美德。他们认为身体力行是人类社会存在和社会发展的主宰，外加其他一些类似的原因，他们更倾向行为而忽略思想。

有了这两种观点，我就想克制一下，不必说出我的想法作为第三种观点。我只想轻松惬意地告诉您，这些观点都是相通的，而且都恰如其分地归结于最实在、最精巧、最雅致、最有益的垂钓艺术。

首先要告诉您的一点是别人发现而我觉得确切无误的，那就是垂钓时静坐河边不但是最宁静、最适合思考的一种方式，而且会吸引旁人以行动的方式参与进来。大学者皮埃尔・都・牟林（Pet. du Moulin）似乎已经把这点表达得淋漓尽致了，他经过仔细研究，在洋洋洒洒的断言中就说到，上帝要向先知们泄露天机的时候，会把他们带到沙漠或者海边，让他们远离人间的喧闹、远离世事的纷扰，他要他们心静如水、气定神闲，以适合天机的传接。

这一点以色列人有高度的效仿。生而无望的以色列人在痛不欲生中摈弃了所有的音乐和欢笑，他们把绝弦的竖琴挂在巴比伦河边的柳树上，坐在岸头悲悯民族彻底的毁灭，冥思眼前堪忧的困境，苦想日后奋发的出路。

一个西班牙智者说过：“江渚之上，智者冥思得道，愚者枉过无思。”虽然我不是智者，但也请不要让我做愚者，就让我简短地给您讲讲我对河和鱼的思考吧。我敢肯定，这些思考都是很有见地的，我自己绝对是受益匪浅，就是这些思考帮助我更加惬意地度过了诸多美好的时光。当我静静地坐在花团锦簇、水平如镜的河边时，我所想到的就是我接下来要给您讲的。

先说河吧。古往今来，无数文人墨客对河和河中之物大书特书，其神异奇幻不胜枚举。作者名望之高，足显其史学之权威，我等不必存疑。

世上有很多很神奇的河流。古希腊的伊庇鲁斯河能伸出很多火把，燃烧的和没燃烧的都有，河水不能喝，喝的话有些人会疯疯癫癫，有些人会烂醉如泥，对河不恭敬的人则会一命呜呼。西拉鲁斯河则在几小时之内生出无数的鞭子和棍棒，狠狠地抽打着河岸的岩石。在我们英格兰的卡姆登（Camden）和爱尔兰的劳乞米尔（Lochmere）先后都提到过这样的河流。阿拉伯有条河，羊要是喝了河中的水，羊毛立刻就会变成褐红色。没有谁能比阿里斯多德更靠谱地告诉我们一条很亢奋的河，这条河叫易路斯纳，它能随着音乐起舞，音乐响起的时候，它会冒泡、泛起河沙、河水荡漾，音乐消退后，它也就随之恢复平静，河水也随之恢复清澈。卡姆登提到过，在西摩兰的柯比附近有口井，井水每天要涨落好几次。他还提到过萨里有条河叫摩尔，河水奔腾几里路之后，受到山体的阻挡，河水不是绕道而过，而是钻入地下穿山而行，在山的另一边喷涌出来。附近的居民经常到河里中流击水，而桥上的人则把成群成群的羊投到河里以飨勇者。此等景象，与西班牙人津津乐道的阿努斯河无异。我怕您耳朵起茧，就不多说了，最后还给您讲一条河吧。犹太历史学家约瑟夫斯（Flavius Josephus）谈到过犹太山有条河，每礼拜的前六天河水总是汹涌奔腾、一泻千里，而安息日则静止不动。

花开两朵，各表一枝。河就先放一边，我给您讲讲河中的奇物吧，也就是鱼。是叫奇物还是叫鱼悉听尊便好了，我给您讲讲它们的生养之道。古罗马哲学家普林尼在他的第九本书的第三章中讲道，在印度洋有种露脊鲸或者叫whirlpool（旋涡）的鱼，体型巨大，又长又宽，长宽都超过两亩地的边长，和其他最长的鱼比起来都还要超出两百多尺。这些怪物平时是看不到的，只有在暴风雨的时候，海水冲到岩石上再反冲回大海时才能把它们从水底里搅扰到水面来。那里有个叫卡达拉（Cadara）的小岛，岛上居民经常用这种怪物的骨头建房子。普林尼还提到，恒河里有长达30多尺的鳗鱼，有时候会出现一千多只鳗鱼缠绕在一起的奇观。他还提到海豚是通音乐、通人性的，喂食过海豚的人哪怕是个孩子都能随时呼唤海豚。海豚游得很快，最快的时候真的如离弦之箭。在法国作家卡索邦（Meric Casaubon）1670年出版的《论置疑》中，对海豚以及其他鱼有更多的记述。

我很清楚，如果只有耳闻没有目睹，我们这些依水而居的岛民对这些奇闻怪事是不太相信的。但是，很多闻所未闻的奇怪物种逐渐出现却是不争的事实。约翰·特拉德斯坎特（John Tredescant）记录了很多，我的朋友伊莱尔斯·阿西摩尔（Elias Ashmole）先生也记录了一部分。在伦敦朗伯斯区的家里，他还精心地收养着一些奇怪物种。为了让您相信我所说的那些水中奇物，我再给您讲讲某些您可能见到过或者有可能见得到的水中奇物，这样的话信不信就由您了。

您可能见过赤鲉、角鲨、江鳕、鹦嘴鱼、鲨鱼、剑鱼、毒鱼[①]、海豚。除鱼之外，您可能还见过蝾螈，见过各种各样的白颊黑雁和北鲣鸟，见过极乐鸟，见过脖柔如鸟、体态精美、体型各异的蛇等。这些奇物在我们看来都是神异而有趣的，记录在案的有一百多种，这就难免使人怀疑我所说的是不是还不够神奇。您要明白，水是大自然的储藏室，很多奇迹都紧锁其中。

① 可能指的是药鲷属（*Pharmacichthys*）鱼类。

老弟，我这样啰唆似乎有点乏味，我用一首优美的诗来总结一下吧。这首诗是诗圣乔治·赫伯特（George Herbert）的经典名作《冥天意》（*Contemplation on God's Providence*）：

万能我圣主，
谁能把您赞？
没见您杰作，
谁能说两三。
杰作多而美，
拥有才可看。

您的卓和圣，
我们曾感受。
您的恩和威，

如此重又厚。
万物皆善美，
全靠您建构。

至神至圣主，
我要赞美您！
为己为众生，
颂词我来冥。
只因圣主佑，
皆在我身临。

从诗歌和奇幻的高度上来说，写鱼的诗人中先知戴维是最具代表性的，他把自己变身成鱼，游历江河湖海，路遇各种各样的鱼，读后令人拍案叫绝、浮想联翩。最伟大的自然学家普林尼说过，“大自然的伟大和威力更多地体现在海洋而不是陆地当中。”他的这个观点，从数量庞大、种类繁多的水生物种和与水相关的生物物种中，足以得到充分的证明。读过格斯纳[①]、戎德里土斯（Guillaume Rondelet）、普林尼、奥瑟流斯（Decimus Magnus Ausonius）、亚里士多德等人作品的人，对此是深信不疑的。我还想借大作家杜·巴塔斯[②]的高见来补充一下。他说：

① 格斯纳（Gesner Conrad，1516-1565），瑞士博物学家、文献学家。

② 杜·巴塔斯（Du Bartas，约1544-1590），法国诗人，其代表作品是描述创世的长诗《杜·巴塔斯的“神圣的星期”及其他作品》。

江河湖海上，
上帝造物忙。
鱼类品种多，
形态各异错。
陆上生物形，
水中也能兴。

白颊黑雁
barnacle goose

红极乐鸟
red bird-of-paradise

日月星辰照，
水天共其妙。
焉知海陆空，
就在水当中。

燕雀天上飞，
瓜藤共玫瑰。
菌鳃颜色红，
岂不与鱼同！
鱼貌千万种，
竟与百兽重。
牛马兔猪羊，
猬狮象狗狼。
最爱帽冠鱼[1]，
欢与王子聚。

① 原文是名为 mitred bishop 和 cowled friar 两种鱼。

鱼的数量之多、外形之奇特貌似很离奇，但有学者专家的印证，您不必怀疑。更奇怪、更值得品味的是鱼的本能、鱼的习性和鱼的行为。我想请您耐心一点，我给您略说一二。

有小鱼靠近的时候，鮟鱇可以像垂钓者抛出钓钩一样，从喉咙里轻易地吐出长长的内脏把小鱼卷进嘴里。鮟鱇还会藏在沙石间，只露出一丁点让小鱼试探着碰触和撕咬，等小鱼不再防备靠它越来越近的时候，它就突然跃起一口把小鱼吃掉。就因为这个特点，鮟鱇享有“海中钓客”（sea-angler）的美誉。

还有一种叫“水中隐士（hermit）”的鱼，长到一定大小的时候，它会钻进一只死鱼的残骸里，在里面隐居着静观外面的动静，没有危险的时候就出来觅食。它会从一只死鱼转移到另一只死鱼，这样就可以避免被其他鱼吃掉的风险。

伊莲安（Claudius Aelianus）在他的第九本书《生物》（*Living Creatures*）第十六章里把一种鱼叫作“美少年”（adonis），他之所以这样命名是因为这是一种没有恶意的、充满柔情的鱼，它从不伤害任何有生命的东西。在任何水域里，它都能和任何水生物种和平相处。我敢肯定，绝大多数钓客也是和“美少年”一样对待人类的。

有些鱼是好色淫荡的，有些鱼则是坚贞圣洁的，我给您举些例子吧。

杜・巴塔斯描述过一种叫 sargus[①]的重牙鲷，对这种鱼的描述还没有谁能超过他。我用他自己的话来说吧，请见谅他的原话不是太有诗词格律，因为他是把其他一些对大自然的秘密有着高超观察力的作家的见解和自己的见解紧密地结合在一起的。

① 又名为 white seabream，学名为 *Diplodus sargus*，其下有多个亚种。

清流深水中，
重牙好流氓。
妻妾日轮欢，
兽欲难填满。
青青河草边，
献媚母山羊。
公羊见恨处，
怒发犄角亡。

您再看看杜・巴塔斯是怎描述与重牙鲷截然相反的长吻椎鲷的，他的原话是这样的：

沼泽重牙鲷
St. Helena white seabream

长吻椎鲷
black seabream

不同重牙色，

一生痴情种。

尽责婚姻内，

柔情与妻钟。

老弟，我有点啰唆了。现在，我说完了。

猎人：仁兄，您就尽管说吧。您说的话像音乐一样行云流水，我都听得如痴如醉了。

钓客：既然这样，老弟，那我就再给您讲讲斑鸠吧，更准确地说，我想请您记住斑鸠的忠诚。婚后的斑鸠恪守誓言，与配偶相濡以沫，配偶死掉后，剩下的那只和色雷斯民族[1]的妇女一样，视苟且偷生为耻，它们选择的是殉情——这是真的。失去配偶的斑鸠如果再婚配，不管是于死的还是活的，不管是于公的还是母的，对斑鸠的名声甚至对斑鸠这一名字都是莫大的亵渎。

① 色雷斯人是巴尔干半岛最早的居民之一，曾创造了高度发达的克里特—迈锡尼文明，最终被罗马帝国毁灭。

斑鸠这种痴情种可以教会人类信守忠诚和信仰，可以讽刺那些满嘴仁义道德实则禽兽不如的道貌岸然之流。圣徒保罗在他临终前说过，违背他所规定的"人应该以善为本"的道义的人，是该受谴责的，是不可饶恕的。我希望所有人都能听听杜·巴塔斯所赞美的那种优美品德，对于清净、贞洁的耳根来说，听听那种婚姻的忠诚是天籁般的享受。因此，我也希望所有人都能听听杜·巴塔斯对鲻鱼的赞美：

圣洁之爱，
莫若鲻鱼。
渔之配偶，
追之岸隅。
疯之以悲，
不惮死活。

与鲻鱼形成鲜明对比的是家养的公鸡，它跟每只母鸡都亲近，跟天鹅、灰山鹑 、鸽子都没法比。它既不孵蛋，也不抚养子女。这种货色，死不足惜。

母鸡也好不到哪里去，只要是公鸡，它都接受。它唯一能肯定的就是自己孵的小鸡是自己的血脉，仅凭细心照料小鸡才勉强获得比公鸡好一点的名声。救世主耶稣在表达对耶路撒冷的爱时，曾以母鸡为例说明精心照料时耐心的必要性，因为他的父亲上帝在耐心方面已经做出了十足的榜样。

与公鸡有得一比的是潜水鱼（diver fish），它毫无遮拦地把卵洒在水草叶子或者石头的表面上，任它成为其他鱼类或者其他物种的掠食对象。而有些鱼，比如那些有触须的鱼，不像公鸡和布谷鸟那样没心没肺，它们对鱼卵的保护是刻意而精心的。公鱼和母鱼会团结协作，精心把鱼卵埋在沙子里或者藏在隐秘的地方，除了自己，掠食者休想找到。

老弟，您可能觉得这些例子不可信，但它们都是经过见证的。有些是亚里士多德见证的，有些是普林尼见证的，有些是格斯纳见证的，有些是其他一些知名学者见证的，这些潜修知识和经验的人对此都了如指掌而且深信不疑。就像我一开始就说过的那样，对于一个严谨而虔诚的学者，这些东西真的是很值得思考的。毫无疑问，正是基于这种思考，先知戴维才说：“遍布江河湖海的鱼从自己的身上看到了上帝的杰作。”确实，鱼既是上帝的杰作，也是人间的奇迹和快意所在，这是大地所无法提供的。

灰山鹑
grey partridge

鱼是适合严谨、虔诚、风雅的人去思考的，这点已经通过早期众多善于思辩的预言家和权威人士的实践验证了，后来则被救世主的众多信徒验证了。在十二个门徒中，救世主就是选择了四个打鱼出身的门徒，点化他们，让他们能讲各种语言，让他们具备舌战犹太人的能力，然后派他们去异教徒中传播他的福音。异教徒伙同父辈把耶稣钉死在十字架上，四个门徒则因坚信耶稣而受苦，在苦难中，他们坚持布道法律制约中的自由，布道生命永恒的途径。很多人从耶稣的选择中明显地观察到，受雇于耶稣的那四个渔夫是苦难并幸福着的。

首先，观察者在记叙和传播此事的过程中没有指责这些人的出身和称谓。其次，观察者觉得这些人的本性是适合思辨的、宁静的，和多数钓客一样，他们温雅、善良、淡泊。救世主是无所不能的，在选择好的人品以传承高雅的时候，他是精心观察过的。救世主就是从无可指责的渔夫角色中挑出人选，赋予他们崇高的门徒身份，让他们追随他创造奇迹。我说的“这些人”就是指耶稣从十二个门徒中选出的那四个渔夫。

很明显，是耶稣的意志使得四个渔夫在十二门徒的排名中有了优先权。第一位是圣徒彼得，第二位是圣徒安德鲁，第三位是圣徒詹姆斯，第四位是圣徒约翰，其余八位则排在他们之后。

更明显的是，当我们万福的耶稣上山显容的时候，他把所有门徒留在山下，唯独选了三个渔夫门徒陪他到山顶尊显圣容。毋庸置疑的是，其他门徒在证明自己是耶稣的追崇者之后，都想方设法地证明自己也是渔夫出身。耶稣复活的时候，确实发现所有的得意门徒都在一起捕鱼。这一点在圣徒约翰的《福音》第二、第四版本的第二十一章里有明确的记载。

既然您说过您有足够的耐心听我讲，我就再回过头去讲讲一个智者的发现。他发现上帝是乐于让他钦定的人用圣明的智慧来写他圣明的旨意的，但必须得像先祖所做的那样，用隐喻的方式来写。上帝以所罗门为例，所罗门最初所写的都是惊世骇俗的肉欲情爱，上帝交代之后，他就写出了心灵的对话，写出了

布谷鸟
common cuckoo

圣洁的爱的颂歌，写出了《上帝和教堂赞美诗》。在《上帝和教堂赞美诗》中他写道：万人仰爱的上帝，眼睛清澈明亮，恰如希实本的鱼池。

所罗门这样写没有人提出任何异议，如果他是有依据才这样写的话，那么可以推测，我刚才跟您讲的写《约伯记》的摩西和身为牧师的先知阿摩司都是渔夫出身。因为您能发现在《圣经旧约》中提到了鱼钩，而且是两次提到。一次是谦恭的上帝之友摩西提到，一次是谦逊的先知阿摩司提到。以阿摩司为例吧，根据他的作品，我可以推断出，领略过他那谦卑、低调、朴实文风的人，只要把他的作品和先知以赛亚那高端、华丽、富于表现力的文风一对比，就能知道阿摩司不但是个牧师，而且还曾是个本性善良、平易近人的渔夫。把渔夫出身的圣徒彼得、圣徒詹姆斯、圣徒约翰那柔情似水、充满爱意、谦逊低调的书信和不是渔夫出身的圣徒保罗那辞藻华丽、比喻高调、气势磅礴的书信一对比，我就对阿摩司曾是渔夫的事情深信不疑。

至于垂钓的合法性，那是很容易得到保证的。救世主就曾命令圣徒彼得抛一只鱼钩到河里钓起一条鱼来，换钱后用来给凯撒大帝买贡品。

我跟您说，在其他国家，垂钓是意义非凡、很受人敬重的。读过费迪南德·门德斯·平托的《航海记》[1]的人就会知道，他在书中写到他见过一个国王和一帮僧侣在一起钓鱼。

读过希腊历史学家普鲁塔克作品的人就会知道，在马可·安东尼和埃及艳后时期，垂钓就不是一件可鄙的事情。在他们挥金如土地消遣的时候，垂钓就是一种主要的娱乐。还有，在《圣经》中，垂钓总是在最佳的场景里出现。虽然《圣经》中经常提到狩猎，但很少像提到垂钓时那样直呼其名，让人有点不知所云。还有，见过古代神职人员用的独木舟的人会发现，当时的教徒是不可以狩猎的，因为狩猎这种娱乐粗暴、野蛮、费劲、费神。而垂钓则是可以的，因为这是一种有百利而无一害的休闲，一种令人深思、令人平静的休闲活动。

我本想还拓展一点点，给您讲讲大学者珀金斯[2]对垂钓的看法，讲讲惠特克博士[3]以及其他很多大学者都是多么钟情于垂钓。但我最想讲的是两个难以忘怀的人，他们离我们的时代比较近，我想借他们再来点缀一下垂钓的艺术。

第一个人是诺威博士（Alexander Nowell），他曾经是伦敦圣保罗大教堂的神父。圣保罗大教堂至今还耸立着他的纪念碑。诺威生活在伊丽莎白女皇新政时期，而不是亨利八世时期。他为人谦卑、学识渊博、诗作丰富，非常引人注目。国会和议会一致选择、任命、信赖他写一本国民公用的问答集，就是那种确立思想和行为标准以传给子孙后代的书。年事已高的诺威虽然博学多才，但他很

① 费迪南德·门德斯·平托（Ferdinand Mendez pinto，1510-1583），葡萄牙人，一生大部分时间在中国、日本等远东地区度过。其《航海记》中记录的远东的事，曾被当时的人视为海客奇谈。

② 珀金斯（William Perkins，1558-1602），英国著名清教神学家。

③ 惠特克（William Whitaker，1548-1595），剑桥大学钦定神学讲座教授。

清楚，上帝引领谁进天堂并不是根据多少问题或者多严格的问题为标准的。他认为，一个地道的钓客，本身就是一本上好的、朴实无华的、有点被人忽略的问答集，而钓客和地道钓客的标准在早期的公益服务性用书中就白纸黑字十分明了地写明了。我想说明的是，诺威神父，这位仁慈的老者是垂钓的忠实爱好者和践行者，这样地道的钓客在哪个时期都会出现。他的习惯是，除了固定的祷告时间，业余的多数时间都用在了垂钓上。祷告时间是由教堂规定的，此时神职人员是不可以干闲杂事情的，早期的很多基督徒也都很自觉地遵守这一原则。我问过认识诺威神父的人，问及他的收入的时候，他们都只知道他所钓到的鱼。他经常垂钓的那些河河边的居民都认识他，经常跟我说“那位老者是从事宗教的”。每次垂钓结束回去的路上，诺威神父都会感谢上帝让他远离尘世的烦恼，又度过了美好的一天，感觉做一个神父既是无害的，也是有造化的。后人都知道，做一个钓客，即便不是诺威神父求之不得的，至少也是令他满意的，这点从他的画像上完全可以看出来。他的画像被精心地藏挂在他曾经慷慨捐助过的布莱斯诺斯学院，至今还能瞻仰。画像中他斜靠在书桌上，桌上放着《圣经》，他一只手拿着绕成一圈的鱼线、鱼钩，另一只手拿着几根大小不同、长短不一的鱼竿。旁边写着，“逝于 1601 年 2 月 13 日，终年 95 岁，任圣保罗大教堂神父 44 年。晚年眼不花，耳不聋，记忆清晰，思维敏捷，心智不减。”据说，他健康长寿的主要原因是垂钓和节欲。我真心希望效仿他的人都能记住这位仁慈的老者，衷心祝愿效仿者和他一样健康长寿，福报满满。

我接下来要讲的最后一个例子是个淡泊名利的人，他就是伊顿公学的前任院长亨利·沃顿（Herry Wotton）先生。我经常和他一起垂钓、一起交流，他是国家外聘过来的，经验丰富，学识渊博，睿智过人，热情乐观，跟他相处可以说是世上最惬意的事情了。他能获准垂钓是最能充分折服那些极力反对垂钓的人的，他非常喜欢垂钓，乐此不疲。他说过：“闲暇时刻不闲暇，最是垂钓时。”他认为，垂钓“是心灵的驿站，是精神的兴奋剂，是悲伤的分流器，是愁绪的镇定剂，是激情的调节器，是满足的联通器，喜欢并且经常垂钓的人会变得心平气和、宁静致远、有耐心、有韧性”。确实，老弟，您会发现垂钓简直就是人间的一种美德，它能确保心灵上的镇定和宁静，其他一些人性美的东西都会随之而来。老弟，这就是这位学者对垂钓的见解。

我坚信，热情乐观的亨利·沃顿先生绝对是心平气和、耐心十足的，在他七十多岁的时候，有个夏天的傍晚，他静静地坐在岸边垂钓，跟我讲当时令他最快意的事情。他描述的是春天，他当时的话语轻柔甜美，像是笔端轻轻流出的香墨，又像是当时眼前汩汩涌出的清泉。他是这样说的，我给您复述一下吧。

今天，大自然春情难按，
充沛的体液开始泛滥，
清新的甘露骚乱了紧抱着它的藤蔓，
诱得鸟儿也随即俘获了它的情伴。
水底的鳟鱼醋意狂漫，
忍不住飞出水面前来窥探，
还故作优雅地没有嫉羡。

挚友静立岸边，
气定神闲，
紧盯着颤动的浮标。
环形波轻漾绵绵，
赶紧提线。
屋檐下，
筑巢的候鸟是那白腹毛脚燕。
小树林里摔下一片欢欣烂漫，
夜莺凯旋般悦人耳眼。

雨丝不长，暖风不闹，

空气清新，黄昏婉笑。

少女拎着洁净的小桶，

沙红的奶牛恭候着她指尖的柔宠。

暗瞄一眼踢球少年的双瞳，

轻挤一下鲜奶的香浓。

郁金香、番红花、堇菜，

从原野挤进花园。

不争艳的玫瑰囡，

含羞未放。

万物亲昵热拥，

醉迎新年春浓！

这就是心静如水的亨利·沃顿先生当时的感触。您还想听听另一个垂钓者的心声吗？想听听他对幸福是怎么理解的吗？他叫乔·达沃（Jo. Davors）[1]，他也是用诗歌来表达的。

[1] 实际是诗人约翰·丹尼斯（John Dennys）。

特顿河边

可有住所

阿文河边

我自快活

浮标频沉

钓鱼相搓

河鲈欧白
抑或雅罗

尘嚣之上
我主叹悟
无良之辈
生之有促
不择手段
唯利是图
无耻之辈
淫逸无度
于酒于色
或于战鼓

可知垂钓
风雅休娱
仅需一瞥
别无他欲

芳草萋萋
一绿无疆
长河清清
蛇形淌洋
雏菊青翠
堇菜同彰
风信子红

水仙花黄

蓝铃花碧

红门兰苍

紫花如毯

毯如晨光

人间快意

得之酣畅

苍穹无边

香堇菜
sweet violet

日月相陪
云卷云舒
流霞飞美
何以流光
无须问霏
曙光女神
回眸有媚

山起平原
平原衷地
地裂沟壑
沟壑流河
河奔大海
海涌山谷
山谷之间
溪流自若

森林无边
叶茂枝长
阴影凉处
鸟儿歌唱
曲何以颂
盛夏女皇

牧场青青
草木林林

流水潺潺
银鳞悠悠

天赐造物
人间天堂
垂钓其中
其乐无穷
奇哉妙哉
扪心自赏
眼收美景
心无它恙
情怡星斗
物我两忘

老弟，我很高兴我还能记得这些诗，和我粗糙、刺耳的唠叨相比，这些诗是更惬意、更适合这明媚的五月天的。我也很高兴您的耐心持续了这么久，能把这些诗和我的话听完。眼前就是沙奇登茅屋了，有诗相伴，“诗好路短”啊。如果您觉得这些东西值得一听，我还没说完的就留到下一次有空时再叙吧，今天算我欠您的。

猎人：仁兄，您一路娓娓道来，不知不觉中我们就到了沙奇登茅屋，确实是“伴好路短”啊！我觉得仁兄所言极是，请相信我此话没有违心。您要是不说到了沙奇登茅屋，我以为还差三里路呢。既然到了我们就先进去，喝喝酒，歇歇脚。

钓客：好的！老弟，您要代表您明天要见到捕猎水獭的所有同行，我要好好地敬他们一杯！

猎人：好的，好的！您要代表所有爱好垂钓的钓客，我也要好好地敬他们一杯！说实话，我现在就想加入您二位的行列了。您一路所说的一切，已经使我对垂钓和钓客有了全新的思考。如果您明天能够跟我在我和猎友约定的地方碰面、花一天时间一起捕猎水獭，后面两天我就一定陪您去钓鱼，那时我们只能钓鱼、说鱼、说钓鱼，其余的什么都不能做。

钓客：好的！老弟，这是两不亏欠的事情，我不会食言的。如果情况允许的话，明天太阳出山之前，恩威山不见不散！

Day 2

Chapter 2

水獭

普通鸬鹚
great cormorant

猎人：钓客兄，您和我想象的一样守时，太阳刚刚升起，我也才刚到这里。猎狗已经发现了一只水獭，您看山脚下的牧场上，睡莲和草甸碎米荠的交错中，他们是怎么捕猎水獭的。您看，您看，人中有狗，狗中有人，人和狗都忙得一塌糊涂。

钓客：猎人老弟，真的很高兴到这里来见您，真的很高兴以这种方式参与到这次水獭的捕猎中，看到这么多猎狗和这么多猎手一起捕猎水獭真是太难得了！我们不必客气，直接参与进去吧。走吧，老弟，说走就走，快点。我想立马行动起来，任何荆林和沟渠都难不倒我。

猎人：猎人兄弟，您二位是在哪里发现这只水獭的啊？

猎手：老兄，是在一里外的一个渔场里发现的。它把这里绝大多数的鳟鱼都吃掉了，鳟鱼所剩无几了，它还想吃，我们发现它的时候它正在捕食鳟鱼呢。我们今天来得很早，太阳出山一小时之前我们就到了，到了之后没有给它任何喘息的机会，立刻就开始捕杀了。这么多猎人和猎狗，它自然是无处可逃了。杀了它的话，我就取它的皮。

猎人：为什么呢？皮有什么用吗？

猎手：用来做手套的话，一张皮值 10 先令。水獭皮手套是湿冷天气里护手的最佳选择了。

草甸碎米荠
lady's smock

白睡莲
European white water lily

钓客：老弟，请允许我问您一个问题，您是捕兽的，还是捕鱼的呢？

猎手：老兄，我无法明确回答您这个问题，就让卡特尔教会[①]那帮发誓不吃肉的家伙来回答您吧。我听说很多教会人士都讨论过这个问题，他们的分歧也很大。多数人认为水獭的尾巴像鱼，如果水獭的身子也像鱼的话，我就得说鱼也会走路了，因为水獭是会走路的。有时候水獭一夜之间要行走五六里路甚至十几里路，为的就是捕到鱼好给孩子喂食或者喂饱自己的肚子。我知道，鸽子为了觅得一份早餐，最远可以飞行 40 里远。老兄，我很清楚，水獭糟蹋了太多的鱼，它弄死和丢弃的鱼比它吃掉的鱼要多得多。我还知道拉丁文把水獭叫狗头渔夫（dog-fisher），在水中它能嗅到在 100

① 10 世纪兴起于法国的天主教教团。他们不吃兽肉，但他们认为水獭是鱼，不在禁食之列。

码之外的鱼，格斯纳则说它能嗅到更远的鱼。格斯纳能用石头防癫痫，他还有一种香草，叫安息香胶，装在亚麻布袋里挂在身上，在鱼塘和他经常出没的地方就不会被野兽发现，这说明在地上、在水中他也是有浓重体味的。在康沃尔，人们把水獭叫水狗（water-dog），捕猎水獭是很盛行的。那里水獭很多，大学者卡姆登（Cambden）说那里有条河叫水獭河（ottersey），之所以这样命名，就是因为河里繁衍生息了太多太多的水獭。

对于水獭我就说这么多，在河道出水口您二位可以看到猎狗紧追着的就是水獭了，我有把握，这只水獭肯定逃脱不了了。我们先看看我师傅们的阵势吧，然后再伺机而动，看样子斯维特利浦（Sweetlips）[1]可能会在最后一刻抓住水獭。

猎人： 天哪！所有的猎手都骑着马都跑到河里去了，我们该怎么做？也要像他们一样涉水进去吗？

猎手： 不必。不用那么着急的，老兄，原地观察一下然后跟我来。我敢肯定，过不了多久那些猎手和猎狗都会随着水獭一起朝这边跑过来。我们可能要和基博克（Kilbuck）一起围捕水獭，因为水獭从他那边过来了。

猎人： 真的呢，水獭从那个方向逃窜过来了。林伍德（Ringwood）抓住了水獭！它又挣脱了，它把旁边的一只猎狗咬了一口，它朝斯维特利浦这边跑来了，斯维特利浦抓住了它！斯维特利浦好样的！所有的猎狗在水中扑上扑下地围住了水獭，它已经筋疲力尽，力不从心，大势已去了。斯维特利浦，把水獭带过来给我看看。你看，这是一只母水獭，它刚下过崽。走，去最初发现它的地方，在那附近绝对有它的幼崽。我敢肯定，我们绝对可以把它们一锅端了。

猎手： 走吧，老兄，大家都去吧，去最初发现水獭的地方。你们看，

① 斯维特利浦、基博克、林伍德都是猎犬的名字。

这里就是猎狗发现它的地方。你们看，这里果然有它的幼崽，有五只之多呢。来，一锅端掉！

钓客：且慢，老弟，请不要一锅端，给我留一只幼崽吧，我想试试看能不能驯服它。我知道莱斯特有个叫尼古拉斯·赛格瑞（Nicholas Seagrave）的聪明人曾经这样做过，它不但驯服了水獭，还让水獭帮他捕鱼，甚至让水獭帮他做一些其他有趣的事情。

猎手：万分乐意！您随便挑一只吧，其他的就都杀掉了。现在，我们去一家物美价廉的啤酒屋好好地喝一杯吧，喝喝品质优良的大麦啤酒，唱唱百唱不厌的《老玫瑰》（*Old Rose*），我们可以好好地庆贺庆贺了！

猎人：去吧，钓客兄！我盛情地邀请您随我们一起去乐呵乐呵。晚上我就听您的安排了，不过明天您还得听我的安排，我答应过您，您陪我打猎我就陪您钓一两天的鱼的。

钓客：老弟，您的邀请太好了！我既乐意和您交换一份盛情的邀请，也乐意您的结伴垂钓。

普通翠鸟
common kingfisher

大麻鳽
Eurasian bittern

猎人：仁兄，现在就让我陪您去钓鱼吧。

钓客：万分荣幸！万分荣幸！各位兄弟，今天有幸在此和您二位聚在一起，还捕杀了一只水獭和它的幼崽，真是三生有幸！我们先走一步，各位万安！

猎人：老兄，您打算去哪里钓鱼呢？

钓客：我们不要去常规的地方，到一里之外的地方去吧。

猎人：好吧，我们边走边说吧。请您直言，这番款待您感觉如何？这家店家怎么样？招待是否周到？有没有觉得店主是个风趣的人？

钓客：老弟，我稍后再告诉您我对店主的感觉。首先我要告诉您的是，我很高兴今天杀死了这么些水獭，遗憾的是捕杀水獭的人还不是很多。我很清楚，捕獭猎人少得可怜，又不设定围栏禁渔月以保证鱼类的繁衍生息，这样迟早会毁了河流的物产的。鱼没了，那些所剩无几的坚守国民道德标准的坚持斋戒日的人，都得被迫吃肉，那时他们的无所适从比我们所能想象的要严重得多。

猎人：是吗？老兄，您所说的围栏禁渔月指的是哪些月份呢？

钓客：老弟，原则上是三个月，也就是三、四、五月，因为这三个月通常是鲑鱼离开海洋返回绝大多数淡水河流产卵的季节。如果没有贪得无厌的渔民设置渔网和堰堤，一捕捞就是成千上万条，一段时间之后，孵化出的小鲑鱼就会返回大海。如果产卵的鲑鱼总是有去无回，它们就会从大自然中吸取教训，再也不到淡水河中产卵了，而改为在大海中产卵。看过 13 世纪爱德华一世和理查德二世先后制定和修改的明智法令的人就可以了解，有很多法令条文都是用来防止类似涸泽而渔的毁鱼方式的。尽管我对法律不甚精通，但我敢肯定，法令的缺漏完善起来是很容易的。我记得我有个睿智的朋友经常说：“大家的

红喉潜鸟
red-throated loon

事就不是谁的事。”如果事实和现状恰巧相反，那么在法令之下，就不会有那么多的渔网，日常生活中也就不会有那么多鱼可以卖，杀鸡取卵、涸泽而渔者对此是应该感到羞愧的。

首先，产卵期捕鱼是违背自然规律的，这就像鸟在孵蛋时拆去鸟巢的外围。这种过错与自然法则是如此相悖，以至于万能的上帝在利未族的法律中就制定了法规来禁止产卵期捕鱼。

除了不是自然天敌的渔夫之外，可怜的鱼有着太多太多的天敌，比如我说到过的水獭，还有鸬鹚、麻鳽、鱼鹰、海鸥、鹭鸟、翠鸟、潜鸟、红嘴鸥、天鹅、鹅、鸭子，还有水鼪——有些人曾称它为水田鼠，等等。所有实在的人都为鱼的这些天敌辩护，我却不会，就让他们辩护好了，我倒希望别人把鱼的这些天敌消灭得干干净净，因为我的天性不是残忍杀生的，除了杀鱼，其他的动物我都不杀。

现在谈谈您所关心的店主吧。实话实说，我对他不太感冒，他津津乐道的无非是些《圣经》笑料或者是艳俗笑话，这些我都不认为是风趣，色魔恶棍才适合与这种人为伍，这是其一。其二，他有种与生俱来的肮脏德性。一个好的伙伴是用真正的幽默和欢笑来愉悦同伴的，是不会流露出丝毫的低俗下流的。他却是那种低俗下流之人，这种人其实是应该受到谴责的。也就是因为他，我才想带您离开，不要让您今晚住在他那里。我打算带您住在离这不远的叫“鳟鱼堂”（trout-hall）的地方，那里有个适合为伍的钓客。您知道吗？好的伙伴和好的交谈就是美德的所在，那个店主说的那些话对别人是有不良影响的。年轻人如果和我常去的店家的店主以及我的另一个伙伴相处过，就都能从他们那里学会交谈和励志，尽管我那个伙伴其名不扬，我还有一个伙伴却是个地地道道的绅士。一般的宗教信仰可以拯救乞丐的灵魂，却拯救不了他们的灵魂，因为他们已经具备了很高的道德修养。我想越在关键时刻越能体现一个人的修养，您知道榜样的力量吗？我知道有首诗说的就是这个道理，所有为人父母者和讲究礼仪的人都应该知道这首诗。

幼时母亲育儿话，
修身治国平天下。
有人只是嘴边挂，
信仰全无愧国家。

有人之所以把修身养性写成这样的韵文诗，就是要希望智者注意修身养性，除此之外，别无他意。尽管我也很讲究修身养性，但对没修养的人我不做过于严厉的批评和谴责。那边河边有棵树，我肯定能在树下钓到一条大头欧雅鱼，我们把它带到一家我常去的店家那里，店主是女性，我们很熟，她为人实在，很讲究干净整洁。在她那里我们一边歇歇脚，一边把大头欧雅鱼打理打理当晚餐。

猎人：仁兄，大头欧雅鱼是最次的鱼啊，我想吃鳟鱼。

钓客：相信我，老弟，这种河段不太可能有鳟鱼的。今天上午我们和那些猎手相处的时间太长了，你看太阳都老高了，光线很刺眼，不到黄昏是钓不到鳟鱼的。尽管很多人包括你都认为大头欧雅鱼是最次的鱼，但关键要看怎么烹

水獭
Eurasian otter

饪了，我一定会把它做成一道美味的。

猎人：您是怎么做大头欧雅鱼的呢？

钓客：等我钓到大头欧雅鱼之后再慢慢跟您讲吧。老弟，您看看您面前，看到了吗？您得再靠近一点，就在您面前那个泥洞前面的水面上，浮着二十来条大头欧雅鱼。我就钓一条，钓最大的那条，我肯定会钓到最大的那条的，就像选您做朋友也是二十个人里挑一个一样，您会眼见为实的。

猎人：哎呀，老兄，您说起话来就像是一个艺术家，如果您真的说到做到了，我就认定您真的是个艺术家，在亲眼见证之前，我还是有所怀疑的。

钓客：您不必再怀疑了，我立马就现场表现给您看。您看，最大的大头欧雅鱼的尾巴上有点狗鱼的咬伤或者是其他原因造成的擦痕，伤痕看起来像个白斑。我现在就把它钓起来亲自交到您的手上，我一定会说到做到的，请您坐到树荫底下稍安勿躁。

猎人：您看起来那么自信，那我就信心满满地坐过去了。

钓客：您看，老弟，我小试身手鱼就到手了，就是那条我刚才指给您看的尾巴上有斑痕的大头欧雅鱼。就像我百分之百有把握钓到它一样，我百分之百有把握把它做成一道美味。我带您去那个雅致的啤酒屋吧，选个干净清雅的小间，窗台上的薰衣草清香徐来，墙上的音箱里民谣轻唱。实话告诉您，女店主不但讲究干净整洁，而且貌若天仙，有理有节。她为我做过很多次大头欧雅鱼，现在她学会了我的烹饪方法，做出来的大头欧雅鱼一定是很美味的。

猎人：那就赶紧去吧，老兄，我有点饿了，正求之不得呢。您把店家说得那么雅致，我也巴望着去见识见识。正好我也需要歇歇脚，虽然今天上午才走了四里路，但我有点累了，昨天打猎的疲乏还没有完全消除呢。

钓客：老弟，您马上就可以休息了，那边就是我要带您去的那家店家。

您好啊老板娘！请先给我们来杯上等的茶水，然后把这条鱼按八九天前我和朋友来这里时那样的做法做好。请您让我们优先一点，这条鱼要立马做。

老板娘：好的，我即刻安排。

钓客：老弟，您看这女店主的速度快不快？这鱼看起来味道好不好？

猎人：都好！都好！老兄，我们赶紧说“我主慈悲”然后就开吃吧。

钓客：老弟，您觉得味道如何？

猎人：太棒了！这是我吃过的最美味的鱼！我得谢谢您！来，我敬您一杯！喝了这一杯，您要答应我一个请求，请千万不要拒绝我。

钓客：什么请求？您很谦恭，我想您不会有什么过分的请求的，您说吧，您就是不说我也会答应您的。

猎人：老兄，我想拜您为师，从此往后我要做您的高徒。与您为伴，惬意无比。您那么神速地钓到鱼，还能做出这么难得的美味。我心潮澎湃，一定要拜您为师了。

钓客：伸出手来，我们握手为盟吧。从此往后，我就是您的师傅了，我会把我的技艺一五一十、毫无保留地传授给您。只要您愿意学，我会把我所知的所有鱼的天性全部都告诉您。我很自信，与一般钓客相比，我懂得更多，也会教得更到位。

Day 2

Chapter 3

大头欧雅鱼

欧洲酸樱桃
sour cherry

钓客：用一般方法做大头欧雅鱼是不好吃的，但换个方法做味道就很鲜美了。人们不喜欢大头欧雅鱼，首先是因为它满身都是叉刺，吃起来有点费劲。其次是因为大头欧雅鱼鱼肉含的水分太多，肉质不紧实，肉纤维短而无嚼劲。法国人非常轻视大头欧雅鱼，以至于把它叫作“Un Villain（恶棍）”。大头欧雅鱼尽管遭人轻视，但换种方法烹饪的话还是可以算得上是上等鱼肉的。如果大头欧雅鱼足够大，就可以按以下方法来做。

首先去鳞洗净，然后取出内脏。取内脏时可以从鱼鳃那里弄个小孔然后把内脏取出来，特别要注意的是一定要把鱼的喉咙里附着的水草弄干净，不弄干净的话，做出来的鱼味道是酸的。把大头欧雅鱼处理干净之后，在鱼肚里放些香薄荷，在鱼身上划上两三刀，然后绑在烤叉上烘烤。一边烤一边在鱼身上涂上醋和黄油，当然最好是涂酸果汁来代替醋，再撒上适量的盐。这样烤制大头欧雅鱼就可以把大头欧雅鱼鱼肉里多余的水分去除，其味道之鲜美，您和多数人，甚至是多数钓客都是无法想象的。

需要谨记的是，现抓现烤的活大头欧雅鱼比放了一天的死鱼味道要鲜美得多，这和现摘现吃的樱桃与放在水里泡了一两天、碰得伤痕累累的樱桃相比哪个味道更美是一样的道理。还有，去除内脏后就不要再用水清洗了，因为用水洗过后甜美的味道就会消失。去除内脏后尽快地带血配料烤制，这样做出来的

斑叶百里香
garden thyme

大头欧雅鱼吃起来会让您觉得天道酬勤、苦尽甘来、生活有味、人生幸福。

或者，您还可以这样做大头欧雅鱼：

去鳞之后，剁掉它的尾巴和鳍，然后像腌制咸鱼时做的那样沿着鱼的背脊切开，平摊开来在背上划上三四刀，然后放在炭火或者无烟煤火上烤炙，烤炙过程中涂上上等的甜味黄油和适量的盐，再撒上一点点百里香草粉末。这样烤制的大头欧雅鱼同样去除了多数人不喜欢的水分，您吃得津津有味、高度赞美的大头欧雅鱼就是这样做的。同样需要谨记的是，做好的大头欧雅鱼要当餐吃完，如果留到第二天再吃，味道变差，就不会令人垂涎三尺了。别忘了，这样做大头欧雅鱼同样要把鱼的咽部清理干净，要非常干净，去过内脏之后就不要再清洗，事实上，用任何鱼做菜都要做到这一点。

徒弟啊，可怜的大头欧雅鱼遭人鄙视，我却翻出陈年菜谱，这是多么痛苦的事。我现在教您如何钓大头欧雅鱼吧，我很乐意从如何钓大头欧雅鱼入手，带您走进垂钓的艺术殿堂。因为大头欧雅鱼是很容易钓到的，没有其他鱼比它更适合一个初学者了。尽管钓大头欧雅鱼很简单，但一定要遵从一个特别的方法。

就去我钓到大头欧雅鱼的那个地方，在那个泥洞前面，天热的时候通常会有十几条或者二十几条大头欧雅鱼悬浮在水面上，去的路上顺便在草丛里抓两三只蚱蜢，然后悄悄地潜伏在树背后，静立一会儿以确保自己心平气和。气息稳定后，把一只蚱蜢挂在鱼钩上，然后把鱼钩甩进水面的上空，让鱼钩距离水面大约有四分之一码的样子，把鱼竿静靠在树干上就可以了。大头欧雅鱼是鱼类中最胆小的，鸟从天上飞过投下的阴影都会吓着它们，所以甩鱼钩的时候它们可能都会沉到水底下去，但过不了多久它们又会浮上来，悬浮在水面上直到又有影子吓着它们时再沉下去。当它们悬浮着的时候，确定好最肥美的那只大头欧雅鱼，如果您站立的位置恰当的话，确定起来是很容易的，然后像蜗牛爬行一样慢慢地移动您的钓竿，靠近您想钓的那条鱼，慢慢地降低鱼钩上的诱饵，让诱饵和水面保持三四英寸的距离，这样的话，大头欧雅鱼必定会跳起来吃蚱蜢的，您必定就会钓到大头欧雅鱼了。大头欧雅鱼是皮革嘴鱼，只要上了钩就不会脱钩，随它在水里挣扎好了，您想什么时候提起来就什么时候提起来。您

大头欧雅鱼
European chub

现场试试看，用我的钓竿按我说的去做。我坐在这里修修我的渔具，等着您满载而归。

猎人： 亲爱的师傅，您还真的如我所愿细致地教我钓鱼了，我现在立马就去验证一下您的教导。

师傅您看！您看我钓到了什么！我钓到了差不多和您钓到的一样大的大头欧雅鱼！太不可思议了！

钓客： 真高兴您一学就会！真高兴有您这个前途无量的高徒！我敢肯定，只要有兴趣，一点建议加点实践，过不了多久您就会成为一个真正的钓客了！

猎人： 师傅，要是找不到蚱蜢该怎么办呢？

钓客： 那就用黑蜗牛，把它的肚子切开就是白色的了，或者用一片奶酪也行，或者蠕虫也行。任何飞蝇也都可以，飞蚁、麻蝇[1]、壁蝇（wall-fly）[2]、粪金龟及其幼虫都可以用（这些在牛粪里是很容易找到的），最容易找到的是甲虫。有一种小白蠕虫，看起来像石蚕，但要大一些，它们都可以用来当饵料。在炎热的黄昏，您用这些东西说不定还能钓到鳟鱼呢。您沿着溪流走，就能看到或者听到鳟鱼跳出水面，在鱼钩上挂只蚱蜢，甩出两码长的鱼线，躲在鱼洞边的草丛里或者树林里，轻轻地抖动蚱蜢，鳟鱼就会跳起来咬钩。不过您不一定能钓到它，因为鳟鱼不是皮革嘴鱼，咬钩了也有可能会脱落。各种飞蝇都能用来钓鳟鱼，但最有效的还是蚱蜢。

①　又称肉蝇，为拟胎生、食腐肉蝇类。

②　物种不明，直译。

猎人： 师傅等一下，您刚才所说的皮革嘴鱼（leather-mouthed fish）是指什么鱼呢？

钓客： 皮革嘴鱼指的是咽部里长牙齿的鱼，像大头欧雅鱼、鲃鱼、鮈鱼、鲤鱼都是，这些鱼的皮很厚而且弹性很大，鱼钩挂在鱼皮或者鱼嘴巴上，基本上就不会脱落。与此相反，有些鱼的牙齿是长在嘴里而不是长在喉咙里，像狗鱼、河鲈、鳟鱼都是。您仔细观察就会发现，这些鱼刺很多，皮很薄，鱼钩即便是挂上也很容易脱落，所以钓起来就不太容易，除非鱼钩卡得很死。

猎人：师傅您观察得这么仔细，讲得这么具体，我真要谢谢您！我钓到的这条大头欧雅鱼该怎么处理才好呢？

钓客：送给一户贫苦人家吧，我再给您钓一条鳟鱼，我保证您晚餐时能吃上鳟鱼。一开始学习垂钓就能把您的战果馈赠给穷人是个很好的开端，他会感激您和上帝的。您不吭声看来是默许了，看在您如此慷慨仁慈的份上，我再教您更多的钓大头欧雅鱼的技巧吧。您要记住，三、四月份，大头欧雅鱼喜欢吃蠕虫。五、六、七月，则喜欢吃飞蝇、蜗牛、樱桃、去掉了翅腿的甲虫和在土墙上筑巢的毛跗黑条蜂。这个季节盛产的蚱蜢则是它的最爱，在水流湍急的河的水面或者水底，大头欧雅鱼对蚱蜢总是来者不拒。割草的人通常能在草叶上发现熊蜂的幼虫，这种幼虫大头欧雅鱼也很喜欢吃。八月份之后，天气渐凉，可以取点上等的奶酪，和上黄油和番红花，放在钵里捣烂，使它变成柠檬色，然后做成适合鱼吃的小丸子，这就成了大头欧雅鱼的上等饵料了。冬天的时候，则用奶酪和上松脂做饵料。冬天的大头欧雅鱼是最好吃的，因为这个时候它的叉刺是软的，尤其是烤着吃的时候几乎感觉不到有刺。冬天的时候，大头欧雅鱼和鳟鱼一样，还会吃鱵鱼，这个我稍后再详尽地告诉您。此外，还有深水饵料也稍后再告诉您。要记住一个规律，天热的时候，大头欧雅鱼是在水面或者水中间的，天冷的时候，它是在水底的。用甲虫或者飞蝇在水面上钓大头欧雅鱼的时候，要确保鱼线足够长，不要让鱼看到鱼竿和您本人。以前跟您讲过，大头欧雅鱼的鱼卵是很好吃的，大头欧雅鱼的咽部洗干净的话则是大头欧雅鱼最美味的部位。先讲这么多吧，希望您能够再钓到一条大头欧雅鱼。

钓到了鱼要现杀现吃，您可能以为是我的创举，其实很早以前，人们就知道其中的道理，钓到鱼之后总是迫不及待地吃掉的。

在塞涅卡[①]的《自然问答》（*Natural Questions*）一书中第三部分第十七条，您可以了解到，古人对鱼的新鲜是很讲究的，巴不得把活鱼递到客人的嘴边。书中记载，为了保证鱼的新鲜，古人在餐厅里放着里面装有水草的鱼缸，把鱼养在里面，招待朋友时很夸张地把鱼从餐桌底下取出来现杀现吃。书中还记载说，鲻鱼在死亡时是会变化出好几种颜色的，让客人看到这一幕，主人是万分得意的。鳟鱼的特性和垂钓方法讲起来更耗费时间，大头欧雅鱼就先讲到这里吧，以后有空再继续讲。

① 塞涅卡（Seneca），古罗马政治家、新斯多葛主义的代表、哲学家。

Day 3

Chapter 4

鳟鱼

丁子香
clove

鳟鱼在国内外都是深受人们推崇的，就像古代诗人咏酒和现代国人咏叹鹿肉一样，鳟鱼被恰如其分地评价为大自然恩赐给人类的美味。鳟鱼和黇鹿有得一比，是因为它的出现和黇鹿一样也有季节性，而且它的出现和消失与黇鹿和马鹿的出现和消失是同步的。根据格斯纳的说法，鳟鱼的叫法来自德语，它是一种淡水鱼，只生活在水流湍急、河床布满坚石的溪流中。和鲻鱼的美味胜过所有的咸水鱼而成为人们的首选一样，鳟鱼在所有的淡水鱼中是佼佼者，在适当的季节里，它是餐桌上最美味的佳肴。在我细说鳟鱼之前，您可能会猜到鱼有产卵期，因此钓鳟鱼要么春夏季是好时机，要么秋冬季是好时机。一般的鱼是这样的，但鳟鱼例外，因为它和雄鹿一样，只在五月份出现，然后就消失了。您要知道，同一种鱼，我们这里出产的和其他地方，比如德国出产的在大小和外观等方面是有差别的，鳟鱼也是如此。

众所周知，在莱曼湖和日内瓦湖，有人抓到过三尺长的鳟鱼。知名博物学家格斯纳和地理学家墨卡托[1]都曾断言过，日内瓦湖出产的鳟鱼是日内瓦主要的商品之一。您会了解到，只有在某些特定的水域，才出产大量的小鳟鱼。我知道位于不列颠岛南部的肯特有

① 墨卡托（Gerardus Mercator，1512—1594），荷兰地图制图学家，是地图史上划时代的人物。

条小河盛产小鳟鱼，一小时就能钓三五十条，但没有一条能大过只能当作诱饵用的鮈鱼。在靠近大海和流入大海的深水河，像温彻斯特河、泰晤士河的温莎河段等，出产一种叫 samlet 或 skegger 的小鳟鱼，这两个地方我都曾站着不动就能钓到三五十条，这些小鳟鱼和小鲤鱼一样容易咬钩。有人认为这种小鳟鱼是鳟鱼的幼鱼，其实它们是长不大的，再怎么长也大不过鲱鱼。

在肯特的坎特伯雷附近，有种叫福帝姬（fordidge）的鳟鱼[①]，这个名字就是出产这种鳟鱼的小镇的名字。这种鳟鱼是最为罕见的，大小和一般鳟鱼差不多，但稀罕之处在于它与众不同的颜色。在盛产期，切开之后它的肉色是白色的。一般人是钓不到福帝姬的，只有最出色的钓客乔治·汉斯汀（George Hastings）钓到过，而现在，估计只有上帝才能钓到了。乔治·汉斯汀曾经跟我说过，福帝姬不应该是用来吃的，而应该是用来赏玩的。人们对此深信不疑，因为乔治·汉斯汀（George Hastings）和以前也曾钓到过福帝姬的人都很好奇地剖开鱼腹，想看看它是吃什么为生的，但一无所获，因为福帝姬的胃里没有任何东西，这怎么能够满足他们的好奇心呢。

① 可能为一种海鳟。

说到这点您就要注意了，有些知名的人士著书立说说蚱蜢和某些鱼是没有嘴巴的，呼吸和吸取营养都是靠鳃部的气孔，很多人不知原委，却对此深信不疑。我们都知道，渡鸦孵出幼崽后听之任之，是不管它们的，《圣经》里就说到小渡鸦是靠来访者喂养大的。

事实上，小渡鸦是靠鸟巢边的蠕虫和露水或者其他一些我们人类还不知道的方法长大的。福帝姬和小渡鸦有点相似，它怎么长大的也不为人所知，它就像鹳一样，知道自己的季节，知道该何时出现。我认为福帝姬是在大海里吃饱喝足地生活了九个月，然后游到福帝姬镇的河里斋戒三个月。您要知道，小镇里的人非常希望捕到福帝姬，都是掐着指头计算开始捕鱼的时机的，他们见人就吹嘘，他们的福帝姬鳟鱼是最佳鳟鱼。萨塞克斯郡（Sussex）的居民也向世人吹嘘它那里特有的几种水产，也就是歇尔瑟（Selsey）镇的鸟蛤、奇切斯特（Chichester）镇的海螯虾、阿伦德尔（Arundel）镇的鲻鱼和安伯利（Amberley）镇的鳟鱼。

再说说福帝姬鳟鱼吧，人们认为，这种鳟鱼在清澈的溪流中是不进食的，这倒是很可信。因为有些迁徙鸟类像燕子、蝙蝠、鹡鸰等一年当中有六个月是看不到的，在米迦勒节[1]前后它们会飞

[1] 米迦勒节是西方基督教国家的一个节日，即每年的9月29日。

渡鸦
common raven

到更温暖的地方。但有时候也能一次性发现好几千只掉队的，它们藏身在空心树里或者土洞里，不吃不喝睡一个冬季也不会饿死。艾尔伯图斯（Albertus Magnus）也观察到有一种蛙，八月份就开始断食冬眠了，整个冬季不进食都安然无恙。蛙冬眠对某些人来说很神奇，但对多数人来说是见怪不怪的。

由于几乎钓不到福帝姬，人们对它的了解也就少得这么可怜。或许和燕子、蛙一样，在河里时，福帝姬是靠先前在海里养足的脂肪和肌肉生存的，或者单纯靠清澈的河水就能生存了，或者像极乐鸟和变色龙，仅靠太阳和空气就能生存。

在诺森伯兰郡，有一种鳟鱼叫褐鳟，比南方出产的鳟鱼要大很多。在很多流入海洋的河流里出产的褐鳟在形态上和斑纹上和一般的鳟鱼也有很大的区别，就像各国出产的绵羊有差异一样，体型、大小、毛质各不相同。与有些牧场能出产体型偏大的绵羊相似，有些河流由于流经的地域不一样，能出产体型较大的鳟鱼。

接下来要告诉您的是，和一般鱼相比，鳟鱼生长很迅猛，它的寿命没有河鲈和其他深水鱼的寿命长， 弗朗西斯·培根爵士（Sir Francis Bacon）

尼罗鳄
Nile crocodile

大西洋鳕
Atlantic cod

在他的《生死史话》（*History of Life and Death*）中把他对鳟鱼的这点观察写得很清楚。

您需要明白的是，鳟鱼的迅猛生长是阶段性的，不像鳄鱼，如果鳄鱼寿命不长的话，它从出生到死都是迅猛生长的。在产卵之前，鳟鱼要逆流而上，奇迹般地越过道道堰堤和水瀑，所经之处，水流之湍急和堰堤、水瀑之高度都是令人难以置信的。鳟鱼的产卵期通常在十月和十一月，有些河流里的鳟鱼则稍早或稍晚点产卵，这点也是值得留意的，因为一般的鱼是在春天或者夏天产卵，这时太阳使得土壤和水体的温度都上升到了适合传宗接代的程度。如果仔细观察您就会发现，有几个月的时间里，鳟鱼是很肥硕的，体态有点像雄壮的雄黇鹿和公牛，有几个月里，鳟鱼是清瘦的。同一片牧场里的雄黇鹿和公牛始终是肥硕的，而马则一年中只有一个月时间才是肥硕的。与此相似，在某些季节里，您会发现很多鱼比鳟鱼长得要快，体型更肥硕。

此外，当太阳上升到一定高度，土壤和水体足够暖和的时候，鳟鱼会萎靡，像是病了一样，游动时身子侧来侧去不是很正，浑身变得臃肿污秽，严重的时候还会出现斑点和残缺。冬天的时候，鳟鱼显得头很大，身子清瘦而干净。此时多数鳟鱼身上会长满了虫子，这种虫子叫鳟鱼虱（trout-lice）[①]，是一种外形像丁子香或者大

① 某种甲壳类动物。

头针的蠕虫，虫子的头比身子大，吸附在鳟鱼的身上吸取它的体液。我想鳟鱼也会以吃这些虫子为生，这个时候它只是维持生命，是不太生长的，要等到天气变暖之后才会迅猛生长。鳟鱼是怎样摆脱这些虫子的呢？当它稍稍长大之后，它会从死水当中游到水流湍急、布满沙石的河流里，在沙石上蹭掉这些虫子，然后就更迅猛地生长起来，强壮之后就游到更湍急的河流里去，在那里较为稳定地定居下来，靠接近它的飞蝇和小鱵鱼为生。鳟鱼最喜欢吃的是石蚤，有石蚤吃的时候，鳟鱼显得最健硕、最肥美，也最受人追崇。

您要知道，最好的鳟鱼是红色或者黄色的，虽然像福帝姬那样上等的鳟鱼是白色的，但并不常见。雌性鳟鱼和雄性鳟鱼相比，鱼头比较小，身子比较宽，味道更鲜美。请记住，头小，背拱，这两个特征是鳟鱼和任何鱼类最适合食用的标志。

您要知道，有些柳树和棕榈树发芽、开花比较早，鳟鱼也是这样的，有些河流里的鳟鱼成熟得也比较早。有些冬青树和栎树在长叶子之前，枝桠伸展得更长，鳟鱼也是这样，有些河流里的鳟鱼成熟期会比较长。

您要知道，鳟鱼的种类很多，有些鳟鱼是鲜为人知的，因为它们只是统称为鳟鱼。就像鸽子，在很多地方，既有家养鸽也有野生鸽。家养鸽中，又有风帽鸽（helmet）、仑替鸽（runt）、信鸽（carrier）和食草鸽（croper）之分，实际上，鸽子的种类不胜枚举。此外，《皇室社会》杂志最近发表的文章表明，人们已经发现了三十三种蜘蛛，据我所知，这些蜘蛛也都是统称为蜘蛛。很多鱼也都是统称为某某鱼，鳟鱼更是如此，统称为鳟鱼的鱼在体型、大小、颜色和斑纹上是有很大差别的。肯特郡的母鸡根本就不像一般意义上的母鸡，也是个很好的例子[1]。毫无疑问，肯定有种小鳟鱼，一辈子都长不大的，数量却很多。小鳟鱼中，体型方面肯定也会有大小之分。体型娇小

① 一种曾在英格兰东南部饲养的五趾鸡。

的小鹪鹩和小山雀一次就能孵出二十多只幼崽，而体型庞大的老鹰、欧歌鸫和乌鸫一次却只能孵出四五只幼崽，您只要想到这一点，对鳟鱼的差异性就不会有任何怀疑了。

现在，我钓一条鳟鱼给您看看吧。晚上或者明天早上我们再边走边说，我再告诉您如何钓鳟鱼。

猎人：师傅，说实话，我明白了钓鳟鱼确实比钓大头欧雅鱼难多了。这两小时我一直耐心地跟着您，可是一点也没有看到水里有鳟鱼跃动，也没有发现您准备做饵料所需要的小鲤鱼和蠕虫。

钓客：徒弟啊，运气不好的时候要稍微忍耐一下的，否则就做不了一个很好的钓客。您说没有鳟鱼，那里不是有一条吗？而且还很大呢，我要是想钓的话，两三下就能把它扯起来了。您看它静立在水里，只需要捞一下就可以了，把网兜给我。您看，我捞起来了。您看到了吗？耐心一点，举手之劳就有收获了。

猎人：师傅，这条鳟鱼看相非常棒，您打算怎么处理它？

钓客：晚餐时拿来下饭。稍后我们去女店主那里，刚才出门的时候她告诉我，我有个很要好的兄弟叫彼得，他既是一个很不错的钓客，也是一个很不错的伙伴，他带话来说他今晚会带一个朋友一起住到她那里。女店主有两张床，我们睡大的那张，他们睡小的那张。我们四个人可以好好地聚一聚乐一乐，讲讲故事、唱唱民谣、钓钓鱼，或者做点其他有趣的事情打发一下时间，可以尽情地自得其乐而又不惊扰他人。

香忍冬
European honeysuckle

猎人：太好了！师傅，就去那家店吧，店里的纯棉床单洁白如雪，窗台上的薰衣草清香馥郁，我就喜欢睡在那样的地方。现在就去吧，师傅，钓鱼钓了这么久，我又有点饿了。

钓客：稍等一下，徒弟。上次我是使用蠕虫钓鳟鱼的，现在我到那边树下花十几分钟再用鱵鱼钓条鳟鱼，反正那边也顺路。徒弟您看，那些鱼要么立刻就咬钩，要么根本就不咬钩，听懂我的意思了吗？哦！我钓到了！噢，原来是一大条头大得不成比例的大头欧雅鱼，用柳条穿起来吧。走，现在去店里。徒弟，我们不要走正路，沿着那边的忍冬篱笆走吧，青翠的草丛上花开得正艳，我们可以在花丛中坐下来唱唱歌，任绵绵细雨轻轻洒落在起伏不平的大地上。

您看，那边有棵茂盛的毛榉树，上次我来这里钓鱼的时候就坐在树底下歇息，附近小树林里的小鸟叽叽喳喳地似乎是在开辩论会，声音很空灵，好像是从那边开满报春花的山崖上的空心树里传来的。我就坐在那里，凝视着银光闪闪的溪流静静地流进狂怒的大海，想象着溪流如何击碎一道道巨浪，汹涌成层层泡沫。有时候，我会凝视着温顺的小羊羔消磨时光，有些小羊羔在清凉的树荫里自由自在地嬉戏跳跃，有些小羊羔不畏酷热，在阳光中奔跑，有些小羊羔则追随着奶水充盈、咩咩叫的母羊，不断地寻求慰藉。我这样静坐观察的时候，这些景象就占据了我所有的灵魂，令我心旷神怡。我的感觉就和那首诗写的一模一样：

世间光阴如许，
吾辈生而享用。
生时不知其趣，
拥之其乐无穷。

当我离开此地去往下一片旷野的时候，另一种心旷神怡又占据了我的全部身心。那是一个很漂亮的挤奶姑娘，豆蔻年华里还没有那种成年人无事惊恐、逢人只说三分话的意识，对一切都充满了爱意。她像夜莺一样唱着五十年前基特·马洛[1]写的一首婉转悠扬的小歌谣，嗓音甜美，曲调也很适合她的音色，她母亲唱着沃尔特·雷利[2]年轻时写的歌应和着她。

那两首歌都是古体诗的韵律，都是经典中的经典。在读者极为挑剔的当下，再好的诗都比不上那两首诗了。您看，那边！她们又在那里挤奶了！我把大头欧雅鱼给她们，请她们再为我们唱唱那两首歌吧。

您好！大姐，我是个钓鱼的，正去百利客客栈住宿，我今天钓的鱼有点多，晚上和朋友一起吃都吃不完，我想把这条鱼送给您和您的女儿，是送而不是卖的，不要钱的。

挤奶妇人：上帝会保佑您的！我们可以美餐一顿了！以后如果您看在上帝的份上每两个月能来这里钓一次鱼，我就可以给您一些在新堆的草垛上晒制的用鲜奶、鲜果汁制作的奶酒冻，我女儿莫德琳可以给你唱她最拿手的歌谣。她和我都很喜欢钓客，因为钓客都很诚实、很礼貌、很静雅。听我们唱歌的时候，您还可以尽情地品味红牛产的牛奶。

钓客：不了，万分感谢！万分感谢！就请您女儿现在为我们唱首歌吧，就是八九天前来我路过这里时她唱的那首。虽然这并不破费您们什么，但我还是觉得很亏欠您们的！

挤奶妇人：请问是那首歌呢？是《牧羊姑娘戴头花》，是《都思娜在午休》，是《菲里德取笑我》，是《把握机会》，是《强尼·阿姆斯特朗》，还是《特洛伊城》？

钓客: 都不是。是那首您女儿唱第一部分，您随之和唱的那首歌。

挤奶妇人：哦，我知道了。那首歌的第一部分我在跟我女儿一样大的时候就学会了，第二部分是两三年前我疲于应付生计的时候

① 基特·马洛（Christopher Marlowe，1564-1593），伊丽莎白时代的著名诗人、戏剧家。

② 沃尔特·雷利（Walter Ralegh，1554-1618），英国贵族、冒险家、诗人。

学会的，它是我现在的生活写照。如果您愿意听，这两部分我们都可以唱给您听，因为我们真的很喜欢钓客的。来，莫德琳，你调整好情绪，唱第一部分，要满怀欣喜地唱，唱完后我唱第二部分。

挤奶姑娘的歌

爱我吧，莫彷徨，
山林里，田野旁，
有爱在，即温床。

坐石上，看牛羊，
浅滩边，瀑布淌，
多情鸟，唤情郎。

玫瑰花，铺成床，
衣帽上，绣花长，
芳香里，住俺俩。

拔羊毛，纺冬装，
棉拖鞋，成对放，
鞋口亮，闪金光。
翠腰带，饰花亮，
珊瑚扣，琥珀镶，
销魂日，情不忘。

银器具，小家当，

象牙桌，备饭汤，
珍馐宴，如神享。

牧羊人，舞且唱，
五月天，情相仰，
人生短，爱无量。

猎人： 师傅，这是首经典的歌谣，莫德琳唱得很动听。我现在终于明白了，为什么伊丽莎白女王总是希望在五月天去做个挤奶姑娘，因为挤奶姑娘无忧无虑，整天都能唱着甜美的歌，晚上也是能够一觉睡到大天亮的。毫无疑问，淳朴、善良、美丽的莫德琳也是这样的。我要把汤玛斯·欧佛伯利对挤奶姑娘的祝福转送给她——挤奶姑娘可能在春天里仙逝，随风舞动的衣襟上，必然开满烂漫的鲜花。

挤奶姑娘母亲的和唱

世界新，爱年轻，
牧人言，吐真情，
打动我，身相倾。

时光逝，热情冰，
海石枯，莺不鸣，
朱颜老，心暗惊。

花褪灭，本性醒，
嘴甜蜜，心不馨，

春光景，悲伤临。

玫瑰床，已变形，
花衣帽，各乱凌，
芳不再，春已暝。

翠腰带，束如荆，
珊瑚扣，眼中钉，
情已逝，无意幸。

珍馐宴，怎能亲，
食欲无，饭汤停，
度余日，唯有饼。

青春恒，可否行，
爱意久，不要泯，
两相依，一生情。

挤奶妇人：好了，我唱完了。不过您们再稍稍停留一下吧，我让我女儿再为您们唱首小曲子。莫德琳，昨晚年轻帅气的科林顿用燕麦笛（oaten pipe）向你和你堂妹贝蒂倾情演奏时你唱的那首歌还记得吧，把它再唱一遍。

莫德琳：好的，妈妈。

大龄晚婚悲情浓，
雪上加霜是情空。

娶得娇妻非钱荣，
只因人好情意重。

花无百日香映红，
人无百日娇艳容。

人老珠黄心已动，
却恋妻手拎奶桶。

钓客：唱得太好了！小姑娘，太谢谢您了！改天我再给您送条鱼来，还请您为我唱首歌。走吧，徒弟，在这么优美的歌声面前，纠缠是有点煞风景的。您看，女店主从那边来叫我们去吃晚饭了。现在怎么能开饭呢？我兄弟彼得到了吗？

女店主：到了，他还带了一个朋友一起来。他们很高兴听说您们也在这，正巴望着见到您们呢。他们也巴望着赶紧吃晚饭，因为他们已经很饿了。

Day 3

Chapter 5

假饵

金盏菊
pot marigold

钓客：幸会！幸会！彼得老弟，我听说您今晚带了一个朋友过来住这里，我也带了一个朋友过来住这里。我的朋友很想做一个钓客，今天我已经教他用蚱蜢钓到一条大头欧雅鱼了，他钓到的那条大头欧雅鱼是个很健壮的大家伙，有十九英寸长。您的朋友是谁呢？

彼得：钓客兄，我的朋友是个很实在的乡下人，他叫科林顿，既率直又聪明，他是特意到这里来和我聚聚、吃吃鳟鱼的。见面之后我还没来得及去钓鱼，我想明天早餐的时候让他吃上鳟鱼，我会一大早就起来去钓鳟鱼的。

钓客：老弟，不必让他等那么久了。您看，我这里有条大鳟鱼呢，足够六个人吃的了。

老板娘，请把这条鱼现杀现做了，再做几个好菜，来点上等的燕麦啤酒和祖传秘制、养身健体、延年益寿的白酒。

彼得：哇，这条鳟鱼不肥不瘦刚刚好呢！来，老兄，为您的健康、为所有钓客兄弟的健康干杯！也为猎人小老弟明天钓鱼的好运干杯！明天我给他一个钓竿，您给他一些其他的辅助东西，我们要好好地把他培养成一个钓客。我要鼓励他，他遇到您这么博学多才、对鱼性了如指掌的好师傅真是太幸运了。我也可以教他如何钓鱼、如何烹饪鱼，鳡鱼、鲑鱼各种鱼都可以教，我可以把我所知道的全部都教给他。

真鱥
common minnow

钓客： 彼得老弟，信不信由您，我觉得猎人老弟跟我很投缘，他随性乐观、谦恭开朗，我是打算全心全意、毫不保留地教他的。徒弟，请相信我所说的都是真心话。来，为您的诚意干杯！为所有喜欢钓客和垂钓的人干杯！

猎人： 师傅，放心吧，我一定努力学习，一定不会辜负您的期望，您绝对不会徒劳无功的！以后您会知道，我一定会遵从您的教导、耐心细致地全力以赴的。

钓客： 徒弟，有这个想法就足够了，吃菜吧。科林顿，吃菜，吃菜。您看，这条鳟鱼看起来很漂亮的，钓起来的时候有二十英寸长呢，鱼肚子是半黄半白的，黄的黄如金盏菊，白的白如百合，配上调料就显得更好看了。

科林顿： 确实如此，看起来就很不错，吃起来味道更美！谢谢您的鱼！彼得老兄也应该谢谢您！不然的话，没有鱼吃我可要怪他了。

彼得： 是的是的，我确实要谢谢您！我们都得谢谢您！晚饭结束后我请科林顿老弟为您唱首歌吧，也算是个报答。

科林顿： 我唱可以，但大家都得唱。坦率地说，我是不会为了换一顿饭吃而唱歌的，要唱就大家一起唱。我的意思是，独乐乐不如众乐乐。

钓客： 好的，我答应您唱一首我请威廉·贝斯（William Basse）创作的歌曲。威廉·贝斯创作了《林中猎人》等经典歌曲和《疯子汤姆》等很多引人注目的歌曲，我要唱的这一首则是歌颂钓客的。

科林顿： 我要唱的歌是歌颂农民生活的。还有您二位打算唱什么呢？

彼得： 我承诺明天晚上我唱一首歌颂钓客的歌，因为明天晚上我们就要分

圣母百合
Madonna lily

开了。明天我们一起去钓鱼，晚上再聚聚，后天就各奔东西，各忙各的去了。

猎人： 可以。明天晚上我也唱首歌，或者您们点什么歌我就唱什么歌，这样更有趣点。我们之间不必谦虚和谦让，要像个个都是一穷二白的乞丐聚会那样肆意地穷开心才好。

钓客： 就这么定吧。吃好了的话我们就移位到篝火边，喝喝茶，润润嗓子，准备唱歌吧，把一切烦恼都抛到九霄云外去。

来吧，开始吧，兄弟们。谁先开始唱？我看还是抽签吧，免得有争议。

彼得： 好的，就抽签。您二位看，科林顿抽中了。

科林顿： 那我就先唱吧，我不喜欢推来推去的。

科林顿唱的歌

乡下生活真自在！
城里生活好无奈，
嘿，啊嘿啊咦哟，
随他去，
跟我来。

满城荒唐沿街摆，
遇到官司邪门开，
嘿，啊嘿啊咦哟，
随他去，
跟我来。

乡下生活多精彩，
耕地牧马种小菜，
嘿，啊嘿啊咦哟，
随他去，
跟我来。

羊皮棉袄随手裁，
妻丑田薄也开怀，
嘿，啊嘿啊咦哟，
随他去，
跟我来。

农忙勤耕泥脚踩，
闲暇胜过皇上泰，
嘿，啊嘿啊咦哟，
随他去，
跟我来。

风调雨顺硕果采，
家道殷实新房盖，
嘿，啊嘿啊咦哟，
随他去，
跟我来。

布谷夜莺声声嗨，
报道春天暗比赛，
嘿，啊嘿啊咦哟，
随他去，
跟我来。

乡下幸福万千百，
三言两语难涵盖，
嘿，啊嘿啊咦哟，
做农民，
跟我来。

钓客：唱得太棒了！科林顿，这首歌被您唱得太有意境了，非常符合我们现在的场合。就冲着这首歌，我就深深地喜欢上您了！我希望您也加入钓客的行列，与我们做个钓伴，您积极向上、谈吐温雅，这是千金难买的好品质。朋友之间，我看重日久见人心的那种温情，而不是三分钟热度的那种敷衍。我更瞧不起那些因为朋友聚会喝两杯破了点小费而心疼不已的人。您可以坚守一个原则，就是自己选择时机、选择朋友来聚会，只要聚会所带来的快乐远远胜过那几个钱您就参加，因为是友情而不是经费造就了盛宴。您已经证明了您是个重友轻财的人，为此我要谢谢您！

夸您归夸您，我心里知道我还欠您二位一首歌呢。下面我就开始唱了，希望您二位能够喜欢。

钓客唱的歌

钟情之物溢言表，
猎犬猎鹰各自好。
不羡有人贪女色，
独嗜垂钓吾骄傲。

打猎跋涉累且危，
情场失意两泪垂。
唯有垂钓闲雅乐，
静对微波不思归。

消遣娱乐各有途，
身手并用双脚舞，
怎比垂钓自逍遥，
一手钓竿一手书。

钓钩不必海里飞，
江河湖溪最可为。
水平如镜修人性，
静处洞开大心扉。

鳟鱼咬钩吾心醉，
贪得无厌实可啐。
一线空钩徒伤悲，
应知诱惑不可追。

垂钓丰收收钩快，
幸福开怀满桌菜。
好友共餐快意多，

薰衣草
English lavender

更喜同行钓钩摆。

垂钓雅趣无可表，
表得一丝何处了。
上帝原本一渔夫，
渔夫垂钓恩泽耀。

上帝首亲渔夫徒，
最后晚餐鱼入肚。
誓此一生与鱼伴，
清波岸边无归路。

科林顿：太精彩了！仁兄，您已经超额回报您欠我们的那首歌了！对创作这首歌的人，我们所有钓客都应该感激不尽啊！老板娘，再给我们来点酒。来，为这首歌的作者干杯！

酒足饭饱了，我们赶紧去睡吧，明天好早点起来。不过我们先把账给结了，这样明天一早就可以了无牵挂地尽快出门了，因为天没亮我们就要动身的。

彼得：好的。我知道钓客兄要跟他的徒弟睡在一起，科林顿，我们就同榻而眠吧。明天晚上我们在哪里集合呢？明天我要和科林顿逆流而上前往威尔的。

钓客：我和徒弟是顺流而下去沃特汉。

科林顿：那就还是在这儿集合吧。这里被单干净，薰衣草香味满堂，饭菜也很可口，再没有比这里更适合的地方了。

彼得：那就这么定了。各位，晚安！

钓客：晚安！

猎人：晚安！

Day 3

Chapter 6

假饵（续）

钝裂叶山楂
midland hawthorn

钓客：早上好啊，老板娘！我看到我兄弟彼得还在睡呢，请先给我和我徒弟来杯早茶弄点早餐吧。晚餐可要准备一两个好菜，回来时我们肯定都成了饿狼的。徒弟，我们走吧。

猎人：师傅，我们一边往河边走您要一边给我指导指导，您答应过教我如何钓鳟鱼的。

钓客：徒弟，我会充分利用这个便利的好时机给您指导指导的。

鳟鱼通常是用蠕虫、鱵鱼或者飞蝇来钓的，飞蝇可以是天然的飞蝇，也可以是人造假飞蝇。就蠕虫、鱵鱼和飞蝇这三种钓饵，我给您具体讲讲。

先说说蠕虫吧。蠕虫的种类很多，有些蠕虫只生活在土壤里，像蚯蚓就是其中之一。有些蠕虫生活中在草木间，像 dug-worm[1] 就是的。有些蠕虫离开粪便也能生存，有些还能生活在某些动物的身上，像长在羊角和鹿角上的蠕虫。有些蠕虫生活在腐肉当中，蛆是最典型的。蠕虫的种类五花八门，生活的地方也就五花八门。

不同的鱼对不同的蠕虫情有独钟，鳟鱼喜欢的是普通蚯蚓和赤子爱胜蚓，特别是大鳟鱼爱吃前者，小点的鳟鱼爱吃后者。普通蚯蚓中有一种叫松鼠尾巴（squirrel-tail），是因为它的头是红色的，

① 一种红色的蠕虫。

背部有条纹，尾巴是扁扁的。这种蚯蚓是最好的，因为它最粗壮，最有活力，在水中能挣扎很长的时间。您要知道，和不断扭动的活蚯蚓相比，死蚯蚓是很难吸引鱼的，有时候用死蚯蚓根本就钓不到鱼。赤子爱胜蚓通常生活在粪堆或者粪堆周边比较湿冷的地方，在牛粪和狗粪里能比在马粪里更容易找到赤子爱胜蚓，因为马粪发酵后比较暖、比较干燥，不太适合赤子爱胜蚓的生存。但它们中最好的蚯蚓生活在腐烂的兽皮附近，蚯蚓把兽皮里的肉吃完后会留下最表层的皮堆积在那里。

还有一些深层土壤的蠕虫，它们的颜色甚至外形都和它们生存的土壤很相似，像沼泽虫（marsh-worm）、艳尾虫（tag-tail）[①]、菖蒲虫（flag-worm）、钝叶酸模虫（dock-worm）、栎树虫

① 一种尾巴颜色显著的蠕虫。

茴香
sweet fennel

（oak-worm）、金尾虫（gilt-tail）、小巷虫（twachel-worm）等，都是钓鳟鱼的上等饵料。蠕虫的种类很多，像香草、灌木和鸟类的总类一样多如牛毛，数不胜数，因此我不一一列举。我要告诉您的是，不管您用哪种蠕虫钓鱼，最好是把它们都弄干净点，在使用之前先存放几天。如果您不知道怎么弄干净，最简单的办法就是把蠕虫放在水里放一个晚上就够了。还可以把吊球虫放进布袋里，在里面放点茴香。赤子爱胜蚓放在水里不能超过一小时，稍稍洗过后也放进茴香袋里随时备用。如果您有大把的时间钓鱼，想把蠕虫保存得更久一点，那么最好是把它们放在装有土壤的陶罐里，在上面盖点苔藓，夏天的时候三四天换一次土壤和苔藓，冬天的时候七八天换一次。如果不更换土壤和苔藓的话，至少要把苔藓拿出来洗干净，把水分挤干再放进去。蠕虫尤其是赤子爱胜蚓开始出现病态、慢慢变瘦的时候，可以喂点牛奶或者奶酪，每天轻轻撒一勺在苔藓上面就可以了。此外，还可以喂捣碎的熟鸡蛋。牛奶和熟鸡蛋蠕虫都喜欢吃，用这两样东西就可以把蠕虫养得好好的了。赤子爱胜蚓身上的那个结开始肿胀的话，说明它生病了，如果不好好照料，它很快就会死掉的。苔藓也有很多种，细说起来就没必要了，长得像黏鹿角的那种是最好的。这种不是很常见，荒地里通常长有鹿角形的苔藓，但是是白色的，而且很柔软，是不适合用来养蠕虫的。在很干燥的季节，寻找蠕虫是有点困难的，这时可以把胡桃树的叶子放在清水或者盐水里揉搓，使水变涩变咸，然后把水倒在地面上，到了晚上您就可以看到有蠕虫从土里爬出来了。有人说，在养蠕虫的时候放点樟脑，使蠕虫带有更浓烈的气味，可以更好地吸引鱼，这个是可行的，因为饵料味道越浓，鱼就越容易上钩。

现在教您如何让鱼咬钩，您学会了可以省去很多麻烦，也就不至于老是空钩。如果跑线钓鳟鱼的话，所谓跑线就是您站在岸上，用手拿着钓竿沿着河岸边走边钓，您可以像我一样简单地操作，绝对不会失误。

如果用个头大的普通蚯蚓钓鱼，把鱼钩从虫子的中部扎进去，从边上一点绕出来，再把虫子推到鱼钩的弯曲部位。扎钩的时候一定要注意，不要从虫子的头部往下扎，而是要从尾部往上扎，这样虫子的头部和鱼钩的钩就是一个方向的。挂好虫子之后，把鱼钩扎进虫子的头部，使鱼钩穿过虫子的体内，把鱼钩扎进最初伸出来的地方，再把虫子往回拉遮住鱼钩的柄，这样就可以开始钓鱼了。如果同时使用两只蠕虫的话，在用鱼钩穿透第一只蠕虫头部的时候把第二只用相同的方式挂上去就可以了。用这种方式挂鱼饵，最多浪费掉两三只蠕虫之后您就能钓到鱼了。实践成功的时候，您肯定会觉得这个方法很奏效，绝对会高兴得直跳，到时候谢我都来不及呢。

在冬天看到鱵鱼是不太容易的，直到三四月份，鱵鱼才出现在河流中。大自然教会了鱵鱼冬天待在河流附近的沟渠里，沟渠里泥泞多，水草比河道里的水草烂得慢，既便于藏身，也便于保暖。冬天河道里的水很冷，鱵鱼要想活下来就得不断地游动，这会使它变得晕头转向，容易误入鱼梁和水磨坊。用鱵鱼钓鳟鱼的话，您首先要知道的是，最大的鱵鱼不一定是最好的，中等个头的鱵鱼是最好的，颜色越白越好。其次，在钓钩上挂鱵鱼的时候要确保在逆流扯动的时候鱵鱼会不断地快速转动，因此要用大一点的钓钩。鱵鱼要怎么挂呢？是这样子的：把鱼钩从鱵鱼的嘴里伸进去，从它的鳃里伸出来，然后把鱼钩从鳃里拉出来两三英寸，再伸到它的嘴巴里从鳃里钻出来，然后用白线把鱼钩和鱼尾巴紧紧地绑在一起，这样就可以使鱵鱼成为一个小螺旋桨，在水里就可以快速转动了。尾巴和鱼钩绑好之后，把松散的鱼线拉紧，也就是您第二次把鱼钩伸进鱼嘴时鱼线会是松散的，拉紧后可以固定鱼头，这样鱵鱼和钓钩就是直线并排着的了。这样弄好之后，要试试鱵鱼在水里是否可以快速转动，把它放进水里来回拉动或者逆流拉动试试就知道了。如果鱵鱼不转或者转得不快，把它的尾巴往左边或者往右边掰一点点就可以了。这样反复调试，直到能快速转动为止，如果这个做不到位的话，您是钓不到鳟鱼的。如果没有鱵鱼，可以用小泥鳅、刺鱼或者其他任何小鱼代替，只要绑起来能快速转动就可以了。其实，您也可以腌制一些鱵鱼备用，这样可以多保存三四天时间，腌制鱵鱼的盐最好用海盐。

北欧海刺鱼
sea stickleback

很多有经验的老钓客都知道，有时候在某些水域里是没有鱵鱼的，因此要用人造鱵鱼，人造鱵鱼和人造假蝇一样，都能钓到鳟鱼。栩栩如生的人造鱵鱼是个心灵手巧的妇人制作的：鱼身是用布做的，上面再缝上线，鱼背用的是色泽不太明亮的法国绿丝线，越往鱼腹下来丝线的颜色越浅，色泽的渐变您想有多么完美就有多么完美，就和真的鱵鱼一模一样。鱼腹用的是白色的丝线，其余部位用的是银色丝线，鱼尾和鱼鳍用的是直挺挺的羽毛，眼睛用的两颗黑色的小珠子，鱼头也做得很逼真，整个看起来惟妙惟肖，在湍急的河水中足以骗过眼力高超的鳟鱼。您看，我这里就有人造鱵鱼，您喜欢的话就拿去吧。照这个样子请人做两三条，携带起来很方便的，用起来也很奏效。您要知道，大的鳟鱼在捕食鱵鱼的时候和最骁勇的鹰捕猎灰山鹑 、最凶狠的猎狗捕食野兔是一样凶猛的。有个朋友告诉我，他曾经在一条鳟鱼的肚子里发现了一百六十多条鱵鱼。这种情况很罕见，要么是这条鳟鱼真的一次性吞噬了那么多鱵鱼，要么是我朋友的朋友也就是那个磨坊主在把这条鳟鱼送给我朋友之前往鱼肚子里强行塞进了那么多鱵鱼。

现在说说飞蝇吧，飞蝇是鳟鱼最喜欢吃的第三种东西。您要知道飞蝇的种类也很繁多，像水果的品种一样数不清。我给您略举几例吧，有褐蝇（dun-fly）、石蝇（stone-fly）、红蝇（red-fly）、 沼泽蝇（moor-fly）、苍色蝇（tawny-fly）、 贝蝇（shell-fly）、乌云蝇（cloudy-fly），菖蒲蝇（flag-fly）、 藤蝇（vine-fly）。另外，还有毛虫蝇（caterpillar）、溃口蝇（canker-fly）、熊蝇（bear-fly）等。飞蝇的种类真的是太多了，我说也说不完，您记也记不清。飞蝇的繁衍生息也是五花八门、离奇怪异的，细说起来的话我自己都难以置信，您听起来也够呛的。

不过，考虑到您说过您有足够的耐心，我就说说毛虫蝇吧。也有人把毛虫蝇叫朝圣蝇（palmer-fly）或者直接叫它蠕虫蝇，单凭毛虫蝇您就能知道怎样用飞蝇钓鱼了。您看，我们交谈之中，到处都有飞蝇、蠕虫和各种各样的小生物，它们把夏日的河岸和牧场装点得非常有灵气，钓客不但可以与之嬉戏，也能从中激发出很多的思考和感悟，置身其中，我觉得我是比从事其他任何行业的人要快乐得多的。

普林尼认为，很多生物的诞生是始于春天里从树叶上滴下来的一滴露珠，有些则是始于残留在花草上的一滴露珠，有些是始于甘蓝或者白菜等蔬菜叶子上的一滴露珠。昼夜交替之间，这些露珠不停地凝结变大或者浓缩变小，在有创造性的阳光的热力下，三天之内，一些小物种就孵化诞生了。这些小物种形态各异，色彩不同，有的坚硬毛糙，有的光滑柔软；有的长角，有的不长角，有的角在头上，有的角在尾巴上；有的有绒毛，有的没有绒毛；有的脚多达六只，有的脚少，有的根本就没有脚。根据托普塞尔（Edward Topsell）的细致观察，那些不在地上或者叶子上爬行的飞行小物种脾气很大，和大海一样喜怒无常。他还观察到，有些小物种是把卵产在其他小物种的卵里的，并且孵化后的幼虫是靠其他物种的卵生存的。卵中含卵的卵，孵化出来的物种是不固定的，今年可能是蝴蝶，明年可能是毛虫。有人认为，每种植物会有它特有的飞蝇或毛虫，它们会以这种特定的植物为生。您可能不会相信，但我亲眼见过，有只绿色的毛虫或蠕虫有豌豆荚那么大，长有十四只脚，八只在腹部，四只在脖子下面，两只在尾巴上。它是在女贞篱笆上被发现的，有人把它放在一个大盒子里，盒子里再放上两片女贞的叶子。我看到它吃树叶吃得很欢快，和狗啃骨头差不多。它在盒子里生活了五六天，颜色变了三次。由于饲养者的疏忽大意，它最终还是死掉了，并没有变成飞蝇。如果它活下来的话，一定会成为一只所谓的掠食

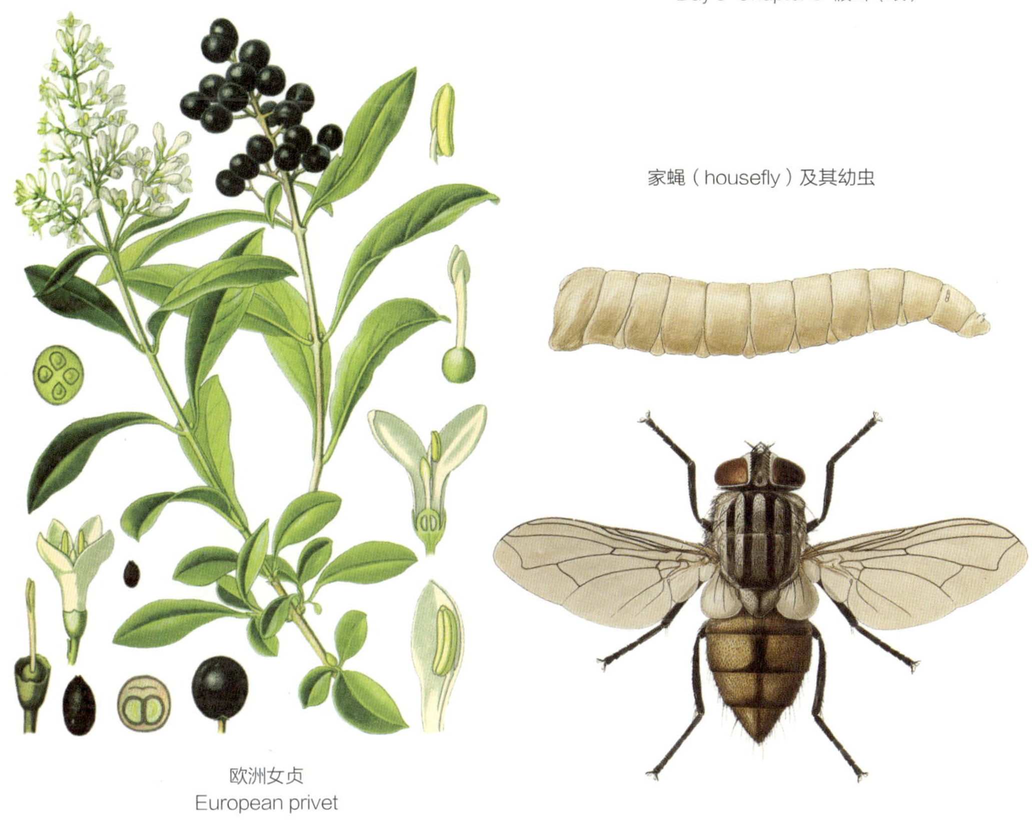

家蝇（housefly）及其幼虫

欧洲女贞
European privet

蝇[1]的。掠食蝇是以其他飞蝇为食的，它紧紧地趴在其他飞蝇的身上一口气把一只飞蝇吃完，在夏日的河岸边，这种情景是很常见的。有人通过观察得出结论，掠食蝇是专门捕食一种小飞蝇的，专供掠食蝇食用的小飞蝇寿命很短，出生后存活不到一小时，要么被掠食蝇等其他飞蝇吃掉，要么死于其他原因。这个我只是听说，不是很确切。

好奇的研究者在大自然中对于飞蝇和飞蝇蠕虫观察研究的方方面面是没必要一一告诉您的，只跟您讲讲阿尔德罗万迪[2]、我们的托普塞尔（Edward Topsell），还有其他人对于朝圣蝇蠕虫或毛虫的发现吧。一般的毛蝇都是满足于以某种特定的草木为生的，它们出生在哪种植物上就以哪种植物为食，这些植物足以给它们提供足够的营养，因此它们就赖在这种植物上不会离开。但托普塞尔观

① 即蜻蜓。

② 乌利塞·阿尔德罗万迪（Ulisse Aldrovandus，1522—1605），义艺复兴时期欧洲意大利博洛尼亚大学自然史的教授与科学家，他曾在博洛尼亚建立了一个植物园。

察到，和一般的毛蝇不一样，朝圣蝇蠕虫是到处爬并且吃各种不同植物的，在任何草木上它都能生存。它很不安分，总是冒失地、漫无目的地到处乱窜，既不专吃一种植物，也不窝在同一个地方。

显而易见，毛虫的颜色是很大气、很漂亮的，稍后我给您介绍一下吧。下个月找个时间我带您见识见识一种以柳叶为食的毛虫[①]，您就会发现它和我的描述是完全一致的：它的嘴巴是某种说不清道不明的黄色，眼睛是墨玉一样的黑色，额头是紫色的，脚是翠绿色的，分叉的尾巴是黑色的，整个身子布满了红点，从脖子沿着两侧斜下来，形成一个斜叉，这个斜叉看起来很巧妙，既不像圣徒安德鲁的十字架，也不像大写的字母 X，一条白色的条纹从背部一直延伸到尾巴，使得整只毛虫看起来更加漂亮。我自己观察到，到了一定的时候，这种毛虫就不再吃东西了，天冷的时候就把自己裹在蛹里面，整个冬天都不进食，像是死了一样。第二年春天，当其他一些毛虫的蛹都变成飞蝇或者其他害虫的时候，这只蛹却变成了绚丽的蝴蝶。

① 可能是黑带二尾舟蛾（*Cerura Vinula*）。

徒弟，我们到河边了，我就先不说了。我们坐在这片忍冬丛边上吧，我把彼得昨天借给您的鱼竿装上鱼线。不过，为了证实我所说的，我再给您背诵一首杜·巴塔斯写的一首诗吧。

上帝不满万物疯，
欲使德行登顶峰。
故让生物死里出，
始有彩蝶蛹里封。

身藏湿地火蝾螈，
蛰伏冬眠图安全。
百寒不惧犹育子，

一朝惊起火中穿。

铁水熔岩流进海，
火蛾追随两无碍。
置身火海自寻乐，
岂知它物鸣呼哀。

凤蝶眼痴短视线，
寒岛冷叶蛹窝建。
片片凋零随风落，
乐得野禽破水面。

沉船腐木藤壶厚，
树木演变复而周。
只知破船木头出，
哪见蘑菇与飞鸥。

猎人：师傅，一路走来，听君一席话，我是一路的好奇和惬意。请问您什么时候告诉我怎样做能诱惑鳟鱼的人造假蝇呢？做好了又该怎么用啊？

钓客：徒弟，现在是早上五点多，我们先钓鱼钓到九点，然后去吃早餐。您先去那棵槭树边，把酒瓶子藏进树洞里，九点的时候，我们就在那里好好地享用丰盛的早餐。我的钓鱼包里装有碎牛肉和萝卜干呢，等会儿饿的时候我保证您能美美地吃上既干净又营养的大餐，吃早餐的时候我再告诉您如何制作和使用人造假飞蝇。现在，您拿上钓竿，根据我跟您讲过的，再看看我是怎么做的，开始钓鱼吧。我们比一比，看谁先钓到鱼。

猎人：谢谢您！师傅，我一定遵从您的教导，细心观察您的做法，尽力而为。

欧亚槭
sycamore

钓客：您看，徒弟，我钓到一条大鱼了。我看清了，是一条鳟鱼。请把网兜放到鱼的下面，千万不要碰到我的鱼线，那样就有可能前功尽弃了。就这样放，太好了，谢谢您，徒弟。

又钓到一条了！徒弟，您把鱼竿放下，快来帮帮我，像刚才一样。钓到这么大的鱼，晚餐绝对又是丰盛的大餐了。

猎人：太好了！不过，我什么也没钓到，是不是您的钓竿比我的好呢？

钓客：那我们就换换吧，您用我的，我用您的。您看，我又钓到一条了！快来帮我。好了，谢谢您！您看，我又钓到一条了！哎呀，鱼挣脱了，只剩下半截鱼线了，鱼钩也没了！

猎人：哎呀！一条到手的鳟鱼又没了！

钓客：不能这样想，鱼没有丢，因为没有钓上岸就不存在丢不丢的说法。请记住，进了口袋的钱才是自己的钱。

猎人：师傅，我太倒霉了，一条也没有钓到。

钓客：我又钓到一条了。徒弟，您看，一共有四条了。我们去吃早餐吧，一边走我一边给您讲个典故。有个学者，准确地说他是个牧师，他四处传教布道，想建立一个教区，这样他就可以做那个教区的牧师。他给他的教徒一本他极力推荐的教义，并且把教义谱曲以便更适合传唱。他的教徒口口相传地传唱给别人的时候是不走样的，但别的教徒再传唱给别人时就完全不一样了。于是这位教徒拿着那本教义来找这位牧师，说是他的曲子没有编好。牧师是这样回答他的，“我只借给你小提琴，并没有借给你琴弓。你要知道，每个人在传唱的时候是不可能用我的原声的，我的声音只出自我自己的嘴巴。”徒弟您明白了吗？就像教义的传唱中发音和口音的偏差会毁了他的原声一样，钓鱼时站位的偏差和钓线的偏差都有可能使您徒劳无获。您要知道，虽然您拥有了我的小提琴，也就是我能钓到鱼的鱼竿和鱼线，但您并没有拥有我的琴弓，也就是您还没有技巧，还不知道怎样持竿放线、怎样把鱼钩移到恰当的位置，这些是需要教您才能知道的。我跟您说过，垂钓是门艺术，要么熟能生巧，要么仔细观察研究，要么观察和实践相结合，这样才能掌握其中的诀窍。您要记住，用蠕虫钓大的鳟鱼的时候，鱼线的长度和河水的深度要吻合，不能太长也不能太短，河流湍急的话鱼线要放长点，河水平静的话鱼线要放短一点，鱼饵要尽可能靠近河床，但又不能碰到河床。

徒弟，现在我们就说谢主圣恩然后吃早餐吧。您不觉得神对钓客是很眷顾的吗？这样的早餐不丰美吗？在这棵大树底下的树荫里吃早餐不是很惬意吗？

猎人：一切都很棒！我的胃口也很棒！我现在想起了虔诚的圣徒莱斯尤斯（Leonard Lessius）说过的一个现实状况，他说，“穷人、吃饭比富人吃得香的人、吃了上顿还没饿又吃第二顿的暴饮暴食者，他们的欲望都比较强。因为通过吃，穷人能排解饥饿给他们带来的痛苦，富人可以获取美食给胃口带来的满足。”我很赞成他这个说法。他还说，“和酒肉穿肠过的富豪相比，清苦的钓客更礼貌、更规矩、更平易近人、更温和雅致。”虽然我不希望在吃的方面铺张浪费，但确实吃过很多很费钱的大餐，那些大餐所提供的饭菜都没有这顿早餐一半好。为此，我要谢谢上帝！也要谢谢您！

师傅，现在就请您按照您的承诺给我讲讲如何制作和使用人造假蝇吧。

钓客：好吧，徒弟，我承诺过的我就会做到的。在我看来，您是很忙的，您忙得自己都不知道自己有多忙了。所以，我就简单地给您介绍一下吧，这是一个钓客老兄最近传授给我的，他是个很聪明的人，最擅长的就是用飞蝇钓鱼了。

您可能不知道，用来钓鱼的人造假飞蝇多达十二种。请记住，风很大的时候是最适合用人造假飞蝇钓鱼的，因为风很大的时候河水很汹涌，天然的飞蝇在水中无法静止，鱼也很难看见。第一种人造假飞蝇是三月份用的褐蝇，身子是用褐色的羊毛做成的，翅膀用的是鹧鸪的羽毛。第二种是另一种褐蝇，身子用的是黑色的羊毛，翅膀用的是公鸭尾巴底下的羽毛。第三种是四月份用的石蝇，身子用的是黑色羊毛，尾巴和翅膀用的是公鸭翅膀底下的黄色羽毛。第四种是五月初用的红蝇，身子用的是红色羊毛，缠上黑丝线，翅膀用的是公鸭翅膀下面的红色羽毛或者用公鸡尾巴两侧拖得很长的红羽毛。第五种是黄蝇或绿蝇，身子用的是黄色的羊毛，翅膀用的是公鸡的颈部或者尾巴两侧的红色羽毛。第六种是黑蝇，也是五月份用的，身子用的是黑色的羊毛，缠上一道孔雀（peacock）的尾羽，翅膀用的是棕色公鸡头顶上蓝色的羽毛。第七种是六月份用的浅黄蝇，身子用的黑色的羊毛，两边各饰以浅黄色的条纹，翅膀用的是鵟翅膀上的羽毛，用黑色的亚麻线缝制。第八种是沼泽蝇，身子用的是浅黑色的羊毛，翅膀用的是公鸡尾部的黑羽毛。第九种是茶色蝇，六月中旬是最好用的，身子用的是茶色羊毛，翅膀用的是野鸭身上的浅白色羽毛。第十种是七月份用的蜂蝇，身子用的是黑羊毛，缠上黄丝线，翅膀用的是公鸭或者鵟的羽毛。第十一种是七月中旬用的贝蝇，身子用的是浅绿色羊毛，饰以孔雀的尾羽，翅膀用的是鵟的羽毛。第十二种是八月份用的黑鸭蝇，身子用的是黑色羊毛，缠上黑丝线，翅膀用的是黑头鸭的羽毛。有了这些人造假飞蝇的协助，您就可以诱惑并且钓到鳟鱼了。

接下来我就教您如何用飞蝇钓鱼吧，这是一个嗜钓如命的老钓友托马斯·巴克（Thomas Barker）告诉我的，但我跟您讲的时候，会加上我个人的理解。

首先，鱼竿要轻，要有韧性，我用的是最好的两节竿。装鱼线的时候要注意两点，一是不要让鱼线的线头超过鱼钩的顶端；二是不要在一只钓钩上缠三四根线。尽管您有可能钓到大鱼，但不要用三四根线绑在一个鱼钩上，如果用一根鱼线钓的话，鱼会更容易上钩的，这样就可以钓到更多的鱼。鱼线不要太长，很多人都把鱼线弄得很长，其实这样有点碍事。抛线的时候，要面对太阳顺风抛线，鱼竿稍稍侧向下游，手握的部分要朝下倾斜，这样您和钓竿的影子就不会吓到鱼了。任何阴影都会把鱼吓跑的，这样就钓不到鱼了，所以要特别小心。

说实话，不到三月中旬以后是钓不到鳟鱼的。三四月的时候，如果天气阴暗有云有风，最好就用朝圣蝇钓，也就是我跟您讲的最后一种飞蝇。朝圣蝇的使用有深、浅水的区分，至少朝圣蝇本身的颜色是有深浅区别的，用飞蝇钓鱼的钓客用得最多的就是朝圣蝇和蜉蝣。人造假飞蝇是这样制作的：

首先，把人造假飞蝇体内的那根线系在鱼钩上，然后拿出剪刀，剪下一些棕色的野鸭羽毛用来做它的翅膀，翅膀的大小根据鱼钩的大小来决定，然后把羽毛的最外延和鱼钩并齐，羽毛的柄和鱼钩的柄靠拢，再用和人造假飞蝇身体相同颜色的丝线缠上三四道，把丝线系紧，再取点公鸡的颈羽，用凤头麦鸡的冠羽则更好，把羽毛去掉一边，然后用金色或者银色的丝线或者棉线把剪好的羽毛固定在钓钩的弯部，再把线绕到翅膀的根部，用手指转动鱼钩，缠上几道。不管用什么线缠，转动鱼钩的时候要看好，要确保飞蝇和鱼钩是笔直地对齐的，而且要平整。这样弄好之后，把颈羽在飞蝇的头部立起来，然后用针把做翅膀的羽毛一分为二，再用绑在鱼钩上的线在两个翅膀间交叉缠绕，再用大拇指把羽毛推到钓钩的弯部，再在钓钩的柄上缠上三四道。最后看看整齐度和均衡性，如果一切完好，系紧之后就大功告成了。

坦率地说，没有哪种指导是能够让一个愚钝的人做出一只出色的人造假飞蝇的。但我知道，一个钓客如果还算聪明的话，稍稍耐心一点，我这样的讲解会使他有所领悟的。当然了，亲眼见识一下人造假飞蝇制作大师的制作过程肯定是最好的学习方式了。一个聪明的钓客会沿着河走，留意有哪些飞蝇落入水中，看看鳟鱼最喜欢吃哪一种，就捞起其中的一只，然后就在自己的鱼钩上挂上相似的那种人造假飞蝇。聪明的钓客总是让钓鱼包不离身，里面总是备有牛毛、熊毛、鸡毛和颜色各异的丝线、棉线，随时用来制作人造假飞蝇的身子。里面总是备有黑色和棕色的羊毛、野鸭头上的羽毛、狗毛和金色、银色的丝线，随时用来制作人造假飞蝇的头。里面还有其他的五颜六色的羽毛，小鸟的羽毛也有，家禽的羽毛也有。一个钓客如果这样精心准备的话，哪怕起初钓不到鱼，最终他还是会满载而归的。而且，这种用心良苦所体现出的完美，是靠自己悟的，

凤头麦鸡
northern lapwing

是谁都教不了的。一个钓客如果能把人造假飞蝇做得很好，碰巧能遇到一群鳟鱼、风和云又恰到好处的话，他是能把那一群鳟鱼都钓上岸的，这会激发他对用人造假飞蝇钓鱼的更大兴趣。

猎人：师傅，如果一丝风也没有的话，我就希望我是在拉普兰，这样我就可以向那里的巫师买点风了。他们卖的风既多又便宜。

钓客：徒弟啊，我是不想去的。事实上我们都无法离开这棵树了，您看，天开始下雨了。从云层来看，要是没猜错的话，只会下蒙蒙细雨。坐近一点吧，这棵树是完全可以避雨的。用飞蝇钓鳟鱼的方法还有很多，我一下子都想起来了，我再跟您讲讲吧。

首先是风，钓鱼的时候有南风吹拂是最好的。有人说：

南风徐徐来，
吹钓入鱼嘴。

第二好的是西风。以前跟您讲过东风是最糟糕，那么就没有必要说哪种风是第三好了。就像所罗门所说的那样：“无风不甩钩。”如果西风来了，天却不是很冷，所罗门总是把头摇来摇去以确认到底有多冷，这是否有点太迷信呢？因为俗语也说了：“色差无好马。”我观察的结论是，只要天上云多，天气不是很冷，不管风从哪里来，也不管风有多么烈，都是可以钓鱼的。请记住，始终要在背风的河岸钓鱼，因为鳟鱼喜欢在背风的深水河底里静立着或者游动着，冬天比夏天更为明显，天越冷，它们离河床就越近，离背风的河岸也越近。

我说过要更详尽地给您讲讲如何用飞蝇钓鳟鱼，现在我有足够的时间跟您说说了，细雨绵绵，我们一时走不了。如果制作蜉蝣，可以用浅绿色或者柳叶色的棉线做它的身子，身子上面的多数地方缠上打蜡的丝线或者是黑头发，或者局部缠上银色的棉线，这样交叉的色感和您在五月份看到的飞蝇的翅膀颜色是差不多的。此外，您还可以用橙色、茶色或黑色的棉线做身子、用野鸭毛做翅膀来制作栎树飞蝇（oak-fly）[1]。您要知道，蜉蝣和栎树飞蝇是最适合钓鳟鱼的。我再强调一遍，钓鱼的时候要尽可能离河岸远一点，不管是用飞蝇钓鱼还是用蠕虫钓鱼，鱼竿都向下游斜侧一点。用飞蝇钓鱼的时候，如果能做得到的话，就不要让鱼线没入水里，让飞蝇刚刚碰到水面就可以了，然后在水面上慢慢地移动飞蝇。要么就把飞蝇和鱼线全部没入水里，任它随水漂流，您自己也要在岸上顺势往下游跑线。

① 即鹬虻（*Rhagionidae*）。

巴克先生向我推荐过几种朝圣蝇的制作方法，不仅仅是缠着金、银丝线的那种，还有其他一些身子全黑或者全红的。您还可以制作浑身全黑的山楂蝇（hawthorn-fly），个头不要大，越小越好。您也可以把栎树蝇的身子做成橙色，缠上黑色的棉线，翅膀则做成棕色。天气晴朗的时候，用孔雀羽毛做成的人造假飞蝇钓鱼是最好的。切记，不要在您的钓鱼包里放那些用来制作蚱蜢的孔雀毛、羊毛、棉线等。请记住，钓鱼的飞蝇越小越好。还要记住，天色越暗，飞蝇的颜色要越亮，反之，天色越亮，飞蝇的颜色要越暗。最后要记住，要根据不同的钓鱼时机选择使用不同色度的钓鱼包，是明艳还是暗淡，除了个人喜好之外还要考虑到天色情况。

用天然的飞蝇钓鱼是很棒的，也很快意。找到飞蝇也并不难，蜉蝣通常出现在五月份前后，尤其是下雨天的河边有很多。栎树蝇通常出现在栎树的树桩、树干和枯死的树枝上，从五月初到八月底都有，通常是棕色的，很容易找到，它们喜欢头朝树干的下方停在树上。只要山楂树冒出叶子，黑黑小小的山楂蝇也就随之出现了。用这些飞蝇钓鳟鱼和用蚱蜢钓鳟鱼有点相似，用短鱼线就可以了，也是把飞蝇放在水面上不断地抖动，好像飞蝇是活的一样，同样要尽量不让鱼看到您。只要河里有鳟鱼，您绝对会钓到的。天热的时候，

各种假飞蝇

尤其是在黄昏时分，是最好钓的。

徒弟，雨停了，用飞蝇钓鳟鱼的方法我也讲完了。您放眼看看吧，雨过天晴，牧场上的草绿得多么清新，泥土里的气息多么芬芳甜美。我跟您说说圣徒赫伯特是怎样描写这种情景的吧，我们要感谢上帝让我们亲身体验了这样的诗情画意。说完后我们再去河边，静下心来好好地钓几条鳟鱼。

清雅宁静烟雨茫，
水天一色披婚装。
夜半新露悲切泣，
只因美景难久长。

红玫怒放色泽芳，
却引赏者泪两行。
根植之土如墓冢，
终有花枯叶败亡。

明媚春日红玫放，
糖果弥香案上躺。
雅曲漫来君须记，
曲终人散春意荒。

唯有芳心高德尚，
枯木嶙峋亦无伤，
沧海桑田随土入，
他日成煤仍放光。

猎人：谢谢您师傅！谢谢您向我介绍这么好的钓鱼方法！谢谢您跟我分享这么高雅的乐趣！今天一天，满满的都是欢欣和惬意，真的丝毫没有冒犯到上帝和任何人！也谢谢您用赫伯特那么有哲理的诗来结束您的教导！我听说赫伯特好像也是个钓客，现在我对此深信不疑了，因为从他的诗中可以看出他确实拥有一种令人赞叹的神韵，这种神韵既吻合钓客的神韵，也吻合您所喜爱的文人雅士的神韵。

钓客：亲爱的徒弟，您对我的介绍和谈话如此满意，真的让我万分欣慰！

既然您如此喜欢赫伯特的诗，那我就告诉您，有个德高望重、学富五车的牧师模仿过赫伯特的诗，他模仿得很成功，用诗歌体写了《祷文通稿》，我想您会更喜欢他的诗的。他是我的朋友，我很清楚他对垂钓是很推崇的。

书载祷文且通用？
立此程式好传诵！
德行事关祷文事，
心口合一文与共。

禅客私下选祷文，
唯选悦己独自参。
不知世间德行广，
闭门造车隔红尘。

公用祷文同诵读，
从口到心两相熟。
不惧背离神旨意，
一脉相承无偏误。

一书珠玑与身随，
高德雅行易于追。
只要祷文端且正，
何须教堂跪两腿。

徒弟，我们现在要去看看放在河里自行钓鱼的钓竿了，我们的钓竿是挨在一起并排放着的，有个钓竿有鱼上钩了，看看是不是您的钓竿。

我跟您说吧，这种放死竿和放夜钩的垂钓方法和投资是一样的，它们都是不用管就能带来收益的，主人可以安心地吃喝玩乐，刚才我们也做到了。就像维吉尔与他的徒弟梅利伯（Meliboeus）和提屠鲁（Tityrus）坐在山毛榉树下一样，我们坐在槭树下也很逍遥自在。徒弟，没有谁的生活能像品行端正的钓客这样快乐和幸福的。当律师百事缠身忙于生计的时候，当政客蝇营狗苟忙于阴谋的时候，我们却能坐在樱草满地的河岸上，看百花齐放，听百鸟争鸣。我们内心的宁静恰如眼前这波光粼粼、默默流淌的河水，河水在流动，却宁静无声。徒弟，伯特勒（William Butler）说过，“上帝本可以把草莓造得更好，但他绝对不会这么做。”就这句话我们可以类比一下，如果我可以定论的话，我就可以说，“上帝本可以把人类造得比钓客更宁静、更纯真、更有创造力，但他绝对不会这么做。”

徒弟，上次我坐在这片花丛中看着这片牧场的时候，我就在欣赏这些花花草草，占领了佛罗伦萨的查理五世大帝曾说过，“花花草草堪可看，惜乎只在假日间。”就在我们现在坐着的地方，我当时根据自己的感悟也作了一首诗，这首诗表达了我的愿望，我说给您听听吧。

欧洲山毛榉
European beech

钓客的愿望

花草丛中溪冒泡，
清流无语把我犒。
钓客闲坐且闲看，
乌龟求爱娇媚好。

西风徐来我心暖，
岸花露珠遭雨赶。
听却妻子献歌毕，
再看乌鸫喂崽饭。

鸟儿筑巢日日新，
我心欢畅在河滨。
且将烦愁随云去，
莫似侯王伤脑筋。

手持一册拜伦书，
河边倚树逍遥读。
不看日月朝暮色，
但求垂钓到入墓。

我把这首诗冥定之后，就起身打算离开这个地方，突然发现那边金银花花丛里坐着一个钓客老兄，他是很值得您跟他相识的，我就在他身边坐下来，没想到他和我谈得很投机，那种其乐融融真是一言难尽，以后再跟您说吧，因为雨还没停呢。

就在那片花丛的后面，坐着一群吉普赛人，吉普赛人的不远处坐着一群乞丐。吉普赛人正在分他们一周之内获得的钱，这笔钱要么是偷鸡摸狗换来的，要么是靠算命、耍杂耍挣来的，或者是靠其他一些他们独有的神秘方式获取的。那周获取的钱的总数是 20 先令和一个奇数的零头，大家都同意零头捐给他们通力合作的组织，剩余的 20 先令则根据在组织体制中的不同等级来分给四个绅士。

经全体协商表决同意，第一个或者说首席的吉普赛人分得 20 先令的三分之一，大家都知道，那就是 6 先令 6 便士。

第二个分得 20 先令的四分之一，大家都知道，那就是 5 先令。

第三个分得 20 先令的五分之一，大家都知道，那就是 4 先令。

第四个分得 20 先令的六分之一，大家都知道，那就是 3 先令 4 便士。

换而言之，即

3 倍的 6 先令 6 便士是 20 先令。

4 倍的 5 先令是 20 先令。

5 倍的 4 先令是 20 先令。

6 倍的 3 先令 4 便士是 20 先令。

但是分钱的那个吉普赛人是有点特殊的，因为尽管他如数把钱分出去之后，他留下的是

	先令	便士
	6	6
	5	0
	4	0
	3	4
合计	19	0

您应该猜到了吧，尽管互为合作关系的四个吉普赛人谁都知道没有理由要得更多，但当他们看到分钱的人就因为分一下钱而获得 1 先令的时候，都认为他简直是赚得太多了，就个个嫉从心生，不断地和他争吵，都说那 1 先令应该是自己的。他们争吵得很激烈，以至于把对相互的忠诚都抛到一边，谁也不再相信谁。最近的二十年，社会现实教会了我们，钱也是可以作恶的。吉普赛人很聪明，他们没有去打官司，而是选择去欺骗他们最要好的朋友来满足自己的贪婪，利用英国的古斯曼（Gusman）仲裁。后来他们离开了这片花丛，继续去算命、去行骗，弄到了更多的钱，晚上就借住在临近的村子里。

吉普赛人走了之后，我们又听到那群乞丐开始在大声地争吵，争吵的焦点是：揭露一个谎言和掩饰一个谎言到底哪个更容易。一个乞丐信誓旦旦地说这是一回事，但立即遭到反对，有人反驳他，揭露和掩饰能是一回事吗？有位女性说掩饰谎言是更容易的，因为只要对谎言置之不理就行了。但也立刻遭到反对，有人反驳她，置之不理那算是掩饰吗？她就只好承认自己是错的。就这样，按照世人皆知的最乞丐式的逻辑和热诚，二十多个问题从不同派别的乞丐之口顽固不化地提出来，又立马遭到顽固不化的反驳。有时候，总人数恰巧和九大诗人人数刚好相等的所有乞丐会同时发言，互不相让地辩论这个揭露和掩饰谎言的问题，其声音之大，足以让所有人都听不清别人在说什么。最后有个乞丐恳请大家都听听他的意见，他告诉他们，本·琼森（Ben Johnson）在他的《乞丐之林》一书里提到，被尊为丐帮之主的教父克洛斯住在一个叫“艳遇”的啤酒馆里，啤酒馆就在通往伦敦的大路旁边，离沃特汉路口（Waltham Cross）并不远。他恳请大家不要再浪费时间原地争吵，晚上可以去向克洛斯请教请教。因为克洛斯是个很正直的仲裁者，他还会抽签决定下一首歌唱什么、由谁唱。乞丐们都同意了，后来抽签唱歌时中签的是他们乞讨公司里最年轻、最众望所归的一个少女。她唱的是佛朗克·戴维森（Francis Davison）四十年前写的歌，乞讨公司的其他员工都和她一起吟唱，歌曲是这样的，最开始的就是吟唱的部分：

日出东山阳光媚，
乞丐嗨来声鼎沸，
嗨吧嗨吧我心醉，
嗨到天黑也不累。

踏歌起舞琴声脆，
欢聚一堂不须归。
吃喝玩乐胜天子，
想在哪睡就哪睡。

日出东山阳光媚，
乞丐嗨来声鼎沸，
嗨吧嗨吧我心醉，
嗨到天黑也不累。

世间唯我别无他，
天下乞丐是一家。
要啥有啥无须买，
街边地头随便抓。

日出东山阳光媚，
乞丐嗨来声鼎沸，
嗨吧嗨吧我心醉，
嗨到天黑也不累。

千百虱子袍上养，
谁敢咬我谁先亡。
我似神仙图自在，
天地闲人满道旁。

日出东山阳光媚，
乞丐嗨来声鼎沸，
嗨吧嗨吧我心醉，
嗨到天黑也不累。

猎人：谢谢您！师傅，谢谢您给我推荐这么诙谐的歌谣！作者把乞丐写得太有趣了！

钓客：我提醒您别忘了您昨天承诺过天黑前一定要钓到鱼的，从乡下来的那个实在的科林顿还等着您的鱼和我的歌呢。我得把我要唱的歌先练一练，因为那是很久以前学的，现在都有点忘了。雨停了，我们悄悄地到河边看看钓竿吧，把诱饵借给鳟鱼那么久了，看看有没有什么收获。借东西就像放高利贷一样，它们总得破费一点，我们总得有点收益才好。

猎人：啊！师傅您看！钓到了！钓到了！哎呀！它又跑了！

钓客：哎呀，老弟，可惜了，那还是条大鱼呢！如果是我的话，就不会像您那样让鱼游到钓竿的竿头再脱线逃掉，除非是自身都有很大弧度的大鳟鱼，否则我会把鱼控制在钓竿的弧度之内挣扎。自身有很大弧度的大鳟鱼在书本上是有过图片介绍的，在威尔的乔治找常住的店家瑞卜比尔那里也还养有一条。钓到这种大鳟鱼的时候，只能让着它，也就是把钓竿扔进水里让它拖着，耐心地等它累得没力气了再想办法捞起来。我钓到大鱼的时候都是这么做的，您今后也可以学着这样做。徒弟，您要记住，垂钓是门艺术，至少是钓到鱼后如何起钩的艺术。

猎人：师傅，我听说您所说的那么大的鳟鱼其实不是鳟鱼，而是鲑鱼。

钓客：徒弟，这个我分得清楚的。有很多乡下人认为，野兔每年都会雌雄变性，很多学者对此也无争议，因为他们把野兔解剖之后找到了很多可信的依据。梅·考首本（Meric Casaubon）博士在他写的有关世上可信和不可信之事物的书中，很笃定地断言，野兔每年变性，足以把世上难以置信的事情变得不足为奇。富有学识的医生卡斯帕·伯克流斯（Kaspar Peucer）曾讲过，有个人每年都会变一次狼，要么是举止变得像狼，要么是心理状态变得像狼。因此，从海里游到河中的即便是鲑鱼，它不返回大海就会改变它的颜色和物种。我不敢说那样的鱼一定是鳟鱼，但我可以肯定的是，在外形、颜色和斑纹上，它和鳟鱼是一模一样的，尽管有人对此并不认同。

郊狼
coyote

猎人：师傅，刚才逃跑的那只鳟鱼把鱼钩吞进了肚子里，它会死掉吗?

钓客：徒弟，如果鱼钩死死地卡在它的喉咙里，它就死定了，如果不是，它活下来的可能性还是很大的。因为在水的作用下，鱼钩会生锈，慢慢地就会被消磨掉的。就像沙石磨损马蹄一样，时间长了马蹄就被磨得所剩无几，不成样子了。

徒弟，一起去看看我的钓竿吧。您看，我也钓到了！不过，这是条头大得不成比例的大头欧雅鱼。不过也没关系，我们去住所见彼得和科林顿的路上可以顺便把它送给穷人。把鱼钩装上诱饵重新放进河里吧，天又开始下雨了，我们再到槭树下歇息一下，我再给您讲讲钓鱼的方法，我很乐意把您变成一个垂钓艺术家。

猎人：好的，师傅，我也很乐意做一个垂钓艺术家。

钓客：徒弟，我们又坐下来闲着了。在给您讲鲑鱼之前，还是继续讲讲鳟鱼吧，鲑鱼稍后再讲，讲完鲑鱼再讲白斑狗鱼。

您要知道，鳟鱼白天可以钓，晚上也是可以钓的。晚上，最好的鳟鱼都从石缝里游出来了，用普通蚯蚓钓就可以了。在溪水中最好找个水流比较缓慢的地方钓，我指的是在急流附近比较静的水域，因为水流急的地方诱饵不太容易被鳟鱼识别出来。在水面上把诱饵来来回回地晃动，如果水下有鳟鱼的话它就会跳出来吃的。天色越黑鳟鱼越容易咬钩，因为天黑之后它的胆子就大了起来，靠近水面寻找蛙和水老鼠的动静，游过水面的旱地老鼠它也是不放过的。年长的大鳟鱼一般是成群地潜伏在静水里，水里一旦有点动静，哪怕是起个波纹，它们就会追寻过去。您要知道，成年的鳟鱼也是很胆小的，整天都像胆小的野兔那样挤在一起不离群，野兔和鳟鱼的主要觅食时间都在晚上而不是白天，天黑以后鳟鱼就开始大胆地觅食了。

晚上钓鳟鱼要用粗钩粗线，咬钩之后要让它多挣扎挣扎，因为和白天相比，晚上它更不轻易放弃求生。如果晚上天不是很黑，就可以用浅色的人造假飞蝇来钓，也容易上钩。此外，死老鼠、布片、任何在水面游过的东西鳟鱼都会咬，因此钓的时候一定要移动诱饵。晚上钓鳟鱼是很容易钓的，但我很少这样做，因为晚上不能像我们当前正享受着的白天这样给我带来无限的惬意。

汉普郡里清浅湍急的溪流比英国其他地方都多，那里的鳟鱼也是最多的，当地人经常借助手电筒或者火把在晚上捕捉鳟鱼，他们用鱼叉叉鱼或者用其他的方式，捕获量会很大。用鱼叉叉鱼我也是亲眼见过之后才相信的，但我并不欣赏这种方式。

猎人：师傅，晚上的时候难道鳟鱼就看不到人吗？

钓客：能看见的，也能听到和闻到，白天、晚上都可以。格斯纳经过观察发现，水獭在水里能闻到四十浪以外的鱼。这是真的，弗朗西斯·培根对此予以了证实，他的《自然史》中提到水是声音的导体。他是这样写的："在深水底下碰击两颗石头，岸上的人能够听到碰击的声音，而且音量并不因为水的存在而减弱。"他还例举了一个用缆绳把锚沉到水底沙石的相似的实验。这些学者做出这样的观察和实验，不得不使我相信他们所说的鳗鱼听到雷声就会坐立不安。有人认为是雷声引起地面轻微的颤动把鳗鱼惊吓到的，但我还是相信是雷声本身引起的。

弗朗西斯·培根还有一个实验，就是在池塘边敲击铃铛或者击鼓，可以把鲤鱼引诱到某个预定的地方觅食。一开始我对此是有点嘲笑的，因为我最初认为鱼是听不到岸上的声音的，钓鱼的时候我总是无所谓地弄出声响来，后来经过了解弗朗西斯·培根的实验后，我就不允许任何人在钓鱼的时候瞎捣鼓出声音了。说心里话，我一开始对弗朗西斯·培根的嘲笑还真要恳请他的原谅。

为了避免您认为这是弗朗西斯·培根的个人之见，我再告诉您，大学者黑克威尔[1]对此也是持相同意见的，他在《上帝的力量和旨意之歉意》一书中引用普林尼的话，说有个皇帝有自己专用的垂钓鱼池，而且每条鱼都有自己的名字，能够随叫随到。圣徒詹姆

① 乔治·黑克威尔（George Hakwill，1578—1649），神学博士，牛津大学的学者。

斯也告诉人们，海里的每种生物都可以被人类驯养。普林尼则说过，德鲁苏斯（Drusus）的妻子安东尼娅（Antonia）养有一只很通人性的七鳃鳗，她还在鱼鳃上装饰上耳环等珠宝。有很多人爱鱼养鱼，有些心善之人在他们养的鱼死掉的时候会伤心流泪。这些于听者来说很离奇的事情却得到了马夏尔进一步的证实。他写过这样一首诗：

一支钓竿一线钩，
鱼受惊吓慌乱游。
猎杀无辜该谁罪？
钓客有疚且忍受！

鱼通人性亲主手，
唯命是从听令周。
任它主多声调异，
毫厘不差分得透。

我说这些的用意，就在于建议钓客在垂钓的时候谨小慎微一点，忍耐一下汗流浃背，尽量不要弄出声响，以免鱼听到动静后跑掉，那样就钓不到鱼了。

接下来我跟您讲一个毋庸置疑的事情。饲养在赫里福郡的莱姆斯特镇（Leominster）附近的羊比在周边饲养的羊要肥壮，产的羊毛质量也更好。说得更明白一点就是，一只羊今年到这个地方的牧场放养后，产的羊毛就比去年没来的时候产的羊毛要好，如果返回到先前的牧场去养，羊毛质量就会下降，如果再返回到这个地方来，羊毛质量又会好起来。我跟您讲这个就是要您相信，如果我在这个牧场钓到一条鳟鱼，它可能是白乎乎的、色泽不明朗的，而且显得很污秽。如果我在邻近的一个牧场钓到一条鳟鱼，它有可能就是红艳艳的、肥硕的、肉质鲜美的。请相信我，徒弟，我在某个牧场钓到过很多鳟鱼，那种鳟鱼协调的体型和油亮的色彩只要看上一眼就会爱不释手。现在我就可以给您所谓的鲑鱼给出定论了，那就是：瓜有千百色，落蒂之瓜便是好瓜。

我向您保证，下一次就给您讲鲑鱼。不过在讲鲑鱼之前，请允许我先简单讲讲在外形和习性上与鳟鱼十分相似的茴鱼，希望您保持一点耐心，我把茴鱼讲完之后再给您讲鲑鱼。

Day 4

Chapter 7

茴鱼

胡瓜鱼
European smelt

钓客：就像鲱鱼貌似沙丁鱼但其实不是同一种鱼一样，有人认为外形神似的大茴鱼（umber）和茴鱼（grayling）也是有区别的。我认为尽管在其他国家可能真的是这样，但在英国，umber 和 grayling 除了叫法不同之外并无区别。安德鲁文达斯认为，它们都是鳟鱼的一种。格斯纳说过，在他的祖国瑞士，茴鱼是最受欢迎的。在意大利，五月的茴鱼是最受推崇的，售价比其他所有的鱼都高出很多。法国人不喜欢大头欧雅鱼，叫它“Un Villain（恶棍）”，却把莱芒湖出产的茴鱼叫作“Un Umble Chevalier（骑士）”，他们对茴鱼钟爱有加，认为它们是以金子为食的。还说在法国著名的卢瓦尔河（Loyre）里捕捞到的很多茴鱼中，他们经常能在鱼肚子里发现金子。有人认为茴鱼是以水生百里香为食的，幼小的茴鱼第一次浮出水面就是闻香而去的。

大西洋鲱
Atlantic herring

茴鱼
grayling

人们这样想自有他们的道理，因为我们一抓到胡瓜鱼就能闻到堇菜的香味，从而认为胡瓜鱼是吃堇菜的。这两者很相似，我认为都是真的。安德鲁文达斯说过，鲑鱼、茴鱼、鳟鱼等所有生活在清澈急流中的鱼类，都是它们的母亲大自然为了让人类在设宴时一饱眼福和口福故意把它们天造地设成那样优美的外形和悦目的颜色的。这点是真是假，我无意辩驳。可以肯定的是，所有提笔写过茴鱼的人，都一致认为茴鱼是有益于健康的。格斯纳说过，把茴鱼的鱼油放在小玻璃杯里，再配点蜂蜜，放在太阳底下晒一两天，那种色泽的养眼程度，是胜过红色、黑色等任何色彩的。莎威安[1]认为，只有茴鱼才能游得那么快，在眼前一闪而过，犹如魅影。对茴鱼体味之香美和味道之鲜美，世人的溢美之词更是不胜枚举。我只想简洁地告诉您，生活在基督教还保留有斋戒日时期的米兰的最负盛名的圣徒安布罗斯把茴鱼称为“花鱼（flower-fish）”或者是“鱼中之花（flower of fishes）”，他对茴鱼钟爱至极，是迄今为止对茴鱼做过最长论述的人。但我跳过他的论述，只跟您讲讲怎样才能钓到美味可口的茴鱼。

① 莎威安（Ippolito Salviani，1514-1572），教皇尤利乌斯的御医，著有《水族志》。

首先要明白的是，最大的茴鱼也长不到大鳟鱼那么大，因为最大的茴鱼没有十八英寸长。茴鱼和鳟鱼生活在同样的水域里，钓茴鱼的饵料和钓鳟鱼的饵料也一样，垂钓方法也差不多。虽然茴鱼不太吃鱵鱼，对飞蝇也会有过多的戏弄，但蠕虫、飞蝇和鱵鱼依然是它的最爱。和鳟鱼相比，茴鱼头脑更简单，因此显得更大胆。为了吃到一只飞蝇，它会执着地跳出水面二十多次，即便您没钓到，它还会重来的。有种外形奇特的鸟叫长尾小鹦鹉，有人用它的红色羽毛做成飞蝇钓到过茴鱼。只要是小飞蝇，茴鱼都会吃，哪怕诱饵看起来都不像蚋蚊或者小蛾，它也会尝试一番。冬天的时候，茴鱼会潜藏起来，四月中旬以后，它就出现了，天气越热，它越活跃。茴鱼体形优美，肉色白嫩，细小的牙齿是长在喉咙里的。鱼嘴比较嫩，上钩之后的茴鱼比其他任何鱼都容易脱钩。尽管在类似德芙、藤特这些优美的小河以及流经津巴布韦的索尔兹伯里的诸多小河里有很多茴鱼，但茴鱼并不像鳟鱼那样普遍和常见。我个人觉得茴鱼的肉质没有鳟鱼那样鲜美，钓茴鱼也没有钓鳟鱼那样有意思。接下来就讲鲑鱼吧，讲讲怎样才能钓到鲑鱼。

Day 4

Chapter 8

鲑鱼

夏栎

common oak

钓客：鲑鱼被誉为淡水鱼的王中之王，生活在流入海洋的河流中，它因出入海洋却不具咸味而声名远扬。每年八月份的时候，鲑鱼溯游到淡水河中产卵，它们会在安全的沙砾中挖一个洞或者坑，雌鱼先把卵产在里面，等雄鱼完成授精的天然任务之后，它们就很巧妙地把受精卵埋进砂砾里，然后就把受精卵交给造物主去保护了。造物主会让冰冷的受精卵吸收适度的热量，然后使鱼卵慢慢孵化，等到第二年春天，小鱼苗就孵化出来了。

在淡水河里度过了既定的时间并且完成了产卵、授精的天职之后，鲑鱼就不得不趁着冬天尚未降临之际，依依不舍地踏上返回大海的归途。如果途中遇到鱼梁、堰堤的阻挡，或者迷失了方向，掉队者就会不同程度地生病，游动时就会摇晃不定，有些还会被人为捕捞后因为季节不允许久藏而被腌制成咸鱼。实际情况是，产卵后的鲑鱼身上会长出细长的软刺，体质弱的尤为明显，这些软刺会阻碍它们的进食，和鹰喙的蜕变一样，不能绝地重生的弱者就会因为无法进食而变得瘦骨嶙峋，最终消瘦而亡。人们观察到，鲑鱼离开海洋后也能存活一年，但它会变得郁郁寡欢、食欲不振，这样最多坚持一年之后，第二年终究还是会血色全无、体力不支地萎靡而死。人们还观察到，充斥在各个通海河流的被叫作一龄鲑（skegger）的鲑鱼的幼鱼就是以这种无法回归大海的生病的鲑鱼为食的。虽然河道里可食用的病鱼很多，但幼鱼都长不到可观的大小。

和鹰喙可以脱落重生一样，产卵后的鲑鱼如果能成功返回大海的话，它身上的软刺一路上就会被磨掉或者脱落，然后它就会慢慢恢复体力，第二年夏天重新返回到相同的河里产卵，运气好的话可以再次享受往返旅中的“鱼水之欢”。有人很恰当地把鲑鱼比作拥有冬宫和夏宫的富豪，淡水河就是鲑鱼的避暑山庄，大海则是它的冬宫。弗朗西斯·培根在他的《生死史话》中提到，鲑鱼的寿命不会超过十年。他还指出，尽管在大海中鲑鱼可以长大，但并不会长得很肥硕，只有在淡水河中它才会变得肥硕起来。而且，鲑鱼在淡水河中离海洋越远，它就会变得越肥硕，味道会变得越鲜美。

您要知道，从河流的淡水里转换到大海的咸水里，鲑鱼是要经历很艰难的适应过程的，从咸水中转换到淡水则更为艰难，因为除了适应水质之外，它们还要越过无数的水瀑、鱼梁、堰堤和围栏，这些障碍的高度是超过常人想象的。格斯纳在谈及这些障碍时，说它们通常超出水面八英尺高。卡姆登（Camden）在他的《大不列颠》一书中提到，彭布罗克郡有条流向大海的河叫惕歪河（River Tivy），河里有个瀑布很陡很高，鲑鱼越上瀑布进入河流的时候，站在岸边的村民就对鲑鱼的力量和灵巧很是惊讶。正是由于那个地方鲑鱼的壮举，人们就把那个瀑布叫“鲑鱼跳”（Salmon-leap）。我有个非常要好的朋友叫迈克尔·德雷顿[1]，他曾就这个瀑布写过这样的一首诗：

① 迈克尔·德雷顿（Michael Drayton，1563-1631），英国诗人，其代表作为《括地志》。

繁殖季节按时到，
鲑鱼从容把溪找。
从海到河逆流上，
却遇惕歪瀑布高。

沿途岩石重重阻，
闪转腾跃不曾堵。
此处岩高攀不得，
拼尽力气无出路。

嘴咬尾巴身成弓，
弹出水面向上冲。
恰如孩童玩飞木，
两端扣紧陡然松。

连连失败很正常，
百折不挠愈发狂。
劲蜷劲出劲摆尾，
终越瀑布千百丈。

迈克尔·德雷顿的这首诗足以让您明白鲑鱼是怎么跳的，其实它是弹跃着翻筋斗。

接下来我要让您明白的是，英国出产的鲑鱼是世界上最好的。虽然北方有些国家能和泰晤士河一样出产同等肥壮的鲑鱼，但口感相差甚远。

前面我讲到，弗朗西斯·培根发现鲑鱼的寿命不会超过十年，这是一方面。另一方面，鲑鱼的生长是突发性的，鲑鱼的幼鱼一龄鲑从河流到达大海之后，短时间之内就能迅速长成鲑鱼，速度之快，和毛绒绒的小鹅长成羽翼丰满的大鹅差不多。这个情况是很容易观察到的，等幼小的鲑鱼游到大海之后，在堰堤上捕获一只，然后在鱼尾巴上系上丝带做个记号再放回海里，通常是六个月之后，等鲑鱼从原地返回河流的时候再截住它，大小区别一眼就能看出来了。同样的实验也有人在燕子身上做过，人们可以发现，消失六个月之后，同一只燕子又出现在同一个烟囱上筑巢、栖息。这会使很多人联想到，幼鸽被带出鸽笼，长大后它还是会返回出生的鸽笼里。鲑鱼也一样，它产卵时只会返回它自己出生的河流里。

万事皆有例外。您细细观察就会发现，英国有极少数的河流里冬天也是有鳟鱼和鲑鱼的，蒙茅斯郡的瓦伊河里就有。根据卡姆登的观察，那里的鱼从九月到次年四月是最当季的。但是，徒弟，这些例外我不得不避而不谈，因为我们时间有限，无法拓展开来。因此接下来我打算跟您讲讲如何钓鲑鱼。

您观察一下就会发现，鲑鱼不喜欢长时间待在一个地方。我说过，鳟鱼是喜欢待在一个地方静静等待周边的猎物发出动静的，鲑鱼不是这样。它也不像鳟鱼那样靠近水面、河岸或者树根游动，它喜欢在又深又宽的水域里游动，通常是在水体中间或者靠近河床，在这种位置才能钓到鲑鱼。和钓鳟鱼一样，用蠕虫、鱵鱼或者飞蝇做诱饵就可以了。

试过了您就会发现，鲑鱼不太吃鱵鱼，但有时它还是吃的。它也不太吃飞蝇，它最喜欢吃的是蠕虫，尤其是吊球虫和菜虫。钓鲑鱼的时候，吊球虫和菜虫要弄得特别干净，也就是说至少要放在苔藓里养上七八天再拿来钓。如果存养的时间延长到十六天、二十几天或者更长时间，那就再好不过了，因为蠕虫会变得更干净、更强壮、更有活力，在鱼钩上能坚持更长的时间。蠕虫放进苔藓里后在阴凉的地方可以保存很长时间，还有人建议加点樟脑饲养，可以增强蠕虫的气味。

有人在钓鲑鱼的时候喜欢在钓竿上装上线圈，这样鱼上钩之后可以按照需要放出足够长的线，还有人在钓竿的中部或者底部装上摇轮。这种线圈和摇轮您亲眼见见就一目了然了，光用嘴巴说您会有点不明所以。

我现在告诉您钓鲑鱼的秘诀吧。我曾经和年迈的奥利弗·亨利一起钓过鱼，他是以擅长钓茴鱼和鲑鱼而远近闻名的。我发现他总是从钓鱼包里取出三四只蠕虫放进一个小盒子里，再把小盒子放进衣袋里，半个多小时以后才拿出来装在鱼钩上钓鱼。我问他个中原因，他说："我只是挑出好的蠕虫以备下一次使

大西洋鲑
Atlantic salmon

用。”我和其他一些和他一起钓过鱼的人都发现，每次他总是比我们钓的多，钓鲑鱼的时候更是如此。最近，他的一个既亲密又隐秘的朋友告诉我，他把蠕虫放进小盒子里是为了让蠕虫沾上用常春藤压榨熬煮的油脂，放上半个多小时是为了让油脂渗透到蠕虫体内，这样蠕虫的香味就变得无法抗拒，任何闻到这种香味的鱼无一例外都会咬钩。这个秘诀我是不久前从朋友那里听来的，还没有尝试过，但我认为是有道理的。我再提提弗朗西斯·培根的《自然史》，他在书中提到：鱼是有听觉的，而且毫无疑问，鱼的嗅觉更灵敏。格斯纳说水獭在水中有嗅觉，我想他是正确的。我不敢肯定鱼是否有嗅觉，这个问题就留待其他的垂钓爱好者或者乐于解答这个问题的人来得出结论吧。

我再给您讲讲其他两个实验吧，这两个实验不是我自己做的，是我一个很好的钓友用书面的形式传授给我的，他说第二个实验太精彩，用口头说而不以文字表达不足以传神，而且至少应该让它普及开来。我就按照原样照搬给您：

“用蒸馏瓶从附生在栎树上的多足蕨中提取出味道刺鼻的油脂，加上松脂精和纯蜂蜜，在诱饵上涂这种混合物，钓鱼百发百中。”

另一个实验是：“常春藤大枝干上的伤口上散发出一种从植物油中凝结出

来的香脂，它与白浆非常相似，并且在长时间闻起来都非常香。”

对于鱼来说，这种精油是很甜的，有点像阿魏精油。

对这些精油我不是很推崇，但我还是比较认可的。我从一些化学专家也就是乔治·汉斯汀和其他一些人那里获得过证实，他们认为这种精油确实很见效，但不宜过多使用。尤其是除了用于垂钓之外，不可挪作它用。

鲑鱼快要讲完了，我再告诉您一点，鲑鱼也有好多种，如 tecon、samlet、skegger。鲑鱼种类繁多，林林总总的名字我就不说了，正如很多人把鲱鱼和沙丁鱼弄混一样，我们钓到的鲑鱼您以为是这一种，其实可能是另外一种。之所以有很大差别，我想主要是它们繁衍生息在不同的水域造成的。坦率地说，真正的原因要留给比我更闲适、更有能力的人去研究、去解答。

请您保留一丝丝耐心，最后我还跟您说一点点。正当季的鳟鱼和鲑鱼刚捞上岸还没死的时候，它们身上的斑纹是很绚烂的，鳟鱼身上布满了红斑点，鲑鱼身上布满了黑斑点，色彩之艳丽，好像是另外添加上去似的。在女士的服装上，人工印染和修饰的工艺都未曾给女同胞们那种足以让她们引以为豪的艳丽。鳟鱼和鲑鱼我就讲到这里，接下来我给您讲讲狗鱼，也就是白斑狗鱼。

Day 4

Chapter 9

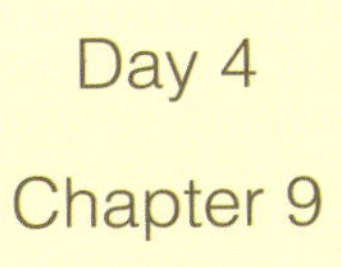

狗鱼

欧洲鳀鱼
European anchovy

钓客：如果说鲑鱼是淡水鱼中的王中之王，狗鱼就是诸王之中的一个暴君。毫无疑问，狗鱼是借助一种与它同名的叫狗鱼草[1]的水草[2]来孵化的，有些狗鱼偶尔会借助别的东西，除非博学多才的格斯纳有可能弄错了，因为他说过，在某些容易长狗鱼草的水塘里，在特定的几个月份，在阳光的照射下，狗鱼草和附在狗鱼草上的一些黏性物质中就会慢慢地生出了狗鱼。可以肯定的是，喜欢深水的狗鱼一定要通过这种附着在水草上孵化的方式才能出生，也可能是通过其他一些不为人知的方式进入某些水塘中，找出其中的证据是轻而易举的。

① 狗鱼草，又称梭鱼草。

② 实际是浮叶眼子菜。

弗朗西斯·培根在他的《生死史话》中提到，狗鱼是淡水鱼中寿命最长的，但一般也不超过四十年。也有人认为，狗鱼的寿命最多不过十年。格斯纳提到，1449 年有人在瑞士捕到一条狗鱼，鱼脖子上有个金属环，这个金属环能充分证明，这条鱼是两百年前的腓特烈二世[3]放进那个池塘里的，因为当时的沃尔姆斯（Worms）的主教把金属环上的希腊铭文翻译出来了。此外，大的或者说年长的狗鱼只好看却不好吃，中等个头的狗鱼才是做菜的首选，味道是最佳的。与狗鱼恰巧相反，鳗鱼越大越好吃。

③ 腓特烈二世，1220 年到 1250 年在位，是神圣罗马帝国最有作为的皇帝之一。

浮叶眼子菜
broad-leaved pondweed

对于养鱼的人来说，狗鱼是使池中之鱼减少的罪魁祸首，因为狗鱼是靠吃其他的鱼为生的，包括吃自己的同类。很多作家把狗鱼称为“河中暴君”或者“水中恶狼”，就是因为它非常大胆，非常贪婪，非常凶残。格斯纳提到过，有个农夫去池塘边饮骡，池塘里的鱼似乎都被狗鱼吃光了，骡子在喝水的时候，嘴唇居然被狗鱼给咬住了，咬得那么紧，以至于骡子把狗鱼都钓出了水面，最后农夫不费吹灰之力就把狗鱼捕获了。格斯纳还提到过，波兰有个农妇在池塘洗衣服的时候，一条狗鱼咬伤了她的脚。据我所知，在考文垂不远的凯尼尔沃思池塘（Kenilworth Pond）里发生过类似的事。我跟您提过我有个驯养水獭的朋友叫赛格瑞，他告诉我，有次他驯养的水獭捕到一条鲤鱼，水獭正把鲤鱼举出水面的时候，一条饿极了的狗鱼飞奔过来和水獭搏斗了几个回合之后把鲤鱼抢走了。以上我跟您讲到的几个谈及狗鱼的人都是诚实可信的，从他们的言

暗色狗鱼
chain pickerel

拟鲤
common roach

谈之中我们就可以对狗鱼得出一个结论了，用一个智者曾经说过的话来说就是："说服饥肠辘辘的肚子不要咕咕叫是没用的，因为它没有耳朵。"

若您觉得上面所说的不可信，狗鱼会吞食比它的喉咙和肚子大很多的同类是无须怀疑的。狗鱼在吞食大鱼的时候，先吞进一部分，多余的部分就留在嘴里，直到吞进去的那部分消化了之后再吞食嘴里的那部分，这样才算吞完一条鱼。狗鱼吞食食物的方法和牛等其他一些动物不一样，牛吞食草料的时候不是把草料一次性吞进肚子里，而是存放在喉咙和肚子之间的某个地方，然后吐回来慢慢咀嚼再吞进肚子里消化，这就叫反刍。毋庸置疑，狗鱼不饿的时候也是会咬人的，如果有东西企图攻击它，一怒之下，它就会就地反击。

狗鱼可以吃下诸如某些毒蛙等带毒的东西却安然无恙。有人说狗鱼体内自带一种天然的香精或者叫解毒剂，能够化解各种毒素。狗鱼摸起来是冷的，但它体内含有一种特殊的热能，能消耗不同软硬程度的鱼肉，不会出现消化不良等症状。有人观察发现，狗鱼是不吃死蛙的，它只吃自己捕杀的活蛙。产卵季节的某些蛙是有毒的，鸭子会把蛙放在水里翻来翻去，把蛙体内的毒素洗干净后再吃，和鸭子捕食产卵季节的蛙一样，狗鱼吃蛙的时候也是先把蛙洗干净，洗过之后再吞食就没有危险了。格斯纳说有个波兰人曾经诚心地告诉他，有一次他在一条狗鱼的肚子里同时发现了两只小鹅。毋庸置疑，狗鱼饿极了的时候，如果有狗从水面游过，它也会咬食的，这样的事例发生过很多起。您知道吗？俗话说："饥不择食。"

狗鱼也以青草为食的，既孤僻又大胆。说它孤僻是因为它和拟鲤、雅罗等鱼相似，总是独来独往，不集体出动，不结伴同行。说它大胆，是因为它不怕任何影子。此外，和鳟鱼、大头欧雅鱼一样，看到其他鱼或者被其他鱼看到了，它是不会回避的。

格斯纳研究发现，狗鱼的颚骨、心脏和胆汁很有药效，可以止血、退烧、止泻、防止瘟疫等，对于人类来说有多种药用价值。他还发现，被狗鱼咬了是会中毒的，而且很难治疗。

人们发现狗鱼是一年产一次卵的，有些鱼像泥鳅等一年产卵的次数就不止一次。我们都知道，家养鸽子一年四季都可以产卵孵蛋，而鹰每年才孵一次蛋。狗鱼的产卵时间通常在二月底三月初，这时候的天气是忽冷忽热的。狗鱼是这样产卵的：雄鱼和雌鱼一起离开河流游到沟渠或者河湾等比较僻静的地方，雌鱼产卵的时候，雄鱼在它的上方一边盘旋一边排放精子，雄鱼和雌鱼并没有身体上的接触。

我可以把狗鱼的产卵过程讲得更详尽一点，但这未免有点猎奇甚至有点猎艳的嫌疑，因此点到为止，我把您的耐心用在正经事上吧。我跟您说，河里的狗鱼是最好的，其次是湖泊和大池塘里的，小池塘里的最次。

在我细说狗鱼的习性之前，我想告诉您的是，有些蛙和狗鱼是互为死敌的。读过波希米亚主教杜巴拉维尔斯（Jan Dubravius）的《鱼和鱼池》的人就会知道，他在书中讲过他亲眼所见、忍不住要向读者一吐为快的一幕，书中写道：

主教杜巴拉维尔斯和他的同事图尔柔一起在波希米亚的一个大池塘边散

步的时候，偶然发现了一只蛙和一条狗鱼。狗鱼正睡意朦胧地靠在池塘边上静静地休息，一只鼓胀着脸、满眼杀气的蛙突然跳到狗鱼的头上用双脚紧紧地抱住了鱼头，然后立刻用前腿去抠狗鱼的眼睛和嘴巴。苦恼不堪的狗鱼在水里扑上扑下，在水草和任何能蹭的地方使劲地蹭来蹭去想摆脱蛙。但这无济于事，蛙一直雄赳赳地趴在狗鱼的头上不断地撕咬。最后，狗鱼精疲力尽没法挣扎了，蛙就和狗鱼一起沉到了水底。不久，蛙又浮出了水面，呱呱地叫个不停，满是胜利者的得意。一番炫耀之后，蛙潜回了非常隐蔽的蛙洞里。见证这番搏杀之后，两位教主立刻请附近的一个渔民拿来渔网，想方设法地把那条只有他们才知道遭遇了什么的狗鱼捞了起来。当他们向渔民啧啧称奇的时候，那个渔民却不屑一顾，他很淡然、很肯定地告诉两位教主，这种情况他早就司空见惯了。

我说的这个情况在杜巴拉维尔斯所写的第一本书的第六章可以读到，我以前向某个朋友谈及此事时，他说："这不可能！世上哪有老鼠抠出猫眼睛的事？"我朋友之所以这样笃定地怀疑，是因为他不知道蛙中还有食鱼蛙[1]。达尔马提亚人（Dalmation）把食鱼蛙叫"水魔王"（water-devil），这个要讲的话一言难尽，我就不细说了。我想告诉您，蛙是绝对怕水蛇的，在游过有水蛇的水域时，蛙有时会在嘴里叼上一根芦苇，这样万一遇到大的、充满恶意的水蛇，蛙就比较安全了。一般来说，蛙还是比水蛇游得更快的。

[1] 据推测，应该指的是鮟鱇。

您要知道，蛙有水蛙和旱蛙之分，蛇也有水蛇和旱蛇之分。旱蛇是产卵孵蛋繁衍后代的，通常在废弃的粪堆或者比较暖和的地方孵蛋。水蛇是不产卵孵蛋的，这是一个潜心研究的人发现的秘密。

水蛇直接生出小蛇，然后就不太管它们了，只是和它们待在一起，万一有危险出现，大蛇会把小蛇衔在嘴里逃走，确认安全之后再把小蛇放出来。这种情况我们钓客偶尔也能遇到，看见之后一般都会在闲聊中提起。

您看我扯到哪里去了？我自己都不知道自己在讲些什么了。我想起来了，刚才讲到了杜巴拉维尔斯看见蛙捕食狗鱼。蛙就讲到这吧，我还是遵守诺言，给您讲如何钓狗鱼吧。

狗鱼通常以鱼和蛙为食，有时也吃以它的名字命名的狗鱼草。我跟您讲过，有人认为狗鱼是狗鱼草变的，因为他们发现在长有狗鱼草的池塘里，不放狗鱼鱼苗进去也能出产很多狗鱼，而狗鱼吃狗鱼草，因此他们就认为狗鱼是狗鱼草变的。这样莫名其妙出现的狗鱼是否是其他鱼的变种？它是否能够繁衍下一代？说实话，这些问题我还没有工夫去观察研究，就留给更有好奇心的人去解决吧。钓狗鱼既可以系钓，也可以走钓。系钓就是把鱼钩、鱼线固定在某个地方，然后您可以走人不管了。走钓就是用手拿着钓竿，让诱饵动来动去。这两种钓法各有千秋，我给您仔细讲讲。虽然死的诱饵也能用，但系钓最好用活的诱饵，不管诱饵是鱼还是蛙，让它们活的时间越长越好。您要这样做：

首先是准备活鱼诱饵。用活鱼做诱饵的话最好是用拟鲤或者雅罗，这样最能吸引狗鱼。河鲈也行，河鲈挂在钓钩上最耐死。先把鱼背上的鱼鳍给切掉，切鱼鳍的时候一定要小心不要伤着鱼，因此切鱼鳍的刀不必太锋利。切掉鱼的背鳍之后，在鱼头和背鳍之间的地方划开一个小口，口子不要太大，只要鱼线能钻进去就可以了，划的时候要尽量轻巧一点，不要伤着鱼身，划好小口后就把鱼线伸进去，沿着鱼的背脊，从鱼皮和鱼身子之间向尾部穿过去，然后在尾巴那里同样划个小口把鱼线伸出来，然后打结把鱼系好，系的时候不要太紧，不要伤着鱼。为了不伤着鱼，有人会用探针先穿刺好，这样更容易穿线。就这么回事，您自己多实践几次就更清楚了，怎样挂鱼就说这么多，再给您讲讲怎样挂蛙。

猎人：师傅，您不是说有些蛙是有毒的吗？接触有毒的蛙不会中毒吗？

钓客：会的，但我会教您一些避免中毒的方法。首先您要知道，蛙有两种，按我自己的分类方法来说，一种是旱蛙，一种是水蛙。旱蛙是生活在旱地上的，有好多种，颜色也各不相同，有些是褐色的，有些是绿色的，有些是黑色的，有些是棕色的。绿色的蛙个头小，托普塞尔认为，这种蛙的毒性是最大的。蟾蜍也是有毒的。蟾蜍通常在旱地上生活、繁衍，体型很大，棱角分明，尤其是母蟾蜍特别明显。旱蛙有时也会跑到水里去，但并不常见。托普塞尔发现，有些旱蛙是母蛙先产卵，然后雄蛙把精子喷上去，再用泥土盖起来。天冷的时候，受精卵是一层黏糊糊的土团，到了夏天天热的时候，它就孵化成小蛙了。对于托普塞尔的说法，普林尼和卡尔达诺（Girolamo Cardano）非常赞同，卡尔

水游蛇
grass snake

达诺在他写的书中引用了这一点，并且解释了为什么蛙总是在下雨天出现。他那本书要是由我来写的话，我就会写明水蛙出现是不必等到下雨天的。我认为水蛙一般是没有毒的，尤其是三四月份在水沟里产卵的正宗的水蛙。水蛙产卵的时候雄蛙和雌蛙是抱在一起浮潜在水中的，会嘎嘎嘎地叫，弄得蛙声一片，旱蛙和蟾蜍是不会这样叫的。如果用水蛙钓狗鱼的话，蛙的颜色越黄越好，因为狗鱼最喜欢吃黄色的蛙。

从四月到八月，蛙随处可见，随便抓就能抓一只，因为这个时候它是张开嘴巴大吃大喝的，然后就进入至少为期六个月的冬眠，冬眠期蛙是不进食的，它是怎么熬过来的，只有“奇迹”“本人”才知道。挂蛙的时候这样挂，蛙会活得更长久一点：抓到蛙后，把鱼钩从蛙的嘴巴里伸进去，从它的鳃部穿出来，然后用针线在蛙每条腿的上部缝上一针，引出线来和鱼线系在一起，或者把蛙的腿直接绑在鱼线的上部。挂蛙的时候要轻柔一点，就像您很爱它不忍伤害它那样轻柔，这样对蛙的伤害就会最小，它存活的时间也就更长。

讲完如何在鱼钩上挂活鱼、活蛙用于系钓之后，接下来就要跟您讲该怎样系钓了。系钓的鱼线长短要适度，不要超过十四码，也不要短于十二码。把鱼线系在狗鱼经常出没或者狗鱼鱼洞边的树干上，然后把鱼线全部缠在一个带叉的小树枝上，只留下半码长的鱼线不要缠。可以在树枝的任何一个叉上刻一个小口用来卡住剩下的鱼线，避免鱼线纠缠在一起。树枝的大小也要适当选择，强度要足够撑得起做钓饵用的蛙和鱼，要让鱼线松松地依附在刻的小口上，当狗鱼咬钩后拖动鱼线时，能确保狗鱼能自如地拖动、控制诱饵。您要知道，在中等水深的地方才是适合钓狗鱼的，如果您想让诱饵固定在一个地方，不想被风或者其他因素把诱饵弄到岸边，那么可以在鱼线上系上一个适当大小的铅坠，或者用石头、瓦片、泥炭代替铅坠也行。把铅坠和树枝都扔进水里，让铅坠充当锚，这样就可以把树枝固定在您想要的位置了。您试试就知道了，这是系钓法里面最好的方法了。

风大的时候，在鱼钩上挂上活的鱼或者蛙，再系在一根树枝或者一把干草上一起扔进水里，在风力的作用下，它们会漂过池塘或者河的对面，您站在岸上就能清楚地看到水里有没有狗鱼了。或者系在鹅或者鸭子的身上、翅膀上，这样试也是可以的。在溪流里测试的话，可以让系上诱饵的树枝、干草、空瓶子等顺流而下，您沿着溪岸边走边观察就可以了。用活诱饵钓鱼就讲这么多吧，剩下的靠您自己去实践摸索了，因为时间不允许我多讲了。

如何用死的诱饵钓狗鱼等到下次我们一起钓鱼时再教您或者您有机会跟别人一起钓鱼的时候再学习吧，因为只需把一条死的鮈鱼或者死的拟鲤挂在鱼钩上然后在水面上晃来晃去就可以了，是很简单的，以后我随时可以教您。这样三言两语地说您可能认为我是在敷衍您，那么我告诉您一个我听来的秘密吧。这个秘密就是：

把常春藤的胶质和松油混在一起，涂在死的诱饵上用来钓狗鱼效果会更好。涂好后把诱饵扔进可能有狗鱼的水里，让它在水底里放一阵子之后再把它拉出水面，在水面上来回拖动。这样做的话，狗鱼会更容易追过来咬钩的。

还有人经过试验后得出确凿无误的结论，那就是把诱饵涂上鹭鸟大腿骨的骨髓，对任何鱼来说都是很有吸引力的。

这两个方法我都没有试过，是一个很有名气的朋友出于好意告诉我的。如果您认为我讲的狗鱼的钓法不一定好，那么我的狗鱼烤制方法绝对是很好

欧洲鳀鱼
European anchovy

的，因为我亲自烤过，味道不只是很好，而是相当出色。烤狗鱼要注意一点，就是鱼不能小，一定要大，要半码长以上甚至更大的狗鱼。

首先，从鱼鳃处把狗鱼剖开一点点，如果有必要，在腹部切开一点也是可以的，从切口处把鱼肠掏出来，鱼肝可以留用。把鱼肝切丝，拌上百里香、甘牛至、冬塔花，加上一点捣碎的牡蛎肉和鳀鱼，添上一磅的甜味牛油，再拌点香草，最后撒点盐搅匀，这样就做好了狗鱼的配料。如果烤制一码长的狗鱼，就要用一磅以上的配料，如果狗鱼比较小，少放点牛油就可以了。把配料和肉豆蔻香料放进鱼腹，缝上鱼肚子尽量避免牛油流出来。不用去鳞，直接拿烤叉从鱼嘴穿到鱼尾巴，然后在鱼身上划上四五条裂纹，使鱼肉成为条状，再把鱼从头到尾用丝带捆扎好，以免烤鱼时鱼块从烤叉上掉下来。烤的时候要小火慢烤，一边烤一边涂上牛油、鳀鱼酱、葡萄酒，鱼身上滴下来的汁水用平底锅接住，也慢慢涂上去。充分烤熟后，从底部把鱼托出来，解开或者剪开丝带，连同鱼腹里的配料一起盛在一个鱼盘上，这样鱼还是完整的。鱼盘里会渗出少许汁水，把平底锅接的汁水加上去，加上一点上等的牛油，再拿三四个橙子挤上橙子汁，最后，可以在鱼腹里放上少许牡蛎肉和几瓣大蒜，然后就可以上桌了。去不去鳞，平底锅接的汁水回不回汁，用什么盘子盛鱼，要不要放大蒜，这都可以随您自便的。

这样精致的美味除了钓客和雅致的人，谁都会赞不绝口的！我因为信任您才把这个秘方传给了您，我相信您一定会亲自见证的。

对于狗鱼我还要补充一点：格斯纳说西班牙没有狗鱼，说最好的狗鱼是意大利的特拉西梅诺湖[①]出产的，英国产的狗鱼不及它。

① 特拉西梅诺湖（Lake Thrasimene），位于意大利中部，公元前217年汉尼拔在布匿战争中大败罗马将军弗勒明纳斯的地方。

在英国，就像萨塞克斯郡一直吹嘘它那里有阿伦德尔鲻鱼、奇切斯特海螯虾、歇尔瑟鸟蛤和安伯利鳟鱼一样，林肯郡一直吹嘘它那里出产最大的狗鱼。

我不再拓展开去浪费您的时间了，下面我给您讲讲鲤鱼的习性吧，讲讲怎样钓鲤鱼和烹饪鲤鱼。

神香草
hyssop

Day 4

Chapter 10

鲤鱼

啤酒花
common hop

钓客：鲤鱼端庄优雅、性情温和，还略带一点小滑头，可以算得上是众鱼之中的皇后。鲤鱼不是英国的本土鱼，引进的时间还不是很长，但现在已经是随处可见了。据说，鲤鱼是萨塞克斯郡普拉斯蒂德镇一个叫马斯卡[1]的绅士从国外引进的。在英国范围之内，萨塞克斯郡的鱼是最多的。

您应该还记得，我跟您说过格斯纳认为西班牙没有狗鱼。可以很肯定地说，大约一百年前或者更早以前，英国是没有鲤鱼的，理查德·贝克[2]对此可以做出充分的证明，在他写的《编年史》中，您可以看到这两句：

火鸡鲤鱼啤酒花，

同到英国来安家。

毫无疑问，鱼儿离不开水，离开水后，咸水鱼中鲱鱼死得最快，淡水鱼中鳟鱼死得最快。除了鳗鱼之外，鲤鱼是离开水后最耐死的，因此，说鲤鱼是从国外引进英国的还是很可信的。

和狗鱼以及多数鱼一年只产一次卵不同，鲤鱼和泥鳅在一年之

① 马斯卡，16世纪英国人，曾住帕克大主教的司膳，著有《垂钓书》。

② 理查德·贝克（Richard Baker，1568-1645），著有《编年史》，于1643年出版，他曾是亨利·沃顿的室友。

鲤鱼
common carp

中有好几个月里都是产卵的。家兔和野兔可以辅佐证明一年多产的情况，鸭子也可以证明。虽然有些鸭子一年当中产卵时间不超过一个月，但多数鸭子有九个月时间是可以产卵的。鲤鱼一年多次产卵是不必怀疑的，因为您很少甚至是几乎不可能抓到一条体内不含鱼精的雄鲤鱼，也抓不到一条体内不含鱼卵的雌鲤鱼。一年中的绝大多数月份里，尤其是整个夏季，雄鲤鱼带精、雌鲤鱼带卵是很普遍的。人们发现，鲤鱼更喜欢在池塘里而不是在溪流中产卵。如果鲤鱼都在溪流中产卵的话，说不定早就被对味觉很挑剔的食客捕食完了，因为溪流中的鲤鱼比池塘中的鲤鱼味道更鲜美。

人们还发现，有些池塘中的鲤鱼是不产卵的，尤其是水温很低的池塘，但能产卵的地方产量就会很大。亚里士多德和普林尼都认为，一年中鲤鱼会产卵六次，受精卵一般附着在野草根、菖蒲根或者水草叶子上面，如果没有狗鱼、河鲈等偷吃的话，十到十二天之后受精卵就可以孵化成幼鱼了。

如果水域空间大，食物充足，鲤鱼可以长得又长又壮，我听说过的最长的鲤鱼有一码多长。经常给鱼著书论说的乔维斯[1]说过，意大利卢伦湖的鲤鱼可以重达五十英镑，这种说法是有根据的，因为各个物种的生长各不相同。比如，熊在胎腹中的生长是很快的，一旦出生，寿命却很短。与此相反，大象出生前要在胎腹中待上两

① 乔维斯（Paulus Jovius），意大利人，天主教主教，著有《鱼经》。

年，还有人认为要待上十年，一旦出生，长到成年需要二十年，最终寿命可以长达一百年。鳄鱼也是很长寿的，除此之外，还有很多长寿的动物可以长得很大。因此，我想鲤鱼长得很大是不足为奇的。尽管我没有亲眼看见，但在国外的某些地方，有人发现了长达二十三英寸的鲤鱼，这种超大的鲤鱼，在英国也曾被发现过。

鲤鱼繁殖的地域不断蔓延，数量不断增加，但为什么在相同的自然环境中，有些池塘里有鲤鱼有些池塘里却没有鲤鱼呢？这个问题至今还没有谁找到确切的答案。鲤鱼的繁衍和消亡是很神秘的，这点我在书中读到过，也有个从来不说谎的诚实人亲口跟我讲过。他说有六十多条大鲤鱼被放进一间农房四周的几个池塘里，雄鱼和雌鱼的投放比例是按照最适合繁殖小鱼的 3 ： 1 来投放的，池塘边都打上木桩做了围栏，看鱼的房主天天寸步不离，有人把鱼偷走是绝对不可能的。三四年后，他们放水捕鱼，原指望大鱼生小鱼、小鱼变大鱼，能产出一大堆鱼，却发现一条鱼也没有。我知道另外一个类似的例子，投放的是七八十条大鲤鱼，同样严密的监管，同样时长的放养年数，最后捕捞的时候却只有五六条大鲤鱼。鱼塘的主人原本打算放养更长的时间，但那年夏天某个酷热的正午，他无意间看到一条鲤鱼在水面上游动，头上顶着一只蛙。看到这个情形之后，他决定提前放水捞鱼，结果只剩下五六条，而且每条都游走不稳、病态十足，头上都是蛙的抓痕，从抓痕上完全可以看出，蛙如果没有拼尽最后一丝力气是不会放过鲤鱼的。这是亲眼见到鱼顶蛙的鱼塘主人亲口告诉我的，他说鲤鱼之所以奇怪地消失了，肯定是被蛙吃掉了。他的判断和我的想法不谋而合，我是丝毫不怀疑的。

无意中我讲到了这个方面，这方面还可以讲很多，但讲起来就不是三言两语能讲得完的，就算讲完了也许对您并没什么用，因此我就简短地还讲三四点，然后就给您讲如何钓鲤鱼吧。

弗朗西斯・培根在他的《生死简史》中提到，经他观察，鲤鱼的寿命一般在十年左右，但有人认为不止十年。格斯纳说，在德国的普法尔茨曾发现过百

菖蒲
sweet flag

年高龄的鲤鱼。多数人都一致认为，与白斑狗鱼恰巧相反，鲤鱼是越大越好吃，年龄越长越好吃。鲤鱼的鱼舌被认为是最美味、最值钱的部位，尤其对于买鱼吃的人来说更是倍加珍贵。但格斯纳说鲤鱼和其他鱼一样根本就没有舌头，只不过是嘴巴里有一片跟鱼肉差不多肉质的东西，应该把它叫作颚。不管叫什么，它的味道最美倒是铁定无疑的。鲤鱼也属于皮革嘴鱼，就是我跟您说过的喉咙里长牙齿的鱼，正是因为鱼嘴表皮的韧性很强，鲤鱼一旦上钩之后就很难逃脱。

我跟您讲过，弗朗西斯·培根说鲤鱼的寿命只有十年，但是简·杜巴拉维尔斯写过一本《鱼和鱼池》，书中说鲤鱼从三岁开始产卵，可以一直延续到三十岁。每到夏天，当阳光把水和土壤都晒得热乎乎的时候，鲤鱼就开始产卵了。产卵的时候，三四只雄鲤鱼会追随着一只雌鲤鱼，雌鲤鱼会羞怯地逃走，雄鲤鱼会围堵着雌鲤鱼，迫使它在水草丛中或者菖蒲的空隙间慢慢地游来游去，在这个过程中，雌鲤鱼就会把鱼卵排出来，鱼卵会紧紧地依附在草叶上，雄鲤鱼再把精子喷洒上去。过不了多久，受精卵就会变成活蹦乱跳的小鱼了。前面跟您讲过，一年中有好几个月的时间里，鲤鱼都是可以产卵的。人们都认为，除了鳗鱼，绝大多数的鱼都是通过这种方式产卵的。有人观察到，雌鲤鱼产卵后会变得很虚弱，雄鲤鱼会在雌鲤鱼的两侧护着它、协助它游出草丛进入深水里去。虽然您可能觉得这不足为奇，但有人认为很值得去研究。还有人不惜代价，刻意制作玻璃蜂房用来观察蜜蜂是如何产卵、如何建造蜂巢、如何服从蜂王的指令、如何共建和谐家园的。和狗鱼一样，并非所有的鲤鱼都是通过产卵来繁殖的，它们还有其他的一些方式。

鲤鱼的鱼胆和头骨有药用价值，医生总是能把它们的疗效发挥到极致。在意大利，很多人向犹太人兜售鲤鱼的鱼卵从中牟利，犹太人则把鱼卵制作成美味的鱼子酱。犹太人有个习俗，他们是不可以吃没有鱼鳞的鲟鱼制作的鱼子酱的，《利未记》（*Leviticus*）的第十一章对此有明确的规定，在他们看来，无鳞的鲟鱼是不洁的。①

① 《利未记》中说："凡在水里、海里、河里，有翅有鳞的，都可以吃。凡在海里、河里，并一切水里游动的活物，无翅无鳞的，你们都当以为可憎。"

亚里士多德对鲤鱼的论述是很多的，杜巴拉维尔斯在写《论鱼》的时候，经常引用他的说法。但亚里士多德的说法或许不能让您满意，可能反而会让您觉得更费解。因此，我不想花更多的时间讲鲤鱼的习性、鲤鱼的繁殖以及其他与之相关的东西。我直接给您讲如何钓鲤鱼吧，别忘了我一开始就跟您讲过，鲤鱼是有点狡猾的，是不太好钓的。

要想钓鲤鱼，首先要有足够的耐心，尤其在河里钓鲤鱼的时候更是如此。曾经有个垂钓高手为了在河里钓到一条鲤鱼，在河边连续蹲守了三四天，每天熬了五六个小时，却还是空手而归。有些池塘和河流一样，也是不好钓鲤鱼的。即便池塘里鲤鱼很多，水也很浑浊，但还是不好钓。能否钓得到鲤鱼是没有定规的，因此我希望所有钓客尤其是钓鲤鱼的钓客，一定要信心和耐心同在。接下来我

告诉您用什么钓鲤鱼，首先您要明白，钓鲤鱼的季节既不能太早也不能太晚，最好是炎热的夏天，天冷的时候鲤鱼几乎是不咬钩的，太早或者太晚都是不适合的。有些人过于严谨和讲究，居然说四月十日是天定的鲤鱼开钓时间。

钓鲤鱼的诱饵可以用蠕虫或者膏团，最好的蠕虫是草地里或者沼泽里的普通蚯蚓，其他更小的蠕虫也可以，绿色的蛆[1]也是很不错的。膏团有很多种，和各种各样用来治疗牙痛的膏团差不多，甜味膏团无疑是最适合用来钓鲤鱼的。甜味膏团就是含糖或者含有蜂蜜的膏团，这种膏团更容易吸引鲤鱼。要提前把膏团扔进水里，过几小时之后再开始钓。也可以把膏团做成小膏丸，提前几天分好几次扔进水里，这样效果会更好。在很大的池塘中，如果想把鲤鱼吸

① 应该是麻蝇或丽蝇的幼虫。

引到某个便于垂钓的水域，您可以在那个水域里先撒上谷粒，或者撒上混有猪血的牛粪、米糠、麦麸，或者撒上诸如鸡肠等废弃物，然后撒上一些甜味膏丸，钓鲤鱼的时候一边钓一边再撒上几颗，这样就更有效了。

怎么做膏团呢？弄点兔肉，剁成末，再弄点大豆粉，如果没有大豆粉用面粉也行，把肉末和面粉和在一起，然后加点糖或者蜂蜜，用研钵或者用手把它们揉匀，用手揉的话一定要把手洗干净，最后把它做成一个大膏团，按照您的使用需求，做成两三个也行。需要注意的是，一定要把膏团揉得很劲道，挂在鱼钩上放进水中也不会溶散，但也不能太硬。最好是把膏丸挂在鱼钩之后，在膏丸外面再轻轻地揉上一点白色或者黄色的羊毛，注意羊毛只需一丁点，千万不要用得太多。

如果您想把这种膏团存放久一点用来钓其他的鱼的话，可以加上一点上等的蜂蜜和纯正的蜂蜡，靠在火边一边揉搓一边把它做成团，这样就可以存放一年之久了。

用蛆钓鲤鱼的话，可以在鱼钩上同时挂上一小片猩红色的布片，猩红色可以用俗称彼得油的岩油浸染。蛆放在小盒子里或者牛角里可以存活两三天，在挂上鱼钩之前先涂上一点蜂蜜，这样它在水里就会活得更久。蛆既可以钓狡猾的鲤鱼，也可以钓任何其他的鱼。用蛆钓鱼的时候，您可以把白色的或者棕色的面包嚼碎一点，扔到浮标漂浮的地方。钓鲤鱼的方法很多，但只要勤谨加耐心，这种方法比我实践过和听说过的所有方法都要好。忘了告诉您，白面包的面包屑和蜂蜜一起加进膏团里也是很好的，而且更简单、更容易操作。说鲤鱼说了这么多，接下来我想跟您说说鳊鱼了，说鳊鱼我不会说得那么冗长乏味，所以还请留意细听。

但在说鳊鱼之前，我要先跟您说说如何烹饪鲤鱼。钓鲤鱼是有讲究的，烹饪鲤鱼也是有讲究的。虽然钓鲤鱼有点费劲，甚至要破费本钱，但是会有超值回报，吃上美味的鲤鱼，您顿时就会觉得钓鱼时的劳心和劳力都是很值得的。

取一条鲤鱼，可行的话最好用活鲤鱼，用盐擦拭一番再用水冲洗干净，不要去鳞，直接剖开后去掉内脏，留下肝脏，带血放进小锅或者小罐里。取甘牛至、百里香、芹菜各半把，加点迷迭香或者其他香薄荷，混在一起扎成两三个小捆放进鱼锅里，再放四五个洋葱、二十只捣烂的牡蛎、三条鳀鱼，再往锅里倒进刚好淹没鱼身的红酒，加上适量的盐、丁子香、肉豆蔻、陈皮、柠檬皮。配好之后用猛火烹煮，熟透之后连鱼带汤盛在盘里，再在四分之一的鱼身上放点最新鲜的牛油。取两三个蛋黄，加点切碎的香薄荷，用汤勺把蛋黄和香薄荷搅匀，然后倒在牛油上面，最后挤上一点柠檬汁。这样的美味，您就好好享受吧。

Day 4

Chapter 11

鳊鱼

酸模
common sorrel

钓客：鳊鱼生活在湖、塘、河、溪中，成年的鳊鱼体型巨大，样子很霸气。鳊鱼最喜欢生活在池塘里。如果池塘的水和空气都很适宜的话，鳊鱼不但会长得很大，而且还会像猪一样肥壮。格斯纳认为，鳊鱼贵在其味道之甜美，营养价值倒在其次。鳊鱼的生长周期很长，繁殖的时候对水域的要求比较高，水质很差的话它是不会产卵的。由于繁殖太快，很多池塘里的鳊鱼显得有点太多，多得甚至能导致其他一些鱼类因为抢不到食物而饿死。

鳊鱼体型宽扁，鱼尾开叉明显，鱼鳞排列相当规则，大眼睛，小嘟嘴，两列牙齿，一对喉骨。鳊鱼的喉骨是菱形的，可以帮它磨碎食物。雄鳊鱼有两个很大的精囊，雌鳊鱼则有两个很大的卵巢。

格斯纳在他的书中记载过一件很离奇的事情：在波兰的某个地方，大量的鳊鱼被放进一个池塘，第二年冬天，整个池塘的水被冻成了一整块冰，一滴水也没剩下来。人们拼命地寻找鳊鱼，但是一条也没有找到。第二年春天，天气变暖，冰块融化，池塘里重新蓄满了水，这个时候，那些鳊鱼奇迹般地又都出现了。格斯纳把这件事写得肯定无疑，我就照本宣科地讲给您听。让人相信这件事是非常困难的，就像很难让无神论者相信耶稣的复活。但是想想蚕等昆虫的作茧自缚和破茧成蝶，再推及鳊鱼，格斯纳的说法或许还是可信的。弗朗西斯·培根在他的《生死简史》中也提到，有些草是常青的，但更多的草是一岁一枯荣，一岁一枯荣实质上就是死而复生。

虽然也有人不喜欢鳊鱼，但法国人对鳊鱼偏爱有加，他们甚至有句谚语是借鳊鱼说理的，这句谚语就是“池中积有鳊，家中留得客”。法国人都知道，鳊鱼最好吃的部位是头部和腹部。

有人发现鳊鱼和拟鲤会把雌鱼产的卵混杂在一起，然后两种雄鱼一起授精。因此很多地方有不纯正的鳊鱼，这种鳊鱼不但个头不大、肉质不好，而且有毒。

钓鳊鱼的诱饵有很多种，可以用含有棕色面包和蜂蜜的膏团、蛆、小黄蜂。蛆和小黄蜂要放在锅里用小火炒一下，或者放在火边的瓦片上烤干，目的是使它们变得硬一点、有韧性一点。在酸模、灯心草和菖蒲的草根下，有一种长得

欧鳊
common bream

不太像蛆的、丁鱥[1]很喜欢吃的蠕虫。把蚱蜢的腿掐掉，也可以用来钓鳊鱼。六七月份的时候，水边的草丛里就会出现各种各样的水蝇，这也是钓鳊鱼的好饵料。钓鳊鱼的好饵料肯定还有很多，不管有多少种，我给您讲最好的一种饵料。钓鲤鱼也好，钓鳊鱼也好，在河里钓也好，在池塘里钓也好，这种饵料是很管用的。这种饵料是一个很实在、很出色的钓客告诉我的，我现在告诉您，希望您以后验证一下。

钓鳊鱼最好的饵料就是身上没有肿结的红蚯蚓，越大越好。红蚯蚓很常见，雨后的庭院里随便走走就能抓一大把。把红蚯蚓放在陶罐里，放上一点洗干净后挤干水的苔藓，每三四天换一次苔藓，这样养三四个星期，红蠕虫就变得很干净、很有活力了，就成了钓鳊鱼最好的饵料。

准备好饵料之后，再准备好您的钓具。准备三根长的钓竿、几根尽可能长的鱼线、几个浮标和几个铅坠，把浮标和铅坠装在鱼线上，铅坠和鱼钩之间保持一英尺或者十英寸的距离。铅坠的大小要适中，要保证让浮标刚好吃一点点水，也要保证不能让浮标把铅坠提起来，因为铅坠必须要沉在水底。要注意的是，钓鳊鱼的时候狗

① 应是鳊鱼之误。

鱼或河鲈也会来咬钩的，如果您想一箭双雕的话，不妨用小号的链扣来挂鱼钩，这样顺便钓钓狗鱼也是挺好的，具体怎么做下次有机会我示范给您看吧。还要注意一点，蠕虫挂上鱼钩后，它会拼命地挣扎，严重的时候会把铅坠带动起来的，铅坠一动，鱼以为是蠕虫，也会过来吃的。

一切准备就绪之后，就先去河边看看吧。您曾经在哪里见到过鳊鱼三三两两地或者成群结队地活动过就去哪里。炎炎夏日的下午三四点钟是钓鳊鱼的最佳时机，您可以很清晰地看到鳊鱼在深水的鱼洞里进进出出，因为这个时点是鳊鱼觅食的时间。鳊鱼一般都是贴着水底觅食，但也会有一两条跑到水面上来扑腾翻滚，您就把在水面扑腾翻滚的鳊鱼当作是鱼群的哨兵来看待好了，观察它在哪里出现得最多，活动范围有多大，就知道哪里有鳊鱼在水底游动了，尤其是在又宽又深的河里钓鳊鱼更要这样观察。观察好后在岸上就近找个便于垂钓的位置，选个水底没有水草的水域投个石头试试水深，一般来说，水深八到十英尺、离岸两码远的水域是最好的。有些河流的旁边有水磨房，您要观察一下垂钓水域的水位会不会因此有涨退，还要考虑到沉钩、沉钩和铅坠保持半英寸的距离、浮标直立起来露出水面半英寸和起钩等因素，最后根据您自己的判断来决定下钩位置的水位深浅。

确定好垂钓地点和下钩位置之后，就可以回来准备沉钩诱饵了，这时离您用艰辛的汗水换来累累的硕果就只有一步之遥了。

沉钩诱饵

根据垂钓水域的水流速度和水位深浅，取一配克或者一配克半的大麦芽，全部碾碎后放进锅里煮，稍稍煮一下就可以了，然后用袋子把水过滤到水桶里，马是很喜欢喝这种水的，然后把麦芽渣摊凉。晚上八九点钟的时候，注意不要太早，把麦芽渣拎到河边，用手把麦芽渣使劲揉成麦芽团，然后扔到您要放沉钩的位置。麦芽团会立刻沉到水下去，要确保它会落在您要放沉钩的地方。如果河水的流动性比较大，就在沉钩位置上游的不远处多扔几个麦芽团。麦芽团一定要揉得很紧，不能让水流一下子就把它冲散。

撒好沉钩饵料后，在下钩的地方做个标记，把钓具、钓鱼包和剩下的麦芽渣都留在河边，然后只身返回，第二天凌晨三四点钟的时候再来。再来的时候动静不要太大，也不要靠得太近，因为鳊鱼很警觉，也很狡猾，它们真的会安排哨兵执勤的呢。

到了河边后，拿出第一支钓竿，装上饵料，把鱼钩甩在沉钩饵料的前方一点，然后轻轻地往回拉，直到铅坠处于沉钩饵料的中间部位为止。

然后拿出第二、第三支钓竿，第二支钓竿甩在第一支钓竿的上游，第三支钓竿甩在第一支钓竿的下游，各保持一码的距离，然后把钓竿都固定在河岸边，一切妥当之后，您就可以躲到一边静静地观察浮标了。浮标是很容易观察的，鱼上钩之后，浮标会突然下沉，而且不会立刻反弹回来，等您看到鱼线都在跟着浮标一起走的时候，悄悄靠近河边，尽量地放线，因为如果上钩的是大鲤鱼或者大鳊鱼的话，它会把鱼线拖得很远的。差不多的时候就慢慢地收线，收线时一定要轻缓，把钓竿弯曲的地方用手托住一点。如果使劲强行拉的话，一定会出问题的，因为鱼线、鱼钩和钓竿都有可能断掉。如果能把鱼线、鱼钩和钓竿都控制得很好，就一定能把大鱼钓上岸来，您就好好地看看它出水上岸时那羞答答的样子吧。一般来说，鲤鱼比鳊鱼强壮得多、精神得多。

鳊鱼和鳊鱼的钓法也可以讲很多，但纸上谈兵还是不及实践出真知，您以后有机会就多多实践、多多琢磨吧。有一点您要非常清楚并且要铭记在心，垂钓的时候一定要谨慎对待，那就是，如果钓鳊鱼的河里有狗鱼或河鲈的话，狗鱼一定会先来咬钩的，您肯定会先钓到狗鱼。在多数地方，狗鱼都比鳊鱼大，会抢先来到沉钩饵料的地方，它们来不一定是要吃饵料，而是来吃聚集在饵料周边和饵料上方的小鱼，或者只是来和小鱼闹着玩。

您可能认为钓狗鱼有钓狗鱼的钓钩和方式，用钓鳊鱼的钓钩是钓不到狗鱼的，这样想您就错了，因为我有好几次就用掉鳊鱼的钓钩钓到了长一码以上的大狗鱼。有时候，鱼线都是钓鳊鱼的鱼线呢，只要稍稍调整一下就可以了：

用一条小的、活的欧白，拟鲤或者鮈鱼挂在鱼钩上，鱼钩的钩尖上再挂一只小的红蚯蚓，下钩后要让钩上的小鱼还能够自由游动，然后在下钩的地方撒点白色面包的面包屑或者是麦芽渣。如果有狗鱼出现的话，水里的小鱼会吓得跳出水面的，而钩上的小鱼则一定会被它吞食掉，这样就钓到狗鱼了。

早上钓鳊鱼可以从三四点钟钓到八九点钟，如果天色阴暗又有点风的话，鳊鱼会一直咬钩的。只不过在同一个地方长时间地与钓竿为伴会有点累的，晚上再续钓的话就有点吃不消了。晚上续钓是这样的：

下午四点钟左右，到早上垂钓的地方，把剩下的麦芽渣再往水里扔一配克或者一配克半，然后离开。这个时候鳊鱼一定会出来觅食的，在等它们慢慢聚集过来的时候，您可以悠闲地吸袋水烟，然后像早上一样甩进三个钓钩。您会发现，从下午四点到晚上八点也是钓鳊鱼的好时机。八点以后，把剩余的麦芽渣全部扔进水里，第二天早上再来钓上四小时，这四小时才真正是钓鳊鱼的最佳时机呢。这样三轮垂钓结束之后，您就和鳊鱼同时休息休息吧，以后自己想钓了或者有朋友约钓了就随时再来。

从詹姆士河涨潮到巴塞洛缪河涨潮的这段时期，鳊鱼是最肥美的，因为它们充分享用了夏季提供的丰盛食物。

最后要提醒您一点，那就是在同一个地方连续钓了三四天鳊鱼之后，再钓就有点差强人意了，有时可能一条也钓不到，这时唯一的办法就是把这个地方闲置两三天。如果以后还要来这个地方钓鳊鱼的话，闲置之后您要做点准备，就是弄个盘子那么大的一捆青草，青草要短一点的，不要太长，在草捆的上面用绿色的丝线一只一只地缝上红蚯蚓，把整个草捆都缝满，然后找个圆木棍从草捆中间塞进去，在木棍上系根绳子，在河边立根杆子，把绳子系在杆子上，然后把草捆扔到投放饵料的水域让它沉到水底。这样就可以把鳊鱼重新引回来，让鳊鱼在草捆上悠闲地觅食两三天之后，您就又可以来这里享受钓鳊鱼的无限乐趣了。

Day 4

Chapter 12

丁鱥

丁鱥
tench

钓客：丁鱥被称为鱼类的保健医生，它喜欢生活在池塘里而不喜欢生活在河溪中，它最喜欢的地方是沟渠。卡姆登曾在多塞特郡的一条河里发现过大量的丁鱥，但显然是在河的深水区和静流区发现的。

丁鱥的鳍很大，鳞片很小很光滑，大大的、金色的眼睛四周有一个红圈，嘴的四周荆棘丛生般地长满了倒钩。丁鱥的头部有两个小小的头骨，很多外国的医生把它的头骨当作很好的药材。除了食用价值之外，丁鱥还有很多其他的使用价值，但就食用而言，人们认为它的营养价值并不高。罗德理特尤斯说他在罗马的时候，看到过有个犹太人把一条丁鱥放在一个重病之人的脚上，治好了那个人的病。世人都知道，犹太人有很多秘籍是一般基督徒所不知道的，也没有文字记载。这些秘籍是从犹太人那上知天文下知地理的智慧国王所罗门那里传袭下来的，父传子，子传子，世代相传，不曾写成半个文字，也不曾向外人透露半点，因为写成文字和向外人透露都被认为是亵渎神灵的。有人认为是犹太人或者是智慧比犹太人稍微逊色的人首先教会了我们活吞虱子可以治疗黄疸，还有很多治病的土方都是犹太人发明创造的。毫无疑问的是，我们获取这些土方知识的途径是口口相传而不是文字阅览。

丁鱥除了可食用之外，还有很多药用价值，死的丁鱥也好，活的丁鱥也好，都对人类的健康大有裨益。但我不想对此夸夸其谈，实实在在的垂钓艺术是不

丁鱥
tench

会管这么多闲事的。有很多愚昧之人很爱管闲事，自以为精通药理和神道的秘籍，给别人治病，非但没有疗效，反而要了人家的性命。除了希望这种人多长点脑子，我是不会和他们同流合污的。我只想大胆地告诉您，丁鱥可以给其他的鱼类治病，尤其典型的例子是治疗狗鱼。狗鱼病了或者受伤了，丁鱥碰触它几次就好了。人们发现，“暴君”狗鱼是不会如狼似虎地对待它的私人医生丁鱥的，即便是饿极了，它也不会吃丁鱥。

丁鱥体内自带一种天然的香精，既可以为自己治病，也可以为其他的鱼治病。这样的鱼居然喜欢生活在污水的草丛间，而且毫不夸张地说，在污水里觅食它还能吃得津津有味。更奇怪的是，丁鱥的肉质也是很鲜美的，这个毫无疑问，您只要尝一尝就会知道了。正因为丁鱥的味道还不错，我就简单地给您讲讲如何钓丁鱥吧，只是简单地讲讲。

丁鱥喜欢吃含棕色面包和蜂蜜的膏团，在膏团上抹点柏油它更喜欢了。丁鱥还喜欢吃沼泽虫、普通蚯蚓、掐掉头的一些小蠕虫和石蚕。我很肯定，只有在天气最热的三个月份里丁鱥才吃菖蒲虫和绿色的蛆，因为在其他九个天气不热的月份里，丁鱥是不太活动的。很坦率地说，尽管丁鱥也是鱼，但我不太钓。我希望您能试试，也希望您钓的时候能运气十足、收获满满。

Day 4

Chapter 13

河鲈

河鲈
European perch

钓客: 河鲈是一种很不错的鱼，它生性凶猛，胆子很大，主动攻击性比较强。和狗鱼、茴鱼一样，河鲈的喉咙里也长有牙齿，而且牙齿很大，会捕食好几种其他的鱼类。河鲈的背是像弓一样拱起来的，背脊上长满了尖利的刺，浑身的鱼鳞又厚又硬，和一般的鱼不一样，它的背上长有两个鱼鳍。很多时候，狗鱼攻击同类是迫不得已的，而河鲈攻击同类则是主动的，可见它咬钩时会是多么的无所畏惧。显然，河鲈是很爱咬钩的。

根据安德鲁文德斯的说法，意大利人特别喜欢河鲈，认为它是难得的美味。格斯纳喜欢河鲈和狗鱼要胜过喜欢鳟鱼和其他的淡水鱼。他说德国人有句谚语，

河鲈
European perch

说的是“莱茵河里有河鲈，万物养生排第一”。他还说河鲈营养价值高、无副作用，连医生都允许伤员、孕妇和发高烧的病人食用。

河鲈每年产一次卵，医生认为河鲈的卵营养极为丰富，但很多人认为吃了之后不容易消化。罗德尔特尤斯认为，英国境内的河流中和意大利的波河中出产的河鲈是世界上最多的。河鲈的头里有块头骨，在外国是被药剂师当药材卖的，他们认为这块头骨很有药用价值，对治疗肾结石有非常好的疗效。正是因为河鲈头骨的药用价值很高，很多哲人在淡水鱼中都会极力推崇河鲈。但他们更推崇生活在海里的只长有一个背鳍的鲈鱼[1]，他们说我们英国人很少有人知道海里的海鲈其实比河里的河鲈更有营养。

① 即鲈形鮨科鱼。

河鲈长得比较慢，但最大的也会长到差不多两英尺长。有人告诉我，前不久一个很有钱的钓客阿伯拉罕·威廉（Abraham Williams）也钓到了一条差不多两英尺长的河鲈，而且钓起来后他一直养着，我真希望这条河鲈至今还活着。河鲈的身体比较宽，因此它敢捕食体积有它一半大的鱼。我跟您说过河鲈胆子很大的，同样胆大的狗鱼是不敢捕食河鲈的，除非是饿疯了才有可能攻击河鲈。为了吓退狗鱼，河鲈会把背鳍直直地竖起来，就像急眼的火鸡会高高地竖起尾巴一样。

河鲈不但勇于自我防卫，而且敢于主动出击。我说过它是很爱咬钩的，但不是一年四季都爱咬钩，冬季天冷的时候它是有点收敛的，但在冬日的正午河水正是暖洋洋的时候，它还是爱咬钩的。您要知道，所有的鱼在冬日的正午都爱咬钩。有人细心观察后发现，只有桑树冒出花蕾了，河鲈才开始变得斗志昂扬又爱咬钩了。春天的霜冻结束之后，桑树才开始开花，桑树开花了农民才能确定桑树通过了霜冻的考验，才能指望有好的收成。也就是说，要等到春天的霜冻真正结束了，河鲈才会重展雄风。

黑桑
black mulberry

河鲈不咬钩则已，咬则不顾死活。有人亲身经历过，在一个鱼洞前有三四十条河鲈，他站着原地不动，一条接一条地一次性就把那些河鲈全部都钓上岸了。按他自己的话说，那些河鲈个个都像亡命之徒，即便是自己的同伴在眼前一一消失，它们依然奋不顾身勇往直前地咬钩。河鲈不像狗鱼那样独来独往，它们喜欢三三两两地结伴而行，或者是成群结队地左冲右突。

河鲈胆子太大，适合钓河鲈的诱饵也就不是很多，尽管一般的饵料它也吃，但最适合钓河鲈的只有蠕虫、鱵鱼和小蛙这三种。秋天晒干草的时候，草堆边的那种小蛙是很多的，很容易抓到。生活在粪堆旁边的赤子爱胜蚓是最适合钓河鲈的蠕虫，用苔藓和茴香养过一段时间的赤子爱胜蚓效果会更好。牛粪堆里有一种蠕虫，河鲈也很喜欢吃。用鱵鱼钓河鲈的话最好用活的鱵鱼，鱼钩挂在鱵鱼的背鳍或者上嘴唇上，让鱵鱼在中等水深的地方游动，用树枝控制着鱵鱼的活动范围。用小蛙钓河鲈的方式和用鱵鱼钓的方式差不多，鱼钩挂在蛙腿的皮上，从下往上穿刺鱼钩，便于蛙在水中游动时鱼钩还是向上的。最后，我给您点建议，河鲈咬钩之后不要急于拉起来，要给它足够的时间挣扎，很多钓客都是一咬钩就拉，河鲈往往就挣脱逃跑了。费心费力地跟您说了这么久，我有点累了，想休息休息了。

猎人：好师傅，再说一种鱼吧。您看，雨还没停呢。您说过我们钓客就像投入高利贷的钱，会增值的。虽然我们只是悠闲地坐着互相说说话，也要让它增值才好啊。再说一种鱼，好吧？好师傅！快说吧！快说吧！

钓客：徒弟啊，我说了这么多，都有点像懒婆娘的裹脚布那样又臭又长了。您就没有什么可以分享的吗？说点美好的回忆或者讲个励志故事也行啊。

猎人：好吧，师傅，我给您吟诵一首多恩博士（John Donne）的诗吧，这首诗是表达世间万物和谐的，他认为万物和谐值得一写时就写了这首诗。全诗行文清新流畅，韵律轻缓柔美，写的是河流、鱼和钓鱼的关系，我非常喜欢。诗是这样写的：

渔歌子

请君随我水岸栖，
一泓碧波意迷离。
金沙滩，
白丝线，
银钩烁烁钓清溪。

潺潺溪水窃窃语，
暖暖阳光轻轻抚。
鱼儿肥，
君妩媚，
但求长久两相娱。

宽衣沐浴入鱼群，
鱼儿好色乱乾坤。
密密啄，
紧紧躲，
君捉鱼儿我捉君。

日落西山天色黑，
君之娇颜随光萎。
眼个看，
心无憾，
月色花容在心扉。

最恨提兜拎渔网，
捕鱼何须入芦塘。
蚌割脚，
脚缠草，
鱼儿反攻也疯狂。

鱼寝泥洞静幽幽，
捞鱼鲁莽莫用手。
巧钓客，
飞蝇饵，
引得鱼儿随钓游。

有人笑我胡乱逛，
垂钓竿在把钓装，
饵不好，
鱼儿跑。
竟有高人比我强！

钓客：您记得好牢靠啊！徒弟，谢谢您跟我分享这么好的诗！我以前也听人吟诵过这首诗，但都忘得差不多了，您这么一吟诵，我又都记起来了。我现在已经休息好了，为了答谢您，我再给您讲讲鳗鱼吧，因为雨还没停呢。而且您刚才也提到了，我们钓客就是要像投入高利贷的钱，在高枕无忧的休闲中不断增值。因此，我们还是在这忍冬花丛下多坐一会儿，继续自得其乐吧。

Day 4

Chapter 14

鳗鱼

海七鳃鳗
sea lamprey

钓客：鳗鱼是美味可口的，这点很多人都十分认同，罗马人甚至把鳗鱼誉为美食当中的“海伦娜”[1]，还有人把鳗鱼称为盘中之“女皇”。但是对于鳗鱼的繁殖，很多人的看法不一致，有人认为鳗鱼和其他鱼一样是在水中产卵繁殖的，有些人则认为鳗鱼和某些蠕虫一样是在泥土中繁殖的。后者的观点和古埃及人的看法有点相似，古埃及人认为很多物种是靠太阳繁殖的，当太阳升起，照着滔滔的尼罗河的时候，很多鱼类便从水中冒出来了，老鼠等很多动物便从腐臭的地洞里钻出来了。那些否认鳗鱼产卵繁殖的人会诘问有谁见过鳗鱼长有卵或者长有精子吗，那些认定鳗鱼产卵繁殖的人则会做出铁定的回答，好像他们真的见过鳗鱼长有卵或者长有精子一样。他们说鳗鱼是“麻雀虽小五脏俱全”，鱼有的鳗鱼全都有，绝对是可以产卵繁殖的，只不过鳗鱼太小，鱼卵和鱼精不容易辨认罢了。此外，他们还说同一种成年鳗鱼的体型也有大小之分，这正是雌雄的区别之一，还说可以根据鱼鳍的不同来区别雄鳗鱼和雌鳗鱼。罗德里特尤斯说他曾经见过鳗鱼相互缠绕在一起，就像蚯蚓交配时的情形一模一样。

弗朗西斯·培根说，鳗鱼的寿命不超过十年。有人认为，年长

① 指的应是君士坦丁大帝的母亲圣·海伦娜。

的鳗鱼在临死之前会成为小鳗鱼的捕食对象。还有人认为，就像太阳照在某些黏糊糊的露珠上就能孵出蠕虫一样，鳗鱼可能也是某种特定的露珠变出来的，五六月份的时候，某些特定的露珠会滴落在河流里或者池塘里，太阳一晒，过不了几天就变成鳗鱼了。古罗马时期，有人把鳗鱼看作是罗马主神朱庇特的子嗣。某年的七月初，我在离坎特伯雷不远的一条河道里看到了大量的幼鳗鱼，幼鳗鱼的大小跟稻草差不多，密密麻麻的一大片，看过去就像太阳被无数的尘埃包裹着那样，庞大中见细密、细密中见庞大。听说在英国南部的塞汶河（severn）河域，鳗鱼被叫作“耶尔弗”[1]（yelver）。在斯塔福德郡（staffordshire）的湖溪里，夏天的某个时段会出现大量的鳗鱼，当地的居民哪怕是穷得买不起渔网，随便用竹筛或者竹席捞捞也都能捞到很多，他们把鳗鱼做成鱼糕，像吃面包一样当主食吃。格斯纳引用过神学圣徒比德（Venerable Bede）的说法，说在英国有个岛屿叫作伊利岛（ely），之所以这样命名就是因为岛上盛产鳗鱼。伊利岛上的鳗鱼的繁殖方式和蠕虫、蜜蜂、黄蜂很相似，要么是从黏糊糊的像露珠一样的东西里孵化出来的，要么是从腐烂的土壤中孵化出来的。都・巴塔斯、洛贝尔（Matthaeus Lobelius）、博学多才的卡姆登都曾提到，在太阳的热力下，废弃船只的腐木既可以繁殖出树木，也可以繁殖出藤壶（节肢动物）。苏格兰的杰拉德是个勤勉的学者，在他的《植物志》（*Herbal*）中，他对这种一物两种繁殖方式也做出了明确的记载。

① 它的命名可能跟附近的耶尔弗顿村庄（Yelverton）有关。

罗德里特尤斯说，和鲑鱼经常往返于海水和淡水间不一样，生活在近海水域里的淡水鳗鱼一旦接触海水之后，就不会返回淡水中了。和一般人相比，我更能轻易地相信他的这种说法，因为我很清楚，腌制的牛肉干磨成粉是钓鳗鱼的上等饵料，可见鳗鱼是贪咸的。虽然弗朗西斯・培根说鳗鱼的寿命不过十年，但他在他的《生死简史》

中提到，罗马皇帝有一条七鳃鳗，经过人工驯养后整整活了六十年。对这条七鳃鳗做出史料价值如此之高的记述的是驯养这条七鳃鳗的克拉苏（Crassus），这条七鳃鳗死后，克拉苏沉痛地为它举行了很正式的哀悼仪式。在黑克威尔博士写的书中，我们可以读到，霍顿西尤斯（Hortensius）养了一条七鳃鳗，养了很多年，他非常喜欢这条七鳃鳗，七鳃鳗死了以后，他暗自神伤，哭了很久。

天冷的时候水里就失去了鳗鱼的踪影，因此很多人都认为，不管是河里的鳗鱼还是池塘里的鳗鱼，都会冬眠至少六个月的时间，钻进泥土里不吃不喝，安安稳稳地睡大觉。我跟您说过有些南迁时掉队的燕子会在空心树里冬眠的，鳗鱼和燕子一样，忍受不了冬天的寒冷，就进入冬眠状态。格斯纳引用阿尔韦图斯的话，说 1125 年的冬天特别寒冷，很多鳗鱼出于求生的本能，从水里游出来钻进岸边牧场的干草堆里，原指望能暖暖地度过冬季，不料最终被寒霜给冻死了。卡姆登说，在兰开夏郡干涸的池塘、河流的泥地里，用铁锹就可以很轻易地挖出很多鳗鱼来。对于鳗鱼，我还想再说一点，鳗鱼不耐寒，在冬天很容易死去，而在夏天，鳗鱼离开水后可以继续存活长达五天之久。

最后我要告诉您的是，那些对大自然中的鱼类很好奇的研究者观察发现，鳗鱼也有好几种。泰晤士河里有银色的鳗鱼、绿色的鳗鱼——被当地人称为小鳗（grig），还有黑色的鳗鱼（黑色鳗鱼的头比一般鳗鱼的头要扁、要大），还有一种鳗鱼，它的鱼鳍是浅红色的，这种鳗鱼在英国不常见，只能偶尔捕获到。有人说，鳗鱼的种类不同，繁殖方式也就不一样。就像我前面跟您讲过的，有些是在泥土中繁殖，有些是在水中繁殖，有些则用其他的方式繁殖。毫无疑问的是，银色鳗鱼不是像一般的鱼那样产卵繁殖，而是胎生的，刚出生的银色小鳗鱼大小和绣花针差不多。刚开始我也不相信鳗鱼会是胎生的，后来见得多了也就相信了。如果您觉得有必要，我可以带您去见识见识，但我想没必要多此一举。

可以用深水饵料来钓鳗鱼，饵料的种类很多，比如牛肉末、蚯蚓、鱵鱼、鸡肠、鸡肉、鱼肠等，任何钓鱼的饵料都可以用来钓鳗鱼，因为它很贪吃。钓鳗鱼最好最好的饵料是很小很小的七鳃鳗，有人把用来钓鳗鱼的七鳃鳗笑称为“傲慢

（Pride）”。天热的时候泰晤士河里有很多“傲慢”，一般河流的泥垢里也有很多，和在粪堆里找蠕虫一样，随便在泥垢中找找就能轻而易举地大有收获。

需要注意的是，鳗鱼是昼伏夜出的，因此最好是晚上钓，饵料随便挑一种就可以了。而且可以用沉钩钓，可以把鱼线固定在河岸上或者系在树上，还可以在河里拉根鱼线，在鱼线上面挂满一排鱼钩，鱼钩上挂好饵料后在鱼线上系上一个土块、铅坠或者石头，然后一起扔到河里，第二天早上用网兜或者其他东西把鱼钩、鱼线一起捞起来。这些步骤其实很简单，实地钓过一次您就了如指掌了。纸上谈兵莫若现场实战。垂钓也好，其他事情也好，都是这个道理。因此，我就鳗鱼最后还说一丁点作为结束吧。夏天天很热的时候，我把鱼钩直接伸进鳗鱼洞里也能钓到很多鳗鱼，而且这种穴钓法非常有意思。

您是垂钓的初学者，还不知道什么是穴钓法，我还是跟您讲讲吧。您应该还记得我跟您说过鳗鱼是昼伏夜出的，白天它会藏身在很隐蔽的地方，水门、鱼梁、水车等地方的木板缝隙和河岸边的泥洞都是鳗鱼理想的藏身之地。穴钓一定要在天气很热的白天，等水位降低以后，用小的钓钩系上牢实的鱼线，或者挂一排一码长的钓钩串再系上鱼线，然后找到一个鳗鱼洞或者水门、鱼梁、水车等有木板缝隙的您认为鳗鱼可以藏身的地方，用小树枝把鱼钩、鱼饵慢慢地递送进去，递送得越深越好。毫不夸张地说，只要洞里面有鳗鱼，鳗鱼绝对百分之百地咬钩。鳗鱼上钩之后，不要急于拉出来，因为鳗鱼是蜷曲着窝在洞里或者缝隙里的，您要慢慢地拉，一拉一松，一拉一松，这样就可以让它的尾巴慢慢地伸直，这样做也能消耗掉鳗鱼的体力，只要不是太快地强行拉出来，您绝对不会失手的。

听我唠叨了这么多，估计您快没什么耐心了，我给您讲讲如何用鳗鱼做美食吧，这样可以给您调节一下。

先用盐擦拭鳗鱼的外表，再用清水洗干净，把鱼皮剥到鳗鱼肛门的下方，在肛门那里切开一个小口把内脏取出来，把腹腔尽量弄干净，但不要用水冲洗。用刀在鳗鱼身上划上几个刀口，在鱼腹和刀口处放入香草、鳀鱼和少许磨碎或

欧洲康吉鳗
European conger

者切碎的肉豆蔻。香草和鳀鱼也要切碎并且混上盐和上等的牛油。然后把鱼皮拉回来包裹着鳗鱼的全身，在鱼头和鱼身的结合处系上丝线，再把鱼头切掉。系丝线的时候一定要系紧一点，目的是不让汁水流出来。这样弄好后把鳗鱼绑在烤叉上慢慢地烤，烤干后先涂上适量的盐水，使鳗鱼的皮肤爆裂，然后再涂上牛油。烤熟之后，用鱼腹里的配料和渗出的汁水做最后的调味。

每次做鳗鱼的时候我总是希望我做的鳗鱼是 1667 年钓自加拿大彼得伯勒河的那条大鳗鱼，它差不多有两码长。您要是不相信鳗鱼能长这么长，您可以去威斯敏斯特的御街看看，那里有个咖啡屋，里面就养着一条两码多长的鳗鱼。

我跟您说，用这个方法做的鳗鱼不但味美可口，而且和其他任何做法相比，是最安全、最没有副作用的。众所周知，医生认为鳗鱼是有毒的。鳗鱼到底有没有毒呢？这个问题我给您的建议是：所罗门在谈吃蜂蜜时说过，“只可适可而止，不可暴饮暴食，过量则不宜。”在所罗门这句话的基础上，我再加一句不安好心的意大利人对我们英国人说的那句话就到位了，那句话就是，“对付敌人最好的方法就是让他拼命吃鳗鱼的时候不给他酒喝。”

我还想唠叨一点，阿尔德罗万迪（Aldrovandi）和很多资深的医生不推崇把鳗鱼当菜吃，但很推崇把鳗鱼当药物食用。还有一点值得注意，那就是鳟鱼等很多鱼的食用有当季和不当季之分，鳗鱼是没有这种时令差别的，一年四季都适合食用，至少绝大多数鳗鱼是如此。

说到这里，我就想说说在外形和习性上和鳗鱼很相似、在咸水里和淡水里都很常见的七鳃鳗鱼，我也想说说在格洛斯特郡西南方的塞文河里大量出

欧洲川鲽
European flounder

北极红点鲑
Arctic char

科氏红点鲑
Cole's charr

格雷红点鲑
Gray's char

产的康吉鳗，想说说它们的味道之美是何等的奇幻。但我似乎没有资格谈，因为它们是禁止捕捞的，我们钓客都不曾钓过，因此我就避开不谈，就像犹太人的法律禁止他们不能吃某些鱼他们就真的不碰那些鱼一样，不该碰的我们也就不碰吧。

徒弟，还有一种能从海洋切换到河溪里的海鱼叫作川鲽，它在咸水和淡水的切换中有时也会因为迷路而晕头转向。川鲽能长到手掌那么宽，两个掌宽那么长，浑身没有鳞片，肉质十分鲜美。钓川鲽只需要用小蠕虫就可以了，尤其是沼泽地和草地里的蠕虫，饲养几天弄干净点就更好了。虽然川鲽味道鲜美，但因为它没有鳞，就很遭犹太人的嫌弃。

徒弟，兰开夏郡一直吹嘘它那里的一条叫温纳德的溪流独一无二地盛产一种红点鲑（char），我也认为红点鲑真的只有那条溪流里才有。卡姆登说，那条溪流是兰开夏郡最长的溪流，长达十英里。还有人说溪流的水底十分平滑，像是铺满了大理石一样。红点鲑最多只能长到十五六英寸，外形像鳟鱼，满身都是红色的斑点，有鳞，浑身只有一根主刺。我不清楚当地人是否钓红点鲑，但我想提请您注意，因为它是稀有品种，其味道之美也是很受人推崇的。

还有一种稀有的鱼叫作“突唇白鲑”，我想让您也略知一二。卡姆登说，流经切斯特市的迪河发源于梅里奥尼斯郡，当它流向切斯特市的时候要和宽阔的攀坝河（pemble-mere）交叉而过，人们发现，盛产鲑鱼的亚伯丁河里没有一条突唇白鲑，而盛产突唇白鲑的攀坝河里也没有一条常见鲑鱼。接下来我要跟您说的是鲃鱼，也就是长有触须的鱼。

突唇白鲑
European whitefish

Day 4

Chapter 15

鲃鱼

鲃鱼
common barbel

鮈鱼
gudgeon

钓客：格斯纳说，鲃鱼之所以叫 barbel，是因为它的嘴巴上方和鼻孔下方之间长有触须（barb）。鲃鱼也是皮革嘴鱼，我跟您说过皮革嘴鱼上钩之后是不容易脱钩的，但鲃鱼若是很大的话，挣扎起来经常会把钓竿或者鱼线弄断。

鲃鱼体格大，外形漂亮，但并不好吃，口味和营养价值都欠佳。相对而言，雄鲃鱼比雌鲃鱼的口感好点，尤其是雌鲃鱼的卵，吃起来是有点伤身体的，这个稍后我再跟您细讲。

鲃鱼和绵羊一样喜欢成群结队地活动，四月份的时候肉质最差，因为这是它产卵的季节，产卵季节一过，肉质就有所改善。鲃鱼可以在水流最湍急的河流里生活，夏天的时候，它最喜欢的地方就是水流最湍急的浅滩。鲃鱼平时潜藏在水草丛中，喜欢有沙砾的河底，不喜欢有泥土的河底，它能像猪一样用鼻子拱起沙石，为自己拱一个窝。有时候，鲃鱼也会到桥梁、泄洪闸、鱼梁等附近的深水区里休息，成堆地围在一起，自身形成一个窝，或者集中到一些凹陷的、水流不急的、有水草的地方。鲃鱼一旦选定了一个地方静静地休息，想把它引诱出来是不太容易的。夏天天气热的时候，鲃鱼和多数生物一样，喜欢到有太阳的地方嬉戏，临近冬天的时候，它就离开水流湍急的浅滩，慢慢地转移到水流平缓的深水区，在深水区里产卵。我认为鲃鱼就是在临近冬天的时候才产卵的。先前我跟您讲过茴鱼的产卵方法，鲃鱼也是在沙砾里挖个坑把受精卵埋进去，雄鱼和雌鱼会相互协作，用挖出的沙砾原地回填，以免受精卵被其他的鱼偷吃掉。

多瑙河里鲃鱼特别多，鲁德里特尤斯说某些河段一年里总有那么几个月，附近的居民在河边散步时徒手就能接二连三地抓到十几条。他说从五月份开始，鲃鱼的肉质就变得鲜美起来，到了八月份的时候，肉质又开始变差了。英国鲃鱼肉质的变化跟鲁德里特尤斯说的情况不完全一致，他离我们那么远，姑且相信他所说的吧。他还说鲃鱼的卵即便没有毒，吃起来也是有点危险的，尤其是五月份的时候。这个说法倒是可信的，格斯纳和盖斯尤斯都声称自己因为吃鲃鱼卵而身体不适，甚至差点要了他们的命。

鲃鱼外形俊美，细小的鱼鳞排列得很规则、很奇幻，看起来就让人垂涎三尺，并不会给人肉质很差的感觉。我觉得鲃鱼和大头欧雅鱼有点类似，都是因为食客烹饪技巧不到位而身败名裂，它们都被认为是肉质粗糙、口感最差的淡水鱼。但是，鲃鱼健壮活跃、聪明灵巧，是钓客追求垂钓乐趣的最佳选择。鲃鱼健壮、灵巧的程度令人惊讶，它甚至会把鱼竿、鱼线弄断。普鲁塔奇在他的《动物智力》一书中写道，鲃鱼上钩之后，会一边拼命地往藏身之地、鱼洞或者河岸里钻，一边拼命地摆动尾巴击打鱼线尽力把鱼钩弄掉。鲃鱼聪明至极，为了避免上钩，它会贴着鱼钩把诱饵一点一点地啄食掉，或者把诱饵整个地吮出来吃掉。

鲃鱼对诱饵是有点挑剔的，诱饵必须干净、味道必须甜美，这就要求不能把钓鲃鱼用的蠕虫放在酸腐发霉的苔藓里养殖。对干净的蚯蚓，鲃鱼是会大胆地吞食的，尤其是在晚上。您想钓鲃鱼的话，可以把大的蠕虫切碎，提前两天抛洒在您要钓鲃鱼的水域里。需要注意的是，投饵料的水域要确保近期没有人在那里垂钓过，而且垂钓的时机也要掌握好，不要太早也不要太晚。鲃鱼还喜欢吃蛆，钓鲃鱼的蛆不必弄得太干净，绿色的蛆是最适合钓鲃鱼的。奶酪也可以用来钓鲃鱼，奶酪不要太硬，用棉布把奶酪裹上一两天去除水分就可以了。也可以提前把奶酪抛洒到要垂钓的水域，这样就更有可能吸引成群的鲃鱼。垂钓前的一两个小时把奶酪醮点蜂蜜，鲃鱼咬钩的可能性就会大很多。有人建议

鲃鱼
common barbel

把奶酪切片烘干，钓鲃鱼的时候用丝线系在鱼钩上。还有人建议把奶酪和羊油混在一起做成膏团，说这样的饵料在八月份是非常适合钓鲃鱼的。这些建议都很对，但毫无疑问，干净的蚯蚓、不太干净的蛆和按我说的那样处理过的奶酪就足够充当钓鲃鱼的饵料了，而且这三样饵料全年都很适用，没有季节的区分。我原本可以给您说出几个钓客作为例子，看看他们用我的这些方法钓鲃鱼是多么的有效，但是，徒弟您看，下了很久的雨现在终于停了，我对鲃鱼的介绍也该停了，我最后还跟您讲一点吧，钓鲃鱼的时候，鱼竿和鱼线都要长点，我跟您说过鲃鱼是很健壮、很顽固的，是不太好对付的，不过一旦上钩之后，它就很难脱钩了。如果您想对钓鲃鱼有更多的了解，可以向希尔顿博士（Gilbert Sheldon）请教请教，他的技艺是独树一帜、鹤立鸡群的，他的远亲近邻从他那里取了不少的真经呢。

我们的钓竿静静地在水里放了这么久，我们现在就去看看有没有什么收获吧。来，徒弟，您提哪个钓竿？

猎人： 您觉得哪个钓竿有鱼呢？

钓客： 您就提那个钓竿吧，我那个钓竿肯定有鱼，看看鱼线就知道了。您看，真的有吧！太棒了！来，您再把这个钓竿也提起来，哇！也有鱼！太好了！这两条鳟鱼都是您钓的，今晚您就可以好好地在彼得面前炫耀炫耀了。我们现在打道回府吧，把鳟鱼送一条给漂亮的莫德琳和她勤劳的妈妈当作晚餐吧，顺便去她们那里痛痛快快地喝一番红奶牛产的新鲜的牛奶。

猎人: 师傅，您的提议太好了。现在正是挤奶的时点，您看，她们就在那边呢。

钓客： 您好啊！谢谢您们昨天为我们唱的歌！今天我们在一起钓鱼，运气不错钓了很多，我们打算给您二位一条鳟鱼晚上做菜吃。不过我们想向您讨点牛奶喝，您看行吗?

挤奶妇人: 没问题，真的没问题。您二位还送鱼给我们，应该是我们赚了呢。如果您想喝，我还可以用酸果汁给您二位做奶油葡萄酒。您二位可以在草堆里坐一坐，莫德琳还可以给您们唱一唱经典老歌《追猎》或者其他的经典歌谣。我的宝贝女儿莫德琳记忆力特好，她会唱很多歌呢。她也觉得为您二位唱歌是再好不过了，因为您二位都是很实在的人。

猎人： 太谢谢了！以后我每个月都来拜访您二位一次，来的时候会提前打招呼的，现在就先跟您说再见吧，晚安！晚安，莫德琳！师傅，我们赶紧回去吧。还没到店家之前，您还是多多给我讲讲垂钓吧。如果您愿意，可以先讲讲如何钓鮈鱼。

钓客： 好吧，徒弟。

Day 4

Chapter 16

鲄鱼 梅花鲈 欧白

欧白鱼
common bleak

钓客: 鮈鱼体型俊美，呈银白色，身上和尾巴上都有黑色的斑点，十分漂亮。它的肉质非常鲜美，营养价值很高。鮈鱼每年产卵三次，通常都在夏天完成。鮈鱼很受人推崇，主要是因为它的营养成分相当丰富。德国人把鮈鱼叫作“地鱼”（groundling），是因为鮈鱼是在泥地里产卵的。鮈鱼和鲃鱼一样，喜欢在湍流里的砾石间觅食，多数鱼都喜欢吃飞蝇，鮈鱼和鲃鱼却不吃。鮈鱼很适合初学垂钓的人钓，用红色的蠕虫贴近河底就能很轻易地钓到。鮈鱼也是喉咙里长有牙齿的皮革嘴鱼，一旦上钩就很难脱钩。

夏天天气热的时候，鮈鱼散布在溪流的各个浅滩里，到了秋天，天气变凉，水草开始酸腐，鮈鱼就会聚拢到一起，在深水区集体活动。如果用带浮标的鱼钩钓鮈鱼，要确保鱼钩能触到水底。很多人喜欢徒手走钓鮈鱼，就是不用浮标，手持钓竿让鱼钩随着水流在河床里滑动，就像钓鳟鱼那样。如果钓竿韧性好、垂钓者手脚也很灵巧，走钓鮈鱼就是个非常好的方式。

有一种鱼叫作梅花鲈（pope），也有人把它叫作 ruffe。梅花鲈的体形和河鲈很相似，外观比河鲈显得更俊美，但个头不大，大小跟鮈鱼差不多。梅花鲈的肉质是最棒的，任何鱼的口感无法超过它的口感。梅花鲈很贪婪，很容易上钩，也是适合初学垂钓者钓的。梅花鲈喜欢大批大批地聚集在水流平缓的深水区，哪怕是个垂钓的初学者，只要他能发现成片的梅花鲈，他一口气就能钓

梅花鲈
Eurasian ruffe

到四五十条，运气好的话，还可以翻倍。

钓梅花鲈要用红色的蠕虫做诱饵，在有泥地的河床里钓是最好的。

还有一种鱼叫作欧白鱼（bleak），又称淡水黍鲱（fresh-water sprat）[①]。欧白很贪吃，总是在觅食，似乎永远也吃不饱，夏天的晚上它也会夜以继日地觅食的，因此有人把它叫作“水中饿鬼”（river-swallow[②]）。欧白主要以飞蝇为食，它跳出水面捕食飞蝇的时候，会快捷地连续翻筋斗，在水面上跳跃时也是连续翻筋斗的。欧白浑身呈白色，也就因为这点，奥桑琉斯才把它叫作欧白。欧白的背部和海水的颜色很相似，是深绿色的，腹部是白色的，像雪山一样泛着银光。毫无疑问，欧白其实是很有营养价值的，但像很多穷人的优良品质总是被忽略一样，它的食用价值也被忽略了，意大利人总是用产自阿拉莫的盐把它腌制、晒干做成鳀鱼。钓欧白最好用念珠钓线，也就是把七八个钓钩像念珠一样串在同一根鱼线上，每个钓钩相距一英尺半。我亲眼看到过，这样的念珠钓线一次能钓到多达五条欧白。钓欧白的最好饵料是蛆，其他饵料都比蛆逊色。

制作逼真的人造飞蝇也可以用来钓欧白，要用暗黄色的人造飞蝇，个头要小，空钩的机会不会太多。最惬意的事情莫过于在盛夏的晚上钓欧白了，手持五六英尺长的榛木钓竿，放出比钓竿

① 欧白鱼和黍鲱实际并非是同一种鱼。

② swallow 有吞咽的意思。

两倍长的鱼线，坐着小船或者徒步岸上，沿着溪流顺流而下。我听亨利·沃顿说意大利有很多人喜欢钓燕子，尤其是白腹毛脚燕，他们坐在塔顶上钓，也是用比竿子长两倍的钓线。徒弟，您知道吗？欧白和白腹毛脚燕都是相当美味的。

我还知道有人会钓鹭鸟，有个地方很适合钓鹭鸟，总能让人满载而归，钓鹭鸟用的诱饵是大鱵鱼或者小鮈鱼。钓鹭鸟的钓竿和钓线都必须非常牢实，钓线上还应系上一些不超过两码长的松散的丝线，鹭鸟一旦上钩就不太容易逃走了。

白腹毛脚燕
common house martin

Day 4

Chapter 17

围炉夜歌

黄花柳
goat willow

钓客: 我本想跟您说说拟鲤、雅罗等吃起来味道较差但钓起来挺有意思的鱼，您也很清楚，打野兔是要比吃兔肉有趣得多的。但我现在先不跟您讲，因为您看到了吗？那边彼得老弟和科林顿也正回来了呢。明天我前往伦敦，只要您明天还跟我一起钓鱼，我保证把我所知道的垂钓技巧一五一十地全部都告诉您。

幸会！幸会！老弟，我们又在这家店门口见面了，真是太荣幸了！老板娘，您躲到哪里去了？晚饭准备好了吗？先给我们来点啤酒，然后尽快上菜，他们肯定都饿极了。过来吧，彼得老弟，科林顿，过来喝点啤酒。跟我们透露一下，钓鱼的收获怎么样？我们两个总共钓了十条鳟鱼，其中三条是我徒弟钓到的。您看，这里还有八条，有两条我们送人了。今天我们一边钓鱼一边闲聊，过得非常开心，现在是又累又饿了。不过马上就可以吃饭了，饭后可以好好地休息一下，这也很开心啊。

彼得： 我和科林顿过得也很开心。我们只钓到五条鳟鱼，因为下雨的时候我们去了一家啤酒屋，在那里玩了半天的沙狐球，玩沙狐球跟钓鱼一样很惬意。现在有这个屋子躲雨真是太好了，您二位听，外面的风雨多人啊。老板娘，给我们加点啤酒，菜尽量快点上。钓客兄，我们要一边吃一边听您唱歌哟，您唱完之后您徒弟再临场发挥和上一曲。您二位要是不唱的话，科林顿老弟绝对不会答应的。

钓客：君子一言既出，驷马难追。我说过要唱的就肯定要唱。我不但唱，还要唱得让您二位一饱耳福。

猎人：我也早有准备的，希望我也能让您二位一饱耳福。我们先吃一点吧，吃得差不多了再一边喝酒一边唱，饿着肚子可唱不了哦。

科林顿：我看现在都酒足饭饱了，开始唱歌吧。老板娘，火里面再添两根柴。准备好了吗？钓客兄，准备好了的话您就开始唱吧。

钓客：好吧，科林顿，这首歌是献给您的。我开始唱了：

万般生活皆美好，
唯有钓客福最高。
自得其乐无他碍，
心旷神怡特逍遥。

天色未明只身起，
留得懒汉独自眯。
洗把脸儿河边去，
敞开钓技与鱼嬉。

阔步水边席地坐，
江河湖溪把钩落。
一声水响竿扬起，
鱼欢人乐相交错。

夏日炎炎汗流背，
藏进柳荫凉风微。
鲈肥鲤美随意钓，

一钩一条心里美。

天降甘霖树当房，
头枕花丛地作床。
但求一生做钓客，
闲雅惬意幸福长。

猎人：唱得太好了！师傅，白天有垂钓的快乐和收获，晚上有您的歌声和大家的欢聚，我感觉更加喜欢垂钓了。两位仁兄仁弟，白天的时候师傅把我丢在一边独自离开了一小时，我以为他是厌倦跟我讲垂钓的方法了，原来他是练歌去了，是吗？师傅。

钓客：确实是的。这首歌是好几年前学会的，已经有点忘了，我强行杜撰了一些，总算把歌曲补充完整了。歌词不是很好，足以说明我不是个很好的诗人，对此我也不想多解释什么，我勉为其难地这样做，还是希望大家能够喜欢。徒弟，接下来就不用说了，该您和唱了。我想您肯定会和唱得很好，因为您五音俱全，而且很擅长和诗。

猎人：好吧。明天我跟您一起去伦敦，路上我们一边垂钓，一边再听您跟我讲更多的垂钓技巧，到时候我就临场发挥尽情地唱，让您听个够。师傅，我先说说我今天的感触吧。就在您把我单独留在那片令人心旷神怡的牧场上的时候，我坐在河边的一棵柳树下反思了一下您跟我讲的牧场主的情况。他拥有大量的财产，却并不心满意足，为了钱财，他总是有对付不完的纠纷和打不完的官司，这些纠纷和官司不但耗费他大量的时间和精力，而且使他郁闷沮丧。跟他相比，我算是乞丐一个，但是从他的领地里，我能获取更多的快乐。因为我可以安闲地坐在河边的柳树下，静静地看着河水，看粼粼的波光里鱼儿追逐腾跃，看暖暖的春风中飞蝇忽来忽往。抬头远望，我可以看到山峦起伏、林木葱葱。低头远望，我可以看到牧童采荷、村女摘花。这一切，都构成了眼前五月的优

白柳
white willow

美画卷。狄奥多罗斯[1]说西西里岛上有个牧场，牧场上的野花弥漫着沁人心脾的芳香，在牧场上寻猎的猎狗都会被那种芳香迷醉而失去它那最灵敏的嗅觉。我个人觉得，这片牧场上的野花所弥漫的芳香完全可以和西西里岛上的芳香媲美。我坐在牧场上无限陶醉的时候，就觉得牧场主很可怜，我突然想起了救世主说的“仁者享有天下”，或者说，仁者可以享用他人能拥有却不能享用的东西。钓客和仁者都是心性高雅的人，都能摆脱那些彻底毁灭幸福、永无止尽地追逐名利的世俗思维。仁者，也只有仁者，才能有超凡脱俗的境界，就像有首诗所表达的那样：

① 狄奥多罗斯（Diodorus Sichlus），公元1世纪古罗马历史学家，著有 *Bibliotheca Historica*，记述了从古希腊神话时期至恺撒高卢战争时期的历史。

知足常乐福最高，
恰如万物迎风涛。
松林逞强枝枝折，
芦苇弯腰风自逃。

在牧场上坐着的时候，我还想到了其他几首傲物言志的诗，是非常优秀的牧师菲尼亚斯·弗莱特乔[1]写的。他也是个出色的钓客，他写过很多以垂钓为题材的田园诗，在他的诗歌当中，您就能读到他那种仁者的谦卑之心。根据他那几首诗的意蕴，我也琢磨了几首诗，我希望我的诗也能像他的诗一样，能有淡泊而高远的意境。

[1] 菲尼亚斯·弗莱特乔（Phineas Fletcher，1582-1650），英国诗人、教士，代表作《紫岛》。

人若无求品自高，
金钱地位各自抛。
恩怨情仇皆脑后，
心底无私自逍遥。

自由自在无须诳，
水岸阴凉消热浪。
心静如水得闲适，
圣人自有圣人样。

硬床照样度良宵，
贤妻在侧伴儿娇。
秋风破屋何所道，
身死自有一冢草。

这是我当时的一些想法，我根据一首老的曲调做了一些调整和增补，以便更适合钓客吟唱。师傅，您唱唱看吧，您一定会唱得很好的，我把它写在纸上，您一定要唱哦。

彼得： 哎呀！唱得太好了！这才是真正的音乐！这首歌深深地触动了我，我想起了几句赞美音乐的诗，我说给您们听听：

传情奇径是音乐，
曲高意妙词可缺。
对牛弹琴尚且可，
不辜钓客指佩玦。

猎人： 听了这首诗我想起了身为教育家的钓客沃勒[①]先生，他有一首诗是表达博爱和音乐的关系的：

① 沃勒（Edmund Waller，1606-1687），诗人、政治家，此处诗引自于《沃勒诗集》。

听君一曲我心碎，
撼肝动肺两泪挥。
劝君再莫施魔力，
伤人无痕魂不归。

君若再唱我变鬼，
天堂路上把您追。
皆知天主有真爱，
真爱就在歌里飞！

钓客： 您记得太清楚了！这些诗都太应景了！彼得老弟，我打心底里感谢您二位的分享！来，我主唱，大家一起来，我们一起把我徒弟和唱的歌再唱一遍，然后各自再干一杯就去休息。这么大的雨我们却能在此开怀痛饮，真的要感谢上帝啊！

钓客：大家都晚安吧！

彼得：晚安！

猎人：晚安！

科林顿：晚安！谢谢各位！

Day 5

Chapter 18

拟鲤 雅罗鱼

芦苇
common reed

钓客： 早上好！彼得老弟，早上好！科林顿，我们先喝点早茶吧。老板娘说房费是七先令，我们每人各出两先令如何，这样老板娘辛辛苦苦、细细致致地接待我们也就小有安慰了。

彼得： 这个提议大家绝对没意见。老板娘，给您钱。我们钓客都是您的老常客，过不了多久我们还会来的。钓客兄，祝您和您的徒弟今天开心快乐，收获满满！科林顿，来，我们走这边。

猎人： 师傅，我们现在上路了，您发发慈悲，再给我讲讲钓鱼的技术吧。我在脑海里建立了好几个保险箱，您跟我讲过的我都会牢牢实实地全部保存在里面的，一点儿也丢不了。

钓客： 徒弟，我是很乐意跟您讲的，而且会毫无保留地彻底传授，这对您今后的钓鱼实践肯定会大有帮助的。现在我们时间很充裕，前面没怎么讲到拟鲤和雅罗鱼，我就先跟您讲讲这两种鱼吧。

有人说拟鲤因 *Rutilus* 而得名，*Rutilus* 的意思就是红色的鱼鳍。拟鲤肉质鲜美，总是被人赞不绝口，拟鲤的卵胜过它的肉，是最好吃的。鲤鱼因为过于狡猾，被人们称为是“水中狐狸”，两相比较的话，拟鲤可以算作“水中绵羊”了，因为它头脑简单，甚至有点愚蠢。拟鲤和雅罗鱼都有迅猛的生长期，产卵之后，可以在两周之内迅速成长，成为很当季的盘中之物。从产卵到当季的这个变化过程，鲃鱼和大头欧雅鱼需要一个月，鳟鱼需要四个月。鲑鱼产卵后进入海洋再返回淡水河，也需要四个月。

尽管池塘里的拟鲤个头更大，但口味比河里的拟鲤差很多。池塘里通常有一种杂交的拟鲤，个头很小，尾巴的叉形很明显，有人认为这种拟鲤是鳊鱼和正宗拟鲤杂交的产物。池塘里这种杂交的拟鲤多得令人难以置信，懂鱼的人把这种杂交的拟鲤叫红眼鱼[1](rud)，红眼鱼和正宗拟鲤的区别是很明显的，就像鲱鱼和沙丁鱼的区别一样一目了然。如今，很多河流里都出现了这种杂交拟鲤，但我认为，泰晤士河里是没有的。泰晤士河出产全国最大、最肥的拟鲤，尤其是伦敦桥那一块出产的拟鲤最有名。拟鲤也是皮革嘴鱼，喉咙里有锯齿形的牙齿。对于钓客来说，钓拟鲤是最有意思的，特别是在伦敦的河道里钓大的拟鲤，钓拟鲤的高手肯定是在伦敦。相应地，钓鳟鱼的高手肯定在德比郡，因为那里的河水清澈得无与伦比，是最适合鳟鱼生长的。

下面我跟您讲讲如何钓拟鲤吧。冬天用膏团或者蛆钓，四月份用蠕虫或者石蚕钓，最热的月份用小的白蜗牛或者飞蝇钓。钓拟鲤的时候要垂钩，要把饵料放进水里面，因为拟鲤几乎不会像雅罗鱼一样跃出水面觅食。天热的时候还可以这样钓拟鲤：抓一只蜉蝣或者蚁蝇作饵料，用铅坠把鱼钩靠近桥梁或者鱼梁的立柱沉到水底，只要是有拟鲤成群结对地静静聚集的地方就行。把飞蝇沉到水底之后再慢慢地提起来，通常会有一条拟鲤紧盯着飞蝇追随到水面，在飞蝇要离开水面正要“飞走”的那一刻，拟鲤会

① 红眼鱼是独立的鱼种，即并非由拟鲤和鳊鱼杂交出来的品种。

雅罗
common dace

突然冲过来把它吃掉。

我在温莎桥（windsor-bridge）和亨利桥（Henly-bridge）看到很多人这样钓拟鲤，而且钓到了很多。有时候，这样钓拟鲤也会钓到雅罗鱼。八月份的时候，单用面包屑做成膏团就可以钓到了，面包必须是精面制成的白面包，面包屑膏团要揉捏得恰到好处，既要柔软又要不容易散开。面包屑里加少许的水，用干净的手轻轻地揉捏揉捏就成了。用面包膏团钓拟鲤要用小的鱼钩，而且要眼疾手快，否则拟鲤会抢了面包就逃走的。我说过了，钓拟鲤的时候有可能会钓到雅罗鱼，因为在饮食、习性和灵巧度方面，这两种鱼差不多都是一样的，体型也差不多一样大。因此，您记住一点，在使用各种饵料的时候掌握总的共性就行了，那就是这两种鱼都喜欢吃飞蝇，尤其是蚁蝇。用蚁蝇钓的话就遵从下面的方法，会很见效的。

在蚁穴或者蚁丘里找到黑色的蚁蝇，六月份在蚁穴或者蚁丘里找到蚁蝇是很容易的，如果六月份太早，七、八、九月份肯定是能找到的。找到蚁蝇后抓过来装进能装一夸脱或者半加仑的空玻璃瓶子里，注意不要弄断它的翅膀。玻璃瓶里先装进一把从蚁穴或者蚁丘里取来的湿土和草根，然后把蚁蝇轻轻地放进去，然后在上面铺上一层土。蚁蝇如果没有碰伤的话在瓶子里可以活一个多月，钓鱼的时候随时可以取来用。如果想把蚁蝇养得时间长一点，可以用大一点的陶罐或者用能装三四加仑水的木桶，用木桶会更好点。用木桶养蚁蝇的话要先把木桶洗干净，接着在桶壁涂上一层蜂蜜，再放进湿土和草根，最后放进蚁蝇，然后把木桶盖好，这样蚁蝇在里面可以活长达四个月。用蚁蝇在溪流等水流清澈的地方钓拟鲤和雅罗鱼绝对是百钓百中的，关键就是钓的时候蚁蝇和水底要有一掌以上的距离。

我再跟您讲讲冬天用什么钓拟鲤和雅罗鱼吧，这种饵料是非常棒的。万圣节前后，当霜冻还没有完全消退的时候，如果看到有人在荒野、沙地或者草地里耕种，顺着犁耙就能发现一种白色的蠕虫，个头是蛆的两倍大，头是红色的。您会发现，紧跟着犁耙伺机而动的渡鸦所到之处，这种蠕虫最多。蠕虫很柔软，内脏是白色的，在诺福克郡和其他一些郡人们称它为蛴螬。蛴螬是甲虫的幼虫，甲虫在牛粪或者马粪的地下挖个地洞，把卵产在里面，卵会休眠整整一个冬天，三四月的时候，这些卵开始孵化，最初孵化出来的是红色的甲虫，后来就慢慢变成黑色的甲虫了。把蛴螬收集一两千只放在澡盆或者木桶里，铺上一些原土，再严严实实地盖上，防霜、防冻、防风，这样就可以把蛴螬养上一整个冬季了，要钓鱼的时候就可以随时取出来用。在使用的头一天，把蛴螬放在混有蜂蜜的土壤里调养调养，用来钓鳊鱼和鲤鱼是最好的，而且也可以用来钓其他鱼。

也可以用养蛴螬的方法把蛆养一整个冬天，冬天用蛆钓鱼是很不错的，蛆越粗、越有活力越好。还可以这样来养蛆：取一块动物的肝脏，用十字叉架在墙角上，下面放一个装了半桶干土的木桶，肝脏里长出蛆而且变得足够大的时候，蛆就会掉落到桶里，在干土中蛆自己就会磨蹭得干净起来，钓鱼的时候随时取来用就可以了，这样养蛆可以一直养到米迦勒节前后。如果您想整年都养蛆的话，可以弄一只死猫，在死猫的身上沾上飞蝇卵，等蛆开始蠕动的时候，把死去的猫或鸢和蛆一起埋到柔软的湿土中，注意要防止霜冻，要用的时候随时可以挖出来。这样养蛆可以一直养到三月，三月的时候蛆就会变成飞蝇了。

如果你不能像一些老钓客一样不怕弄脏手指的话，您还可以制作麦芽饵料：取一把长势很好的麦芽，放进一碗清水里轻轻洗干净，尽量不要碰掉麦粒的外皮，然后把水倒掉再加入新鲜的水，再把麦芽和水一起倒进适合烘烤的容器里放在火上慢慢地烘烤，注意不要用大火烧煮，而是慢慢地烘烤，直到麦芽变软，麦芽软不软用手捏起来试试就知道了。麦芽变软后把水倒掉，取出麦芽让麦粒朝上，用锋利的刀尖剔去麦粒的外皮，留下内皮，然后把麦芽的芽尖削掉一点点，这样麦芽的全身就都是白色的了，然后去掉麦粒裂开时形成的外衣，再把根部削掉，这样鱼钩就可以从麦芽中心穿过去了。如果钓钩小巧、锋利，这种饵料是冬夏皆宜的，钓的时候也可以把麦芽饵料撒一点在浮标周边。

在刚出卵的黄蜂幼虫或者蜜蜂幼虫的头上沾点血，是钓拟鲤和雅罗鱼的上好饵料。如果把幼虫放在火铲上用火烘干，则是钓鳊鱼的上好饵料。把绵羊的血烘得半干，然后切成适当的大小，再撒上一点盐防止它变黑，操作得当的话这也是极好的饵料。

有人告诉我，有几种香味浓郁的油可以很好地吸引鱼咬钩，这个就说来话长了。我记得我曾经从乔治·哈斯汀那里带了一小瓶香油作为礼物送给亨利·沃顿，他们都是有名的化学专家，亨利·沃顿很高兴地收下了，并且满怀希望地试用了。但后来我询问之后，发现结果并没有如他所愿。这种情况和其他的一些情况就使得我不太相信很多人跟我说过的鱼既有听觉也有嗅觉，这个我在前面跟您说起过的。但是香油的使用还是有秘诀的，虽然不像点石成金术那样令人费解，但也不是一般人能掌握的，只有像炼金术士那样的化学专家才深谙于此，而他们却又不轻易透露。我可以告诉您的是，如果那么多的钓客都没有犯错的话，在养蠕虫的苔藓里放点樟脑是更能吸引鱼咬钩的，用带有樟脑味的饵料就会钓到更多的鱼。我无意中讲到了香油和鱼的嗅觉，尽管还可以深入地讲一点，也可以多讲点钓拟鲤和雅罗鱼等的饵料，但今天就讲到这里，下面跟您讲讲如何准备渔具。有本古老的钓鱼秘籍涉及如何准备渔具，我跟您讲讲其中的一小节吧，只讲一小节，因为您可能早就听说过了。

竿线浮标加鱼钩，

柴刀竹篮兼网兜。

丝线毛发钓包有，

一应俱全鱼丰收。

如果您想做一个真正的钓客，这些装备您都得有，而且要储备两套。我可以带您去马格雷夫那里采购这些装备，他住在圣保罗大教堂的教区里那些书商聚居的大院里，或者可以去约翰·司徒博斯那里，他住在金巷的斯旺。他们都是很实在的人，钓客缺什么，他们就会给他配备什么。

猎人：好的，师傅，就去约翰·司徒博斯那里吧，因为他离我的家更近。我希望五月九日下午两点我们到那里集合，钓客需要配备的我全部都配上。

钓客：好的，在约定的时间和地点，我绝对不会失约的。

猎人：一言为定！师傅，我也绝对不会失约的。好师傅，还给我讲讲您能想到的饵料吧。我们快到伦敦托特汉姆区的大十字架了，到了那里后，我想重温一下我们这次见面以来所听到的最好的诗歌，算是对您谆谆教导的一份报答吧。因为我们听到了很多绝美的诗歌，真的是难得一闻的。

钓客：好吧，徒弟，很高兴到时您能再重温一遍。现在我继续跟您讲讲我认为您值得一听的东西吧。您还可以这样来制作一种很好的麦粒饵料：取一点上等的麦子放在牛奶里煮，就像煮麦片粥一样，等麦子煮软之后，再加入蜂蜜和番红花慢慢地熬，这样煮出来的麦粒钓任何鱼都是可以的，尤其是钓拟鲤、雅罗鱼、大头欧雅鱼和茴鱼特别好用，用来在河里钓鲤鱼也很不错，可以先在水里撒上一些。

多数鱼的鱼卵也是很好的饵料，整块的鱼卵取出后放在瓦片上烘干，再切成小块就可以了。桑葚和长在荆棘上的黑莓是钓鲤鱼和大头欧雅鱼的好饵料，河边塘侧有很多桑葚和荆棘，长出的浆果熟透后通常会掉落到水里，鱼儿总是很有耐心地守候着的。饵料可以说有千百种，有些都叫不出名字来，只要坚持尝试，无论什么鱼都是可以钓到的。

您要知道，在我们的国土上，石蚕的种类是很多的，在地貌各不相同的地方、在流向大河的小溪边都能找到不同种类的筑巢蠕虫。有种筑巢蠕虫叫芦笛虫，它的巢或者说它的窝就是一截一英寸长或者更长的芦苇，芦苇的大小跟两便士硬币的面径差不多。把芦笛虫放在装有少许沙子的羊毛袋子里能养上三四天，每天把羊毛袋子洒水淋湿一下，三四天之后芦笛虫就变成了黄色，这样的芦笛虫是大头欧雅鱼最喜欢吃的饵料了。事实上，所有的大鱼都喜欢吃这样的芦笛虫，因为它很肥硕吃起来很有口感。

还有一种较小的石蚕叫做鸡距（cock-spur），身体一头大一头小，外形和鸡爪的后跟趾差不多。鸡距住的窝或者巢是用小小的荚壳和细沙、软泥做的，虽然用的材料很粗劣，但其工艺却令人惊叹，绝非是人类和善于用小鱼骨筑巢的翠鸟所能企及的。鸡距的巢窝有着精美几何图形的交织和连接，其艺术性也是人类艺术所不能媲美的。只要用浮标钓鱼，鸡距就很适合用来做饵料。鸡距比芦笛虫小很多，排列整齐地饲养的话，可以养十天、十五天、二十天，说不定还能养大点个头。

还有一种生活在灯心草、稻草、水草的结节处的石蚕蠕虫，有人叫它稻草蠕虫（straw-worm），有人叫它襞襟蠕虫（ruff-coat）。它的“房子”或壳是借助黏土把剪股颖、灯心草、秸秆和水蕴藻编织而成的，而且不会像刺猬的刺那样直立着，至于如何编制我现在也没有弄明白。鸡距和稻草蠕虫或者说襞襟蠕虫在初夏是容易抓到的，用浮标钓各种鱼的时候都可以用它们做饵料。这些蠕虫最初都是蠕虫，随着时间的推移都会变成飞蝇。这种从蠕虫到飞蝇的变化本来可以给您多讲讲，但那样的话我又要滔滔不绝了，您听了会烦的。因此，我只跟您简单地提到这些蠕虫以及其中的几个种类。每种蠕虫最终会变成哪种飞蝇、这些蠕虫和飞蝇又该怎样用来钓鱼，是比较高深的学问，没有哪个钓客能够彻底地研究透这种学问，即便有研究，也是肤浅的、不全面的。

徒弟，您知道吗？不同的国家就有不同的石蚕，石蚕像狗一样，种类繁多、形态各异，比如说野狗就有好多种，灵缇犬也有好多种。石蚕通常生活在小溪边、沟渠边，我想就地取材地在这些小溪、沟渠里钓鱼比在河边没有石蚕的河里钓鱼是要强得多的。我不知道这些石蚕是吃什么、是怎么生活的，也不知道它们

终将变成哪种颜色的飞蝇，但我可以肯定的是，所有石蚕都是鳟鱼的“致命杀手”，我给您讲讲其中一种捕杀方式：

取一只个头大的黄色石蚕，如果有必要多用两只也行，把头掐掉，把黑色的内脏挤出来，尽量不要碰伤它的身体，然后挂在鱼钩上，再系上一根红色的毛发充当蠕虫的头，再在鱼钩的柄上系上一个小的铅坠便于鱼钩沉水，最后把鱼钩甩入水里。于鱼洞里的茴鱼来说，这样的饵料是黄灿灿的，看见之后，它立马就会不顾死活地前来吞食。如果您隐蔽得比较好，远远地拿着钓竿慢慢地让鱼钩先下水让鱼线后下水，在深水中钓鳟鱼也是很见效的。

我今天是手持棍杖沿溪而行，我突然想到，我手中的棍杖原本可以随意而取，但其实是很有讲究的。如果您也想手持棍杖的话，最好是选择小榛树或者是小柳树，因为这两种树木比较轻。使用前把棍杖的一头劈开或者弄得烂一点不要太平整更不要太尖，这样在水里行走时就能很轻易地把棍杖从泥地里拔出来。徒弟，这个是我无意当中突然想到的，跟您说说或许您能用得上，这个真的很实用的。钓客最讲究的就是实用。勤奋好学、善于观察、勇于实践、志在必得是做钓客的四大要素，这四大要素都必须去实践，而不是挂在嘴上说。徒弟，有人曾经跟我说过这样一句话：“我不嫉妒谁比我吃得好、穿得好，比我有钱，我唯独嫉妒谁比我钓的鱼多。”说这句话的人绝对会成为钓客高手的，这句话本身也饱含了做人的道理，希望您和所有年轻的钓客都能从中获益。

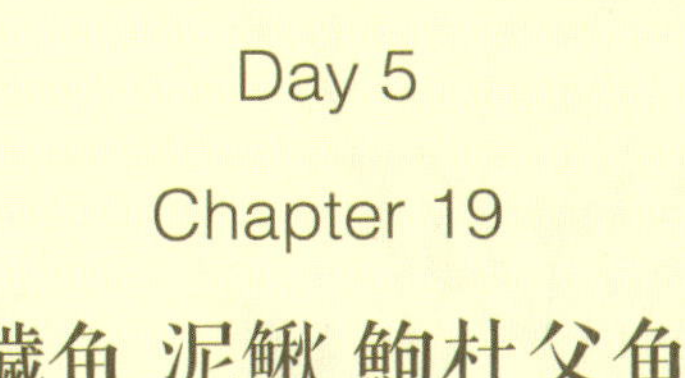

Day 5

Chapter 19

鱵鱼 泥鳅 鮈杜父鱼

菊蒿
common tansy

钓客：我差点忘了，还有三四种无鳞的小鱼肉质也是很鲜美的，和受人推崇的大鱼相比一点都不逊色。在夏天所有的月份里，这些小鱼的雌鱼肚子里都撑满了鱼卵，因为它们和老鼠等那些会打地洞的小型四足动物一样，非常频繁地繁殖，而且都长得很快，一下子就成年了。无鳞小鱼频繁繁殖而且繁殖数量巨大，这都是为了适者生存，因为除了意外死亡之外，它们都是大鱼的猎食对象，都可以用作钓鱼的饵料。首先，我给您讲讲鱥鱼。

产卵之后的鱥鱼是最当季的，如果没有生病的话，它是有斑纹或者波浪纹的，像豹子一样身体两侧布满了斑点，斑点夹杂着浅绿色和像天空一样说不清的颜色。腹部是奶白色，背部是黑色或者浅黑色。鱥鱼会毫不犹豫地吃小蠕虫，对于初学钓鱼的人或者孩童和妇女而言，夏天钓鱥鱼是最得心应手的。春天的时候，妇女就喜欢做非常好吃的鱥鱼炒菊蒿。用盐把鱥鱼擦拭一番再洗干净，去掉头尾，挤出内脏，挤出内脏后不要再过水，直接带血和鸡蛋黄一起炒，然后加入黄花九轮草、报春花和菊蒿，一道绝佳的美味就做成了。

我跟您讲过泥鳅，泥鳅也是非常美味的，它生活在清澈湍急的小溪中的砾石缝隙里，长度跟手指差不多，最多也就跟手指一样粗。泥鳅的外形和鳗鱼不一样，它和鲃鱼一样长有触须，身体两侧各有两片小鳍，腹部有四片小鳍，尾巴上还有一片小鳍，浑身布满了黑色和棕色的斑点，嘴巴和鲃鱼一样，在嘴巴

纵带泥鳅
European weatherfish

花鳅
spined loach

条须鳅
stone loach

和鼻孔的中间部位长有触须，雌泥鳅的肚子里也总是撑满了鱼卵。由于泥鳅的营养价值很高，格斯纳和其他一些知名的医生都极力推崇它。而且对于病人而言，泥鳅既适合病人的胃口，也适合病人食用。用小蠕虫在溪底里就可以钓到泥鳅了，泥鳅几乎不会跑到它藏身的砾石的上面来，钓的时候必须把鱼钩沉到水底。

鮈杜父鱼（bull-head）俗称“碾磨工人的粗手指”（miller's-thumb），是长得很难看的。

因为鮈杜父鱼的外形不讨喜，格斯纳就把它与外形相似的腋孔蟾鱼相比较。鮈杜父鱼有个和身体极不相称的很大的头，嘴巴又宽又扁，而且总是张开着。鮈杜父鱼没有牙齿，但它的嘴唇很粗糙，像是两把锉刀。鳃部各有两片小鳍，小鳍是圆形的、带有羽冠的。腹部有两片小鳍，背部有两片小鳍，肛门下面有一片小鳍，尾巴上还有一片圆形的小鳍，浑身布满了浅白色的、浅黑色的、浅棕色的斑点。夏天的时候，雌性鮈杜父鱼的肚子里也是撑满了鱼卵，鱼卵总是把肛门撑开，看起来就像是肠子露出来了一样。鮈杜父鱼四月份开始产卵，我

跟您讲过的，整个夏天它总是不停地产卵。冬天的时候，鱵鱼、泥鳅、鮈杜父鱼和鳗鱼一样，都藏进泥土里面，我们就不知道它们的去向了。恰如杜鹃、燕子等从四月份开始出现，半年之后我们就不知道它们在哪里躲过漫长、凄冷的冬天了。鮈杜父鱼平时栖身在清澈溪流的泥洞或者石缝里面，天很热的时候，它会一动不动地静卧很久，很享受地晒着太阳。在扁平的砾石上面是很容易找到鮈杜父鱼的，用小蠕虫做饵料，把鱼钩靠近它的嘴巴，很轻易地就能钓起来。对于诱饵，鮈杜父鱼来者不拒，最差劲的钓客都能轻而易举地钓到。马塞欧流士[①]不嫌鮈杜父鱼体型和外观之丑而极力推崇它，主要是因为它的味道鲜美和营养价值很高。

① 马塞欧流士（Mattiolus），意大利医生，植物学家。

还有一种无鳞鱼叫刺鱼，顾名思义，刺鱼身上长有好多刺。我

鮈杜父鱼
European bullhead

不知道刺鱼冬天是在哪里藏身的，夏天刺鱼出现之后我也不知道它有什么可取之处，只知道让孩童和妇女钓着玩玩倒是挺好的，另外，还可以用它做饵料钓其他的鱼。用刺鱼钓鳟鱼比用鱵鱼钓效果更好，前提是挂在鱼钩上的时候方法要恰当，因为被大鱼吞吃时它扭动尾巴就像风车的风帆转动了起来，就会比鱵鱼更快地被吞食掉。请注意，快捷地摆动尾巴也是鱵鱼的特点。做饵料的时候把鱼钩从刺鱼或者鱵鱼的嘴巴伸进去，从尾巴里钻出来，用白色的丝线把它的尾巴系起来挂在鱼钩上使它的身体保持水平以便看起来像是要摆动尾巴一样，然后把它的嘴巴缝合起来使得它看上去像是要快速摆动尾巴一样，这样挂刺鱼或者鱵鱼作饵料是一定会吸引到鳟鱼的。如果刺鱼或者鱵鱼摆动得不快，可以把它的尾巴往鱼钩里面或者侧面推一点点，或者把刺鱼或者鱵鱼弯曲一点点，或者拉平直一点点，这样反复调试直到它看起来能很逼真地摆动，调试到位的话绝对可以诱惑到湍流当中的任何鳟鱼的。用泥鳅做饵料也做类似的处理，泥鳅只要不是太大，对所有的大鱼来说都是最有吸引力的。

徒弟，早上空气清新，您也耐心十足，我乘兴把我所能想到的几种淡水鱼都跟您讲完了。

猎人：可是师傅，您前面的谆谆教导使我觉得您必然要跟我讲讲国内的几条适合钓鱼的河流和池塘的主次排序呢。好师傅，您就跟我讲讲吧，我真的想听您讲河流、讲鱼、讲钓鱼，这样打发时间真的是万分惬意啊！

Day 5

Chapter 20

河流

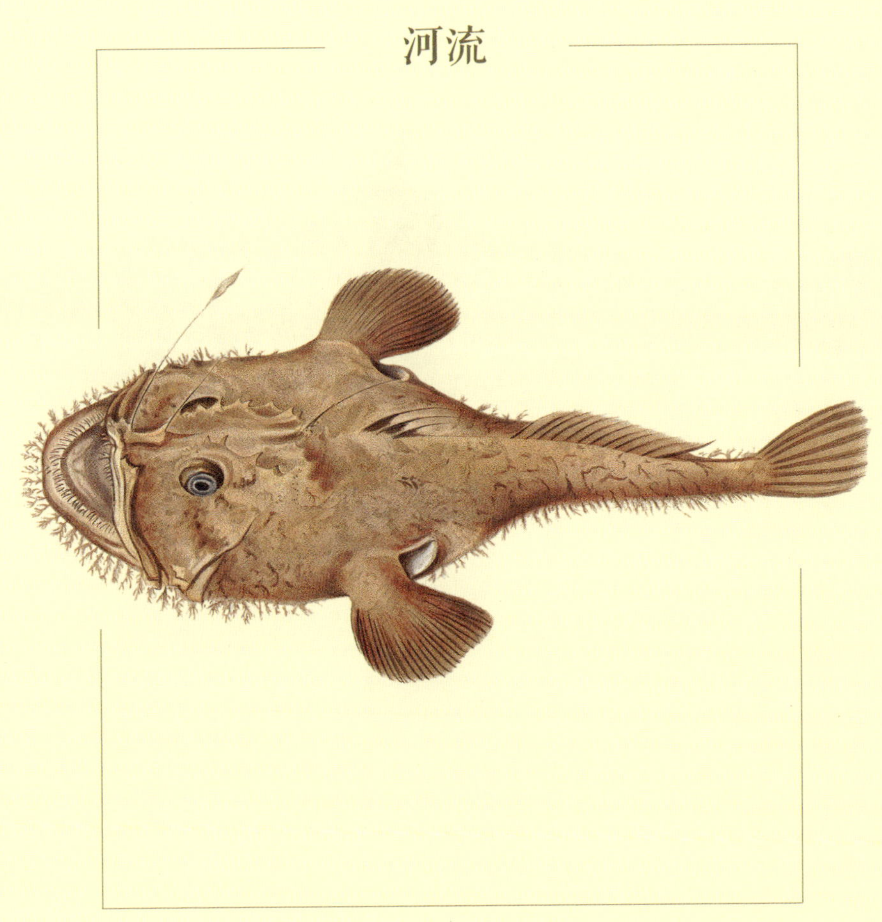

沙丁鱼
European pilchard

钓客：好吧，徒弟，既然我们离伦敦托特汉姆区的大十字架还有点远，天气又这么宜人，我还是很乐意满足您的愿望的。我们国家有 325 条河流，您从海琳[1]的《地理》一书和其他一些书本中可以了解到。325 条河流中，海琳提到和描述过的主要河流有下面这些：

[1] 海琳（Peter Heylin，1600-1662），西敏寺的副教长，查理一世的御用牧师。

英国最值得一提的主要河流是泰晤士河。泰晤士河由两条主要支流泰姆河和伊希斯河汇合而成，泰姆河流经白金汉郡的泰姆市，伊希斯河流经格洛斯特郡的伦塞斯特市，两条河汇合于牛津郡的多尔切斯特市，汇合后被称为泰晤士河，或者叫泰姆希斯河。泰晤士河流经柏克斯郡、白金汉郡、米德尔塞克斯郡、萨里郡、肯特郡和艾塞克斯郡，河道一路拓宽，最后流经肯特郡的麦德威市注入海洋。泰晤士河比欧洲的任何河流都能更多地体会海洋的粗暴和温柔，它每天都涨潮、退潮各两次，潮水纵深长达六十多英里。泰晤士河河道两岸风景秀丽，精致的小镇鳞次栉比，恰如一幅幅醉人的画卷，其景色之秀美德国诗人托特・坎波斯有诗为证：

深林掩映村舍稀，

沃野袒露塔殿依。

园花苑草参差错，

此河堪与台伯[1]媲。

① 台伯河是意大利的一条河流。

第二值得一提的主要河流是塞布丽娜河，也就是塞文河。塞布丽娜河起源于蒙哥马利郡的普利茅恩山，从布里斯托尔港注入海洋，途径什鲁斯伯里、伍斯特、格洛斯特等地方。

第三值得一提的主要河流是特伦托河。特伦托河主要因为鱼产丰富而闻名于世，河中已知的鱼类有三十多种。此外，它的支流很多，大大小小的支流有三十条。特伦托河发源于斯塔福德郡，缓缓地流经诺丁汉、林肯、莱斯特和约克等地，最后和英国最湍急的亨伯河汇合。其实，亨伯河并不是严格意义上的河流，因为它没有自己的源头，只不过是德文特河（River Derwent）、欧尤斯河和特伦托河汇合入海的河段，就像丹瑙河（Danube River）和达伍尤斯河（Drava River）、沙伍尤斯河（Sava River）、提比斯克斯河（Tisza River）以及其他一些河流汇合之后地理专家就把它叫作汉巴拉伯斯河一样。

第四值得一提的主要河流是梅德韦河。梅德韦河是肯特郡最大的河流，因驻扎着皇家海军而声名显赫。

第五值得一提的主要河流是特威德河。特威德河在英国的东北部，固若金汤的军事要塞贝里克（Berwick）就位于它的北岸。

第六值得一提的主要河流是泰恩河。泰恩河因流经港口城市纽卡斯尔以及河流沿岸有数不胜数的煤矿而知名。从德雷顿所写的诗歌中，我们还可以得知其他的一些主要河流：

泰晤士上船绕鹅，

塞文河岸秀可歌。
特伦托清鱼无数，
塞文水急长瀑乐。

切斯特夸迪河长，
欧尤斯把约克彰。
肯特不屑两地美，
梅德韦上渔歌畅。

科茨沃傲伊希斯，
特威德把北疆滋。
西域威利名声大，
黎河壮阔谁敢嗤。

对于英国河流的大概状况，学者海琳和我已故的老朋友迈克尔·德拉顿都跟我一起交流过。您刚才说您喜欢听我讲河流、鱼和钓鱼，我倒是更欣慰了，因此，我再给您讲讲鱼吧。徒弟，上面谈到的几条注入大海的河流所出产的鱼都是很丰富的，我要是谈谈其中几种有点奇怪的鱼，您一定会感到很惊奇甚至不相信的。不管您信不信，我还是冒点风险跟您讲讲亨利·沃顿博士最近解剖过的一种鱼。亨利·沃顿博士是个大学者，知识面相当广，他谈起鱼来可以说是口若悬河。他很喜欢我，也很欣赏我的垂钓艺术，我跟您讲过的与鱼相关的知识多数都是从他那里学到的。他是个很有干劲的人，除了信口开河之外，他什么都敢做。他亲口告诉我他最近解剖了一种奇怪的鱼，他是这么跟我说的：

鮟鱇
angler

这种鱼[1]差不多有一码宽、两码长，嘴巴又宽又大，足以塞进一个人的头颅，腹部有七八英寸宽。它行动缓慢，通常都是静卧在河床的上面。它的头上长着一根像弓弦一样“钓竿”，“钓竿”有一拃长或者说有四分之一码那么长，“钓竿”的尽头生长着一块貌似诱饵的肉赘。它潜藏在河床的泥泞当中，靠摆动这根“钓竿”和“钓竿”上的“诱饵”把其他的鱼吸引到它的身边，等其他的鱼离它的嘴巴足够近的时候，它就突然张开大嘴一口吞掉。

① 应该是鮟鱇（angler）。

徒弟，您不必对此大惊小怪，因为除了亨利·沃顿博士权威可信之外，在河流的入海口和海滩边，类似这样的奇形怪状的鱼经常能被捕获到。那些去过埃及的人对这些怪鱼是习以为常的，因为著名的尼罗河里不但有很多罕见的、不知名的鱼，而且河水泛滥之后，很多肥沃的河泥就会留在河岸上，在太阳的热力之下，很多奇怪的、不知名的鱼就在那些软泥当中孵化出来了。格劳秀斯（Hugo Grotius）在他的《一知半解》一书中对此有详尽的描述，其他很多人也有过相关的记述。

我又扯远了吗？最后还跟您讲一点点就算了吧。在这些主要河流的入海口，尤其是诺福克郡的雅茅斯镇，鲱鱼的数量多得惊人，而在西部地区，沙丁鱼的数量同样多得惊人。您读读卡姆登写的《大不列颠》，书里对这些物产的描述会让您惊讶且难以置信。

徒弟，河流就讲到这里，我再给您讲讲鱼塘吧。我所掌握的鱼塘知识，有些是通过阅读书本获取的，有些是通过和他人交流获取的。

沙丁鱼
European pilchard

Day 5

Chapter 21

鱼塘

欧芹
garden parsley

钓客：法国学者李鲍尔特（Doctor Lebault）在他的巨著《土建粗凿》（*Maison Rustique*）中涉及了鱼塘的建造，我极力推荐您仔细读读这本书，在您细读之前，我可以简略地概括一下，让您有个大致的了解，这也是很实用的。

李鲍尔特建议，挖好鱼塘，清干积水，夯实塘堰，然后用栎木或者是榆木在塘堰上打上两三排木桩。木桩在打入塘堰之前，先用火烧焦或者烧个半透，这样能更长久地防腐。木桩打好后，在木桩之间填上干柴禾或者小木棍，然后用土把它们填埋起来，再使劲夯实。以上算是建好了第一层，接着采用类似的方式建第二层，第二层的高度要和水闸的闸门或者泄洪口的高度差不多。鱼塘是一定要建有泄洪口的，因为无论洪水大小，泄洪口都能保证塘堰安然无恙。

李鲍尔特还建议，建好鱼塘后要在塘堰上栽上柳树或者桤木，或者两种树都栽上。鱼塘注满水后，在水边扔上一些柴禾，尤其是在鱼塘底部砂砾较多的地方多扔点，这样既可以让鱼在柴禾上面产卵，也可以让鱼卵和小鱼苗在柴禾里面躲避非同类的鱼以及其他一些虎视眈眈的猎食者。尤其是鲤鱼和丁鱥，它们产卵后，鱼卵和鱼苗的生死存亡完全是由鸭子等猎食者的同情心来决定的。

李鲍尔特、杜巴拉维尔斯和其他很多专家都建议，鱼塘的选址最好是能让溪水流过或者有大量雨水能汇集进去。因为活水鱼更容易繁殖，鱼群更替会更快，鱼肉的味道也会更鲜美。

他们通过观察发现，鱼塘越大、沙砾和浅滩越多，鱼就越活跃，鱼的味道就越醇美。但要注意，鱼塘中最好能有让鱼休息的地方，因此塘堰上最好能弄一些窟窿。水中可以放一些支架或者大树的树根，这些东西都可以让鱼躲避危险，夏天的时候还能防止鱼遭受太阳暴晒，冬天的时候则可以防止严寒。还要注意的是，如果塘堰上栽的树太多的话，有很多树叶就会落到水里面去的，鱼是不喜欢这些落叶的，落叶多的鱼塘养出来的鱼味道也不好。

丁鳜和鳗鱼喜欢泥土，鲤鱼喜欢沙砾，夏天鲤鱼还喜欢吃草，这些都要区别对待。不管建鱼塘是为了养鱼卖钱还是为了养鱼垂钓，每隔三四年都要把鱼塘清理一次，尤其是腐水鱼塘。清理的方法是把水放干，让鱼塘空塘半年或者一年，目的是为了杀死自然生长的水蕴藻、睡莲、萍蓬草、水生毛茛、香蒲。水放干后，这些水生植物会因缺水而死，同时鱼塘底部会长出野草，而野草恰巧是鲤鱼很喜欢吃的。放干水后在鱼塘里撒上燕麦的种子是很好的，鱼既可以

欧洲桤木
European alder

水生毛茛
white water crowfoot

吃麦苗，也可以在麦苗上产卵，会繁殖得很快的。此外，通过间歇性地放水，您可以观察出哪种鱼在哪个鱼塘里会长势良好，因为各种鱼的生活习性和繁殖方式都是不一样的。

李鲍尔特还建议，如果鱼塘不是很宽大，可以经常投放一些面包片、豆腐、玉米粒、鸡鸭猪羊等家禽家畜的内脏等，这些都会让鱼觉得如获至宝。他认为蛙和鸭子对鱼塘是很致命的，它们会吃鱼卵和鱼苗，尤其是鲤鱼的鱼卵和鱼苗，鸭子和蛙都特别喜欢吃。这一点我自己亲眼见过，也有很多人跟我说起过。李鲍尔特认为水生蛙的蛙肉味道鲜美，尤其是在蛙长得很肥硕的季节里。您别忘了，他是法国人，英国人是不太赞同他这个观点的。尽管我们都知道英国人也吃蛙肉，但不至于把它称为美味。李鲍尔特建议把蛙和翠鸟控制在鱼塘之外，而且不要在鱼塘附近射猎野禽，他说枪声会吓着鱼，对鱼的生长是相当不利的。

还要注意的是，鲤鱼和丁鱥单独饲养的话会繁殖得更好，因为其他的鱼会吃它们的鱼卵，至少会吃掉绝大部分。夏天的时候可以把成捆的青草扔进鱼塘里，鲤鱼会吃青草的。还可以把欧芹扔鱼塘里，病鱼吃了之后很快就会康复起来。在繁殖鱼苗的鱼塘里投放种鱼的时候，雄鱼和雌鱼的数量要按三比一的比例来投放。如果是在培育鱼苗的鱼塘或者常规饲养的鱼塘里投放鱼苗，则不必考虑雄鱼和雌鱼的比例，多点少点都无所谓。

水位不深，沙砾成片，青草满堤，柳树成荫，温暖背风……这样的鱼塘是最适合鲤鱼繁殖的。鲤鱼喜欢在匀称、干净的泥坑里产卵，和满是泥浆和水草的旧鱼塘相比，新鱼塘和冬季清理过的池塘更适合鲤鱼繁殖。

徒弟，杜巴拉维尔斯观察过的、谈论过的、实验过的和李鲍尔特跟我讲过的实质内容我都一五一十地跟您说了，他们所说的不只是这么一点点，只是其他的方面都是常识，就像二加二等于四一样简单，所以我就不啰唆了。我们找个地方坐坐，休息一下吧。

Day 5

Chapter 22

渔具

欧洲百合
martagon lily

钓客: 徒弟，讲这些石蚕、小鱼、主要河流和鱼塘已经占用了您大量的时间，我也有点累了，不知道您的耐心还有没有。我们差不多快到伦敦的托特汉姆区了，那里是我们第一次相识的地方，也是今天即将分别的地方，我想抓紧时间给您简单地讲讲如何打理鱼线、如何给鱼线染色，对于钓客来说这些都是必须知道的。还有如何给鱼竿上漆，尤其是鱼竿的顶部，上漆得当的鱼竿才算得上是好鱼竿，好鱼竿可以防止过度吸水。在潮湿的天气，过度吸水的鱼竿不但太重，而且钓鱼的时候也不顺手。此外，没上漆的鱼竿还很容易腐烂。一根很好的鱼竿是要万分珍惜的，就像我，一根鱼竿一用就是二十多年。

先说鱼线吧，挑选鱼线时要选择圆润、清爽的，不要有缺损、刮痕和小疙瘩等。好的鱼线是像玻璃一样透明的，整根线都很匀称，一根匀称的鱼线的抗拉性能可以抵得上三根不匀称的鱼线。差的鱼线色泽是不太透明的，不圆润、刮擦多、有缺损、不匀称、小疙瘩多。黑色的鱼线很少见，但黑色的鱼线基本上都是匀称圆润的，而很多白色的鱼线是扁平、不均匀的。因此，如果碰巧遇到好的鱼线，就多储备点。

打理鱼线的话遵从下面的原则：每次把鱼线卷起来之前先把它洗干净，使用的时候不但要选择最干净的鱼线，还要考虑到鱼线粗细的均匀性，因为几根线同时使用时粗细均匀的鱼线会保持同等的拉力，要么不断，要断就是同时断掉。粗细不均匀的鱼线会单根断掉，单根断掉之后就会导致一损俱损，这种状况会让人很懊恼的。

把桥线连接好之后先放进水里浸泡十几分钟，取出来后再次系紧然后连接到鱼线上。没浸泡的桥线收缩性是不一样的，有可能导致鱼线挂上后一根长一根短，最短的那根就会导致长的那些起不到作用，在七线同钓的钓法中这点很明显就能看出来。七线同钓的七根鱼线里，中间那根通常要用黑色的鱼线。

给鱼线染色的方法是：取一品脱麦芽酒、半磅火烟煤、适量的胡桃叶汁和适量的明矾，把这些东西混在一起放在锅里煮半小时，冷却后把鱼线放进去，鱼线会慢慢变成和水或者玻璃近似的颜色，或者略带一点点绿色，放的时间越久，颜色就会越深。我可以教您如何把鱼线染成各种颜色，但这个意义不大，因为颜色和水、玻璃近似的鱼线是最好的，所以即便染成绿色，也一定不要染得太绿。

如果您确实想把鱼线染成绿色，可以取一品脱麦芽酒、半磅明矾，和鱼线一起放进锅里用慢火煮上半小时，煮好后取出鱼线让它自然风干，然后取一瓶水，取两把金盏菊，一起放在锅里焖上半小时，当汤汁变黄的时候，加进一磅碾碎的绿矾，再把鱼线也放进去，继续用小火煮，煮到水蒸发了一半为止，然后让鱼线在汤汁里浸泡三四个小时就可以了。绿矾加得越多，鱼线的绿色就会越深。当然，浅绿色的鱼线是最好的。在水草腐烂的季节，用黄色的鱼线钓鱼是很好的，如果想把鱼线染成黄色，染色的时候多加点金盏菊少加点绿矾就行了，或者不要用绿矾，用铜锈代替绿矾就可以了。

以上说的是怎样给鱼线上色，给鱼竿上漆的话要用油脂。首先要用水和凝胶调制底胶，把凝胶放在水里面煮，等凝胶融化变成碱白色的时候，趁热用毛刷或者毛笔把底胶刷在鱼竿上。鱼竿要很干，不能是没干透的那种。涂好底胶后再取一点白色的铅粉、红色的铅粉和煤灰混在一起，各自取多少取决于能把它们调制成草木灰的那种灰色。混合好后倒入亚麻籽油，调和后制成油漆，油漆要尽量调得稠一点，然后用毛刷轻轻地涂在鱼竿上，这种灰色只是鱼竿的底色而已，上面还可以漆上各种颜色。

要漆成绿色的话，取点石竹和铜锈，细细地碾成粉末，碾得越细越好，碾好后倒入亚麻籽油进行调制，调制好后就可以刷到鱼竿上去了。一般情况下，刷一遍就够了，如果要刷两遍的话，要在第一遍刷的油漆干透后再刷第二遍。

徒弟，给您讲完如何给鱼竿上漆，我们离托特汉姆的大十字架就只剩下一英里了。路边的忍冬花花香袭人，我想告诉您这次我们见面以来，我感受到了莫大的快意，或许您也跟我一样，对这种莫大快意的源泉充满了感激！这种快意越大，我们的感激之情就越深。您可以回想一下，在和眼前类似美好的五月

常夏石竹
feathered pink

亚麻
common flax

天，我们多少次被胆结石、痛风和牙疼等折磨得死去活来，而现在，我们是如此的从容和幸福。我认为，每一次与痛苦擦肩而过都是一种幸运，因此我们要心存感激。在我们相遇之后谈笑风生的期间，或许就有人摔断了腿，或许就有人炸伤了脸，或许就有人遭遇了雷击，而我们却安然无恙。还有很多很多给人类带来痛苦的苦痛，我们都避而远之了，因此我们在暗自庆幸的同时，一定要满怀感激。更大的荣幸则是我们远离了那种令人难以忍受的痛苦的意识，一旦有痛苦，痛苦本身并不可怕，痛苦的意识才是难以承受的。因此我们要说，每一次与痛苦擦肩而过都是一种幸运，以此来感激上帝让我们远离了痛苦。我跟您说吧，有很多人比我们有钱得多，但幸福感却远远比我们低。我们这些人虽然钱不是很多，但健康开朗，吃得香，喝得饱，钓钓鱼，唱唱歌，笑得开心，睡得踏实，每天都过得很开心，一觉就能睡到大天亮。第二天照样开开心心，吃得香，喝得饱，钓钓鱼，唱唱歌，笑得开心，睡得踏实，又是一觉睡到大天亮。

这种快乐和幸福始终是有钱人梦寐以求的，他们倾尽所有的钱财也买不到。我有个邻居很有钱，他天天忙，天天忙，连抽空说说笑笑的时间都没有，他所有的心思就是赚钱，赚钱后还想赚更多的钱，尽管他已经富得流油了，但他还是竭尽全力地赚钱，而且口口声声地以所罗门说的那句“双手勤，人不贫”为借口。“双手勤，人不贫”确实是对的，但他没有意识到一个人的快乐和幸福并不是取决于钱的多少。有个洞察人生真谛的人说过一句很有哲理的话，他说：“有钱人眼前的苦恼多，将来的苦恼更多。”按照上帝造人的初衷，人本来就是生而痛苦的，只要能吃得饱穿得暖，我们就要开心，就要快乐，就要幸福，并且满怀感恩之心。当我们看到别人比我们有钱时，我们不必认为上帝是不公的，更不必为之抱怨。因为上帝很清楚，有钱人最关心的就是整天沉重地挂在腰带上的那一大把钥匙，那一大把钥匙就决定了当穷人轻轻松松的时候，他们就得忙忙碌碌；当穷人呼呼大睡的时候，他们就得彻夜难眠。我们看得到的有钱人的快乐和幸福都是表面的，没有人能知道那种快乐和幸福其实和春蚕是一样的，春蚕貌似优哉优哉玩得很开心，实质上却是在作茧自缚。很多有钱人像春蚕一样作茧自缚，整天忧心忡忡地攫财、守财，有些钱还是昧着良心赚来的黑心钱。因此，我们要为我们拥有健康和温饱而感谢上帝，更要为我们拥有这样一颗淡泊之心而感谢上帝。

徒弟，我跟您说吧，希腊哲学家戴奥詹尼斯（Diogenes Laertius）有一次和他的朋友去了一个国家级的商品博览会，在博览会里看到了绸缎、美饰眼镜、坚果夹钳、小提琴、玩具马等很多玩意儿，在看完所有展品之后，他向他的朋友感慨：“老天啊，这世上有多少东西是我根本就不需要的啊！”事实真的是这样的，很多人辛辛苦苦地奔波劳碌，就是为了获取一些他们其实根本就不需要的东西。有谁能因为生活的不幸福而指责上帝呢？毫无疑问，谁都不能指责，因为人其实应该是很容易满足的。但事实是，谁都会抱怨自己的不幸福，即便他什么也不缺，他依然是欲壑难填。这种贪欲也没有其他的目的，只是为了得到邻里的嫉羡和奉承。有了这种虚荣心之后，原本可以幸福开心的人就会自找麻烦。我就听说过，有个男人总是抱怨自己个子不够高，整天为此郁闷。还有个女人因为摔坏了自己的美饰眼镜而万分气恼，因为她再也无法跟邻居攀比谁的脸更年轻、更容光焕发了。我还知道一个男人，受上帝的眷顾，他足够健康和富裕了，但他的妻子天生就暴躁易怒，丈夫的钱财使她变得更加恃财傲物、目中无人，因此她浑身上下除了横蛮霸道之外再无美德可言，去教堂做礼拜的时候她非要坐在本不该她坐的最高的位置上，遭到拒绝后她就让她丈夫来帮她理论，最终和一个同等富裕的邻里闹上法庭。没想到这个邻里的妻子一样的暴躁易怒、一样的横蛮霸道，结果这场官司引起了旁人的高度的关注和议论，从而引发了一连串的连锁官司，整个诉讼过程扯不断理还乱，令人痛不欲生。您别忘了，他们都是有钱人，谁都不会让步，因此这场官司一直遥无终期，那个男人的妻子为此不断地指责他、怪罪他，直到他气恼而死。丈夫死后妻子又很内疚，不断地指责、怪罪自己，直到自己也气恼而死。总的来说，这些可怜的有钱人的财富之所以最终磨灭了他们的快乐，是因为他们缺少谦恭和感恩之心，而谦恭和感恩之心恰恰是我们幸福快乐的源泉。我还知道一个有钱人，他有好几幢漂亮的房子，房子都装修得很高档，他会时不时地带着家人从一个家搬到另一个家，当朋友问他为什么这样自找麻烦时，他说是“为了在每一幢房子里找到满足感”。他朋友知道他的脾气，就坦诚地告诉他，如果他在一幢房子里能找到满足感的话，他搬离的时候就不得不把这种满足感遗弃了。除了谦恭淡泊之心，满足感是没有其他地方可以立足的，救世主在《马太福音》的信条里面也说到了这一点，我们只要读一读、想一想就能明白其中的道理。救世主说，“受保佑的是那些仁慈之人，他们也将获得仁爱；受保佑的是那些纯洁之人，只有他们才能见到上帝；受保佑的是那些寡欲之人，他们的淡泊之心就是天堂之国；受保佑的是那些谦恭之人，他们才能真正拥有一切。”这些要义是相辅相成的，真正拥有一切的谦恭之人凭谦逊和正直可以进入天国，可以安心地享受上帝赐予他的一切。而且当他看到别人比他拥有更多的财富和荣耀的时候，他不会烦恼、不会苦闷、不会嫉恨，他会很轻松、很洒脱，这是他淡泊的必然结果。他所拥有的是谦恭之人所特有的满足和宁静，这种满足和宁静足以使他的每一次睡梦都是万分甜美的，美的是上帝，美的也是他自己。

徒弟，我跟您讲这些是为了让您养成谦恭之心和感恩之心。为了让您领悟得更深点，我再给您讲讲先知大卫吧。先知大卫尽管有过谋杀、通奸和其他一些犯罪和违规行为，但人们认为他还是有一颗信仰上帝的虔诚之心，因为他比《圣经》里面提到的任何人都更有感恩之心，这点在他写的《诗篇》中有充分的体现。书中他坦言自己的罪行和污点，感激上帝的饶恕和宽容，坦诚和感恩两相结合，足以使他能够得到人们的认可，就连上帝也认为他有一颗虔诚之心。以大卫为鉴，我们就尽力修行吧，不要因为我们每天都能习以为常地从上帝那里获得福祉就不把福祉当回事，从而对上帝没有感恩之心。自从我们相遇到现在，我们享受了无数次的欢笑和莫大的快乐，这就是福祉，别忘了为此感谢上帝。我们相遇后见到了赏心悦目的河流、芳草萋萋的草原、烂漫芬芳的野花、汩汩而流的清泉，这也是莫大的福祉。假如我们是盲人的话怎么能欣赏得到这一切呢？据说，天生没有视力的盲人一生中只有一小时的时间是看得见的，而且是在他第一次睁开眼睛的时候，在日出或者日落最辉煌的时刻，他会见证太阳的光芒，他会为之狂喜、为之震撼，他会目不转睛地盯着阳光、陶醉于阳光的灿烂，对其他触目可及的任何美妙的事物都无动于衷。由此可见，其实我们每天都享受着莫大的福祉，只是太过习以为常，以至于忘了为此而感恩。别忘了，上帝是乐于施舍的，是他创造了太阳，是他创造了我们人类，是他庇佑着我们人类，是他给了我们人类雨露甘霖，是他给了我们人类草木鲜花，是他给了我们人类鱼肉五谷，是他给了我们垂钓的闲暇惬意。

徒弟，说了这么多我都有点累了，我估计您也听累了。现在可以看到托特汉姆区的大十字架了，在走到那里之前，我还可以争取点时间在我冗长的啰唆中再补充一点点，我想把我尽力根植于我心中的一种理念根植到您的心中去，那就是人要有谦恭和感恩之心。我刚才跟您讲了很多没有谦恭和感恩之心的有钱人的故事，他们没有一个是幸福的。相反，很多有谦恭和感恩之心的有钱人，他们不会有畏惧和担忧，他们是幸福的。因此，我的建议是，您可以唯利是图地赚钱，也可以心甘情愿地守穷，但必须要做到的是，赚钱必须要凭良心赚正道的钱，否则您就会毁了所有的幸福。科桑（Nicholas Caussin）说得很好，“一个人如果没有了良知，他所追求的一切都是不值得追求的。”因此，您要时时刻刻把良知铭记在心。其次，您要注意您的健康，如果身体很好，您要感谢上帝。您要把健康看得仅次于良知，因为健康是我们普通人拥有的第二大福祉，是金钱买不到的，因而要特别看重健康并为之心怀感恩。至于据说是第三大福祉的金钱，也不要忽视它，但要注意，钱不必太多，我跟您讲过，“有钱人眼前的苦恼多，将来的苦恼更多。”如果您能够解决温饱、衣食无忧，那么就知足常乐地好好享受生活吧，而且要谦卑地心怀感激。徒弟，我听一个很有威望的牧师说过，上帝有两个家，一个在天堂，另一个在谦恭、感恩之人的心里。万能的上帝已经住进了我的心里，我想他也已经住进了您的心里。您看，我们到了托特汉姆区的大十字架了。

猎人：师傅，谢谢您的谆谆教导！尤其是最后面讲的谦恭和感恩，我将没齿不忘。这里有个精致的花藤架，我们坐下来歇歇吧，这里微风吹拂，阴凉正好，香忍冬、香叶蔷薇、素方花、香桃木开得正艳，个个争芳吐艳，现在太阳正热，阵雨似乎也要来了，正好在这里避一避。坐下来之后，我要好好地答谢您一番，我带了一瓶萨克白干葡萄酒，还带了一些牛奶、桔子和糖果，把这些都调和在一起，喝起来就像是琼浆玉液一样，我们钓客喝这个确实会很风雅的。师傅，我调好了，这杯酒给您。既然您已经信守诺言说到做到了，我也要信守诺言说到做到，我现在就给您朗诵几首诗吧。这几首诗是亨利・沃顿的诗集中的，从内容上一听就知道，要么是他自己写的，要么是爱好垂钓的人写的。师傅，喝杯酒吧，为我助助兴，我马上就要朗诵给您听了。我要朗诵的这几首诗是描写乡村娱乐的，跟我有幸和您结伴同行之中的所见所闻完全一样。

世俗娱乐不足夸，

激烈惊恐两眼花。
拉伤摔痛寻常事，
徒留悲催别无他。

乡间消遣实可彰，
愁烦悲苦自消亡。
天蓝水碧山含笑，
气定神闲人舒畅。

世人可知娱有道，
心旷神怡最可傲。

风树婆娑不是怨，
清流汩汩非牢骚。

无须面具严严捂，
可似孩童手足舞。
纷争只是羊抵角，
一场游戏两相濡。

生活不易苦行僧，
此地无阱把人坑。
鱼蠢不知饵有钩，
但羡燕雀歌随风。

众人寻宝荒溪中，
拂乱草叶千万重。
不知玉露即翡翠，
喙膜黄与足金同。

穿林破幽笑声脆，
草石流泉相与醉。
闲来清溪垂钓竿，
年年岁岁人不悔。

钓客：徒弟，非常谢谢您朗诵这么好的诗！这诗写得太好了，显然是喜欢垂钓的人写的。过来喝一杯，我也用一些好诗来报答您。这些诗是讲如何抛却虚荣心的，有人说是亨利·沃顿写的，我跟您讲过他也是一个钓客，不管是谁写的，作者绝对有一颗勇敢的心，估计他寂寞孤单的时候也是淡然而幸福，一点都不孤苦的。

虚荣镀金色终褪，
乐极生悲何以慰。
奢华耗尽衣褴褛，
辉煌泡沫自羞愧。

名声空谷回音芜，
万贯家财是粪土。
荣耀可贵堪难得，
过眼烟云不留步。

美色貌似秀可餐，
眼如秋波腮上丹。
权高自有殿堂坐，
不过囹圄栖身寒。

傲慢无礼随心驱，
万缕金丝绣裙裾。
只道所欲皆可为，
不知盛气掩心虚。

攀权附贵最可耻，
豪门联姻无休止。
财富若非勤奋出，

一损俱损终有时。

名声荣耀美色佳，
血缘裙裾宫苑葩。
一朝风雨大厦倾，
虚荣之物成泥巴。

山外有山楼外楼，
山楼之外日光悠。
栎木高高腰身壮，
不敌雷电落深沟。

贫则思富昼夜勤，
岂知富人也叹贫。
机关算尽夜不寐，
狐狸疑愧愚人噤。

欲将金光当空撒，
怎奈烈焰被云耙。
纵使俯身如野草，
难免蠢驴胡乱踏。

出头鸟儿遭枪打，
平原落虎遇狗骂。
不卑不亢挺胸过，
两袖清风人人夸。

遗风沿袭子孙堂，
清平世家美名扬。
闲人羡称运气佳，
一笑了之任诽谤。

印度高人眼说话，
光头盘膝做哑巴。
有舌无言愚即智，
碑铭大师雨难擦。

蹩脚诗人韵律差，
功名利禄无须抓。
但求片刻闲暇日，
寄身云水乐哈哈。

林幽心静高朋聚，
敞开心扉把话叙。
天高云阔鸟展翅，
溪边踏春赏鱼趣。

一册经书映圣容，
江湖险恶眼前空。
坐叹昔有沽名日，
从此清风天路通。

猎人：师傅，这些诗太有哲理了，真的值得每个人都铭记一辈子，谢谢您的教导，我一定不会忘记的！圣徒奥斯汀（Augustine）在他的《忏悔录》中提到过，他的好友文康达斯曾借给他一间乡村的房子并陪他居住了一段时间，其间他们远离尘嚣烦恼，很是自在惬意，我们这几天和他们比是有过之而无不及啊。我们已经极尽天时、地利、人和了，您还教了我垂钓的艺术，我必当遵从教诲好好践行。说真的，您的一路同行和谆谆教导使我如沐春风，毫不夸张地说，以前这么些年，我都是白活了！可惜，我不得不和您作别了，今天的我们和当初在此地初次相识时一样的情深意长，一旦作别，此地则是伤心之地。不过，我还可以期待五月九日，希望到时还能和您携手同行，在约定的时间和地点，咱们不见不散。此刻我真想有一片安眠药，能让我像痛不欲生的人一样沉闷地睡上一觉，一觉睡到五月九日，这样我就不用苦苦地等待了。不过，盼星星盼月亮地盼着也会很快的。好师傅，您跟我说的苏格拉底教给他学徒的哲理我是不会忘记的，苏格拉底和他的学徒不应该是因为身为哲人而骄傲，而是他们的美德可以让哲理引以为傲。您教我要做一个有品位的人，我一定会尽力而为的，尽量向您所提到的那些人学习，这个我一定会说到做到的。有个虔诚的教徒忠告他的朋友时说，一个人如果总是贪得无厌、欲壑难填，他就应该经常去教堂看看、去墓地看看、去停尸房看看，看看光阴在死亡之门堆放了多少具尸体。我明白了，如果我想从万能的上帝那里获得满足、获得自信、获得力量、获得智慧，我就应该经常去清澈的溪边走走，看看那些洁白的百合和数不胜数的小生物，它们无须照料却能自然茁壮成长，世人不知道其中的缘故，其实这都是上帝的眷顾，因此我们真的要相信上帝是万能的，我说这个的目的就在于此。因此，愿万物都赞美上帝吧，《圣经》里《彼得书》中所有对上帝的赞美也就是我对上帝的赞美！

钓客：爱上帝首先就要爱美德，爱美德就要相信上帝的天意，相信上帝的天意就要做一个宁静淡泊之人，做一个宁静淡泊之人就要爱好垂钓。

《钓客清话》（续）

——查尔斯·科顿 著

Day 1

Chapter 1

路遇

大西洋鲑
Atlantic salmon

科顿：兄弟，您赶上我了，看您如此兴致勃勃、精神抖擞，可否斗胆问您一下您还要走多远啊？

过客：当然可以了，您随便问好了。不过这个问题我没法答复您，因为我打算今晚在阿稀博恩（Ashboune）住店，可我自己也不知道离那里还有多远。

科顿：兄弟，我看您不像是本地人。我对这里比较熟悉，从您最后经过的小镇布拉德福德（Brailsford）到阿稀博恩有五英里，您从布拉德福德出来走到这里还不到半英里。

过客：还有那么远啊！有人说从德比到阿稀博恩只有十英里，我感觉我早就走了十英里了。

科顿：兄弟，移步景换、径短路长是很正常的。德比郡和英国其他多数地方一样，都是移步换景的，感觉走了很远其实没走多远。

过客：或许吧。我承认移步换景的路走起来确实让人很轻松很惬意，但是要赶路的话绕来绕去也有点烦人的。

科顿：这个确实是的。不过俗话说得好，“路绕景佳”，这里的路都是绕来绕去的，一般都会经过风景秀丽的地方，沿途可以欣赏沃野的景象，暗示着您要去的是个富庶的地方，路途和交通状况如何一路走来您就能有个大致的了解，因为从道路的人流量和马车装载量就可以看出端倪。

过客：兄弟，您说得没错，这个地方真的比较富庶，确实是个好地方。但我觉得您这个人更好，如果有幸能和您结伴同行，一路上您就可以介绍一下此地的风土人情，一来可以缓解赶路的劳顿，二来可以大大地满足我这个外地人的求知欲，我真的想行万里路读万卷书呢。

科顿：兄弟，您的提议正合我意，我们就结伴同行吧。我正好要路过阿稀博恩，过了阿稀博恩再走几英里就是我的家和我工作的地方了。我时间宽裕，今晚可以和您同住在阿稀博恩，明天我再回家。是否可以斗胆再问一下您最终是要到哪里去呢？

过客：我要去兰开夏郡，去处理一些要紧的事务。兄弟，说实话，我是从艾塞克斯来的，虽然沿途风景优美，但一个人只身走来，真的有点乏味呢。

科顿：您从艾塞克斯来的！难怪您不喜欢这里绕来绕去的路，还说几英里都很远呢。兄弟，虽然您可能会抱怨，但我还是得告诉您，到兰开夏郡的路更远呢，而且路况也有点糟糕。

过客：真的吗？兄弟，其实我是做了最坏的打算的，现在有幸有您同行，再差的路我也觉得好走了。

科顿：您不必对此心怀感激，因为到您住处的话，最远的和最差的路您都走完了。

过客：这样说来我就有点欣慰了，我的马也会有点欣慰的。最欣慰的是，后面的路上我们可以好好地畅谈了。路虽然不是很远，但我还是有点担心会不会出现话不投机的尴尬呢。

科顿：这个您不必多心，我敢肯定，即便我再怎么不善言谈，只要与我作伴同行，您肯定会惬意得多的。您看，说着说着我们已经差不多走了两英里了。前面沙丘下面有条小溪，从那里到阿稀博恩只有三英里了。

过客：这种小溪在这个地方到处都是，看起来水里面有好多鱼，有鳟鱼吗？

科顿：这个问题出自您这个外地人之口倒是可以理解的，我这样跟您说吧，对我们这个地方声名远扬的物产提出质疑可以说是对我们当地人的一种侮辱。

除了鳟鱼之外，我们这个地方还盛产麦芽酒、羊毛、铅和煤炭，出产的历史都很悠久。和英国国内的任何郡相比，这里的河流、溪流都要多得多，河溪里都是有茴鱼的，有些鳟鱼还是最好的鳟鱼，至少在英国范围内是最好的。

过客： 兄弟，一见到您我就喜欢上了您，您这么一说，我又喜欢上这个郡了，真希望我也是德比郡的人，哪怕住在这里也好啊。我这么说您肯定猜到了，我是非常喜欢钓鱼的，我是个钓客。毫无疑问，和钓各种鱼相比，钓鳟鱼是最有意思的，鳟鱼越大钓起来越有意思。这条小溪和我一路上遇到的小溪都差不多，水边的树林都太密集了，垂钓的话有点不太方便。

科顿： 兄弟，这条小溪、您已经路过的小溪和将要路过的小溪在我们这里都是不上档次的无名小溪，我可以跟您说出很多知名的溪流，溪边是不太有树林的，也没有其他妨碍垂钓的障碍，和您见过的方便垂钓的河溪没有什么差别。至于溪流的清澈和秀美，汉普郡的知名钓客艾萨克・沃尔顿先生说过，汉普郡有很多清澈、秀美的溪流，但没有哪一条比这里的溪流清澈、秀美，我想整个欧洲范围内都没有。

过客： 兄弟，夸起这里的河溪来你似乎有点夸张了。您说的汉普郡的那个艾萨克・沃尔顿先生写过一本《钓客清话》，我是读过的。您对这本书怎么看？

科顿： 我对艾萨克・沃尔顿先生那本书的感觉和所有懂得垂钓艺术的人对那本书的感觉是一样的，那是很棒的一本书。我认为，和在世的人相比，艾萨克・沃尔顿先生是最了解鱼的人，也是最了解怎样钓鱼的人。我得向您透露一点，我很了解艾萨克・沃尔顿先生，您可知道，他是个很有品位的人，他是最适合做知心的朋友的，和他相处绝对会其乐融融、快乐无比。我还得向您透露得具体点：他主动认我做义子，他是我的义父。作为他的义子，我希望我自己没有给他丢脸。

过客： 真的吗？这太令人羡慕和嫉妒了！兄弟，我有次碰巧遇到艾萨克・沃尔顿先生的一位朋友，他朋友和他一样也是品德高尚的人。这个我得向您吹嘘吹嘘，我也很了解艾萨克・沃尔顿先生，并且和您一样很荣幸地跟他套上了近乎，

茴鱼
grayling

我成了他的徒弟，他是我师父。是他第一次教我如何垂钓，是他第一次教我为什么要爱好垂钓，现在我也是一个地地道道的钓客了。毫不隐瞒地说，我就是他笔下的猎人的生活原形。我原先是个火急火燎的人，是他改变了我，把我变得温顺、宁静、淡泊、安分。

科顿： 兄弟，真的很高兴和您相识！在分别之前我们一定要好好聚聚，您所说的足以说明我们是志趣相投、品行相近的。我义父艾萨克·沃尔顿先生对朋友的陪伴是非常挑剔的，宁缺勿滥，一个人如果不诚实的话，他是绝对不会与他作伴的。您就是最好的一个参考，或者说是一个最好的证据，可以充分证明在我义父眼里，我就是一个很诚实的人，或者我原本就是一个诚实的人，因为我看得出来，我义父还是比较喜欢我的。

过客： 听您说话就能知道您是个非常值得信赖的人，也正因为这点，他才会认您做他的干儿子。能否斗胆问问您尊姓大名？

科顿： 当然可以了，兄弟，您随便问好了。我的名字叫……我还是先别说吧，我觉得您还是有点喜欢我跟您一起结伴同行的，我想和您多相处一点时间，告别时再说吧，到时我也好问问您的尊姓大名。现在，我们差不多已经到了阿稀博恩了，我就直接告诉您吧，我也是一名钓客。或许，我可以教您如何在清水河里钓鳟鱼，这种方法是我义父没有传授的，但他知道我的方法后肯定会赞同的，如果您和他一起坐在槭树下讨论起来的话，他肯定会说他是刻意没有传授或者是真的忘记了。您跟我讲了您最终要到哪里去，这个地方我是很熟悉的，因此万分恳请您在这个小镇停留之后继续前行六英里光临一下寒舍，我们全家肯定热烈欢迎您的。我家是您的必经之路，一点弯路也不用走，您若答应的话我们就有一天时间可以边走边聊了。到了寒舍如果不嫌弃招待不周的话，您可以休息一两天，或者只要您的时间和事务允许，多待几天也没关系，您可以好好地消除一下长途跋涉的劳顿。

过客: 兄弟，我们才刚刚相识您就这么客气，我太感动了！我是万分乐意的，我也不太着急赶路，只是不好意思这样打扰您，我们约定结伴同行时我就暗自提醒自己不能过度给您添麻烦的。所以，出于礼节，我还是不接受您的盛情邀请，谢谢您的美意！同时还望您多多体谅！说句内心话，我很愿意前往贵府去陪伴您几天，即便不谈别的，单纯淡淡艾萨克·沃尔顿先生也就足够了，何况您还说可以教我如何在清水河里钓鳟鱼呢。不瞒您说，对钓鳟鱼我是很有野心的，我就是想成为最厉害的鳟鱼钓客，虽然说起来容易做起来难。

科顿: 很多事情都是说起来容易做起来难的。您要知道，不同的河流就有不同的钓法，我钓了三十年的鱼，至今还是半桶水呢。不管怎么说，我至少可以告诉您几个最有用的基本垂钓原则，三十年的实践中没有胜算的就不告诉您，告诉您的就是百分之百正确的，如果您能多待几天，我保证立竿见影，让您取得很大的进步。不过那是后话，兄弟，您发现了吗？我已经有点强迫您了，而且我还想彻底说服您不用太客气呢。我想我们可以把对方当作深交多年的老朋友，就像是他乡遇故知一样，您必须得接受我的邀请，这样您就容易说服您自己了。我家住在一条河边上，那条河出产英国最好的鳟鱼和茴鱼。最近我还在河面上搭建了一个钓鱼屋，专门给钓客钓鱼用的，门楣上就写有我义父艾萨克·沃尔顿先生的名字和我的名字的首写字母，两个字母是叠在一起的，一般人是看不懂的。我家有张床是我义父偶尔来的时候睡的，床很舒服，他是十分满意的，您就睡他那张床好了。我们乡邻之间的朋友有自己的娱乐方式，您也可以尝试尝试，他们一定会欢迎您做他们的朋友的。

过客：这点是不用怀疑的，兄弟，我师父也说过住在您家是很开心的。您对一个素不相识的人都如此热情友好，对老朋友肯定是温情倍至的。

科顿：您言过其实了。不过这是人之常情，任何老相识都不希望相处得还像陌生人似的。沃尔特先生能受到我的微不足道的热情接待，纯粹是因为他虚怀若谷、淡泊明志等高贵品德的自然回报，并不是我有多少温情。兄弟，这座小山丘叫斯皮特尔山，下去就到了阿稀博恩了。时间紧迫，我想强行请您答应我的请求，不要拒绝我的邀请好吗？

过客：说实话，兄弟，您的慷慨和热情真的打动我了，真是盛情难却啊，那我就恭敬不如从命吧。

科顿：这样就对了，谢谢您赏脸！既然您委屈自己听从了我的安排，那在塔尔伯特就不要歇脚，我们在马背上叫一杯酒水解解渴，然后直接赶路吧。

过客：好的，不过得我请客哦。石桥下面的这条河多秀美啊，它有名字吗？

科顿：有的，它叫横墨河，河里鳟鱼和茴鱼都很多。前面还有两条更秀美的河流，过了这个镇子，我再跟您慢慢介绍吧，这样刚好可以打发一点闲暇时间，过了那两条河路就太好走了。

过客：您只要介绍河流和垂钓我就心满意足了，其他的介不介绍我都无所谓。

科顿：那就只介绍河流和垂钓吧。这里就是塔尔伯特了，兄弟，您想喝什么？麦芽酒还是葡萄酒？

过客：我想喝点本地酒，就喝德比郡自产的麦芽酒吧，如果您不介意的话咱们一起喝麦芽酒吧，因为我觉得从伦敦来的人不应该到这里来喝葡萄酒。

科顿：您说得对。不过，伦敦的很多酒馆里卖的葡萄酒多数都有可能是劣质的法国葡萄酒，这里的葡萄酒说不定更地道呢。哇，好大的一壶麦芽酒！来，兄弟，我敬您一杯！祝您身体健康！也祝沃尔特先生身体健康！欢迎您光临此地!

过客: 非常感谢! 兄弟，我也敬您一杯，请您代表所有的钓客兄弟，我祝他们万事如意!

科顿: 兄弟，我保证让您临走之前好好地痛饮一番此地的上等麦芽酒，一醉方休! 我们继续走吧，太阳有点偏西了，一路上还要顺便看看风景呢，这个地方的景色有点与众不同，绝对会吸引您的。

Day 1

Chapter 2

寄宿

小林姬鼠
wood mouse

科顿：兄弟，我们到了小镇外面最高峰的山顶了，您放眼看看，您喜不喜欢这个地方？

过客：天哪！这里的山山水水好美啊！这不就是威尔士吗？

科顿：兄弟，这不是威尔士。不过，山区的风景都大同小异。这些山虽然很高、很陡峭、很荒凉，物产却很丰富，地上养育了大量优质的肉牛、肉羊，地下埋藏着大量的铅矿。

过客：毁林取矿，风景是破坏了，老百姓却可以换得丰衣足食。不过我还是希望不要过度地毁林、开山，这么高的悬崖，看起来就有点可怕。

科顿：有我在，不用怕。不过，这些悬崖确实有点危险的。尤其是下面那个山头有个悬崖陡坡，陌生人真的会畏惧三分的，悬崖边上的小路又窄又陡，只能勉强通过。我们当地人对山崖小路是见怪不怪的，根本就没把那条悬崖陡坡的陡峭放在眼里，经过的时候照样骑马通行。

过客：作为一个外地人，本不该对这里的路况指手画脚、评头论足，但我还是希望路过此地时能通畅自如，走路的时候能确保脚步凭着感觉走，而不是吓得要把脖子扭过去，我的马更是如此，千万不能有个三长两短，因为我家里只有这一匹马。

科顿：俗话说“风口难行”，不过风口有利也有弊的，这条路还算平缓，只是窄了一点，我们正好可以减缓一下速度，也算是节奏上的一个调整，所谓安步当车吧。我们有可能也要走我刚才讲到的那悬崖陡坡，那条路的惊险程度至少是这条路的两倍，下坡的时候有段路因为树林掩映还非常昏暗，路面都看不清楚。

过客：虽然我很乐意和您并驾齐驱，但我最喜欢的还是扬鞭策马、一骑绝尘。前面有条河十分秀美，这叫什么河呢？

科顿：这条河叫本德利，里面有很多很大的鳟鱼和茴鱼，只是河边很多地方有茂密的树林，垂钓有点不太方便。

过客：这里的河溪真的非常秀美，其中很多河溪秀美至极，我还从来没有见过。您知道这个郡有多少条河溪吗？

科顿：我对这里所有的河溪都是了如指掌的，一一道来也未尝不可，因为每条河溪都值得一提，不过事无巨细没有必要，我挑主要的几条河溪给您介绍一下。就从眼前这条河开始吧。您知道吗？我们现在所处的位置是德比郡的边缘，这条河叫德芙河，我们会沿着这条河走的。德芙河蜿蜒几十英里，是德比郡和斯塔福德郡的分界线。之所以叫德芙，是因为水流很湍急，在某些河段，水流落差很大，河水在岩石间直冲而下。眼前这段比较窄的河段大概有四五英里长，和很多高山河流一样，河床窄得像溪流。河的源头是个很不起眼的山泉，山泉很小，用我的帽子就能把它全部盖住了。这条河和其他的河流、溪流以及无数的小溪汇合后变得很宽，最终从艾金汤村的村口汇入特伦托河。过了艾金汤村之后，德芙河就不再叫德芙河了，河面开始变宽、水位开始变深，不再有浅滩和堰堤，船只可以畅通无阻了。英国河流的两岸都是美丽富饶的，德芙河的河岸也不例外。和德比郡所有河流的源头一样，德芙河最上游一二英里的河水是黑色的，因为它们都是从煤泥中发源的，流经几英里之后，先后汇入了其他从石灰岩发源的小溪，河水才慢慢变得清澈起来。我家离德芙河的源头有六七英里，河水流到我家门前的时候，就相当清澈了，那种晶莹剔透想必您是见过的。

过客：特伦托河是从这里发源的吗？

科顿：是的，但具体位置不在这个郡，是在斯塔福德郡的那一头，离一个叫特伦汉姆的地方不远。特伦托河从特伦汉姆发源之后，经斯塔福德郡奔流而下，穿过沃斯里大桥，绕过尼德森林，奔向斯塔福德郡的伯顿，然后流到这里，也就是我们现在所看到的这段河流。再往前，它流经斯瓦卡斯顿和达林顿（Donington Park），在威尔顿有德文特河汇合进来，再继续前行，流经纽瓦克、盖恩斯博勒，到达金斯顿的赫尔，在那里更名为亨伯河，然后继续前行流入海洋。如果您翻开地图，这些流经地域就能一目了然。

过客：您知道特伦托河为什么取名为特伦托吗？

科顿：这个我不知道。但我经常听别人说起，有人说这条河以前叫特伦汉姆河，特伦托是它的简称，这种说法貌似是可信的。但又有人说是因为有三十多条河流汇集在一起之后才把它叫作特伦托河，这种说法其实并不靠谱，因为在有其他河流汇入之前的发源河段也叫特伦托河。还有人说是因为河里出产三十多种鱼才把它叫作特伦托河，这种说法是最为可信的。不管到底是因为什么才把它叫作特伦托河，毫无疑问的是，特伦托河是世界上最秀美的河流之一，河里鲑鱼的产量最为丰富，其他各种小鱼的产量也相当可观。

过客：兄弟，请原谅我把您引得有点离题了。请继续介绍一下其他的河流吧，我真的想多了解一下。

科顿：这个没关系的，而且问问河流名字的来历也是很正当的。特伦托河不仅是德比郡众多河流之一，而且是德比郡最大的河流。要不是您提醒我，我还差点忘了，在斯塔福德郡的那一边，所有的河流汇入特伦托河之后，直至入海口就再也没有支流了。我再接着介绍其他河流吧，另一条主要河流是瓦伊河，我之所以提到它是因为它就在我们的东面。在瓦伊河和我们所走的这个地方之间还有两条小一点的河流，一条是拉斯金河，另一条是布拉德福德河。从某种程度上说，拉斯金河是我在国内外见过的最清澈、最适合水运的河流，而且出产英国最好的、最红的鳟鱼。但这两条河的名气都不太大，

葡萄
common grape vine

主要是因为水源都不够丰富，水流量比较小。瓦伊河发源于距离这里十英里之外的巴克斯顿，巴克斯顿因温泉而闻名于世，穿过巴克斯顿可以到达曼彻斯特。和德芙河一样，瓦伊河的水源也是黑色的，过了几英里之后就变清澈了。瓦伊河盛产鳟鱼和茴鱼，河岸人家因为对鳟鱼和茴鱼情有独钟而声名远扬。瓦伊河自上而下流经阿什福德、贝克韦尔、哈登，在更下游的罗斯里流入德文特河。接着就说说德文特河吧，德文特河是条黑水河，不但源头的水是黑的，整个流域差不多都是黑乎乎的，因为没有清澈的河流汇入进来。德文特河的上游盛产鳟鱼和茴鱼，下游盛产鲑鱼。德文特河穿越了它发源之地的大部分地区，从上游到下游流经查茨沃思、达利、马特洛克、德比、伯罗阿稀和阿伯森，最后在威尔顿汇入特伦托河。德比郡的西部有大量不起眼的小河，像阿伯尔河（River Amber）、依诺威河（River Erewash）等，还有很多连名字都没有的河溪，河溪虽然不大，但都盛产鳟鱼，这些河溪就不一一细说了。兄弟，前面我们都是沿河而行，按某些人的说法就是走的是水路，现在我们要走山路了。前面就是我先前提到的那个悬崖陡坡，陡坡下面奔腾的就是德芙河，这个河段的水流很汹涌，是德芙河里我最喜欢的河段，您就准备好小心脏怦怦直跳吧。

过客：兄弟，您这是故弄玄虚地吓我，我可是服软不服硬的。您带着我走，只要您敢走的地方我就敢走，我还没见过我不敢走的路呢。就是那个陡坡吗，远远看起来树林掩映，一片葱绿，估计没什么大不了的。

科顿：等您到了坡顶的时候您就不会这么想了。我们到了坡顶了，您看看，感觉怎么样？

过客：感觉怎么样？对于骑马而言，这确实是条很不一般的险路，如果要保证安全的话，只能下马步行了。

科顿：是的。特别是您，路上的这些石头都很滑，估计您从来都没有骑马走过这样的路，我倒是经常骑马从这里下去的。为了陪您，我也下马步行，这样才好给您带路，如果有必要，我还可以给您牵马。

过客：好的，谢谢兄弟！我徒手走都有点困难，有马牵在手上的话会更要命。这个坡陡得像斜顶棚的棚顶一样，我都担心我的脖子能不能扛得住、马会不会滑下来撞翻我。

科顿：从坡顶往下看确实是很陡，而且路是蜿蜒曲折的，说实话，其实没那么可怕的。

过客：哎呀！我差点摔倒了！您小心！这里横着一个大树根！这些石头

太滑了，我站都站不稳！哎呀！又差点摔倒了！我看我还是把双脚弯到脖子上蜷成一个肉团直接滚下去好了。

科顿：如果您觉得您的双脚能够护住脖子的话滚下山去真的很快呢。这里有个大石头，我扶您过去吧，这块石头是最危险的。

过客：谢谢兄弟！我过来了，我可以自己走了。这里有一个小桥，您这里还用独轮手推车吗？

科顿：没有，至少我没看见过。您怎么问这个问题？

过客：因为这座小桥很窄，两指宽都没有，老鼠都爬不上去，除了独轮手推车其他东西是用不上这个的。

科顿：您太有趣了，跟您相处真的很开心。不过我无数个夜晚都是骑着马从这座小桥上跨过去的。

过客：法国有句俗语，法国人在遇到危险的时候就会随时念叨出来，那就是“上帝保佑，我必无恙”。我跟您说吧，就是给我一千英镑，我也无法骑着马从这座桥上跨过去，就是给我两千英镑，我也无法从这个桥上掉下去。我只能走过去，如果您不见笑的话，我爬过去也行的。

科顿：兄弟，您太风趣了！不管您怎么过这座桥，只要您安全过去了我就放心了。现在，我们进入了斯塔福德郡了。

过客：斯塔福德郡？我们怎么到了斯塔福德郡呢？在我的路线计划中根本就没有这个词啊！

科顿：您被诱骗到斯塔福德郡了。这样走只绕了一两英里的路而已，虽然费了点脚力，沿途的风景会给您加倍的补偿的。

过客：兄弟，我是个率直的人，我对谁的话都深信不疑的。这就是您最喜欢的德芙河河段吗？河水是很清澈、很湍急，但河体太小了啊！

科顿：这个是不太壮观的河段，要不了多久我们还会路过德芙河的，再往前走一二英里就到了，那里我们会紧贴着河岸走的。

过客：还要路过一次？这么陡峭的“阿尔卑斯山”我再也不想走了。

科顿: 不会了，就只有前面那个上坡路了，您看，那个上坡路不是很陡峭，还是比较好走的，过了那个坡绕道就绕完了，前面就是您计划中的必经路线。

过客: 这段行程真的有点惊险，到了伦敦如果有很多人问起我的经历，我就坐下来好好地写本游记，而且和托马斯·克里特（Thomas Coryate）一样拿去自费出版。兄弟，我们刚才下来的那座山叫什么名字啊？

科顿: 那座山叫作汉森图特。

过客: 永别了！汉森图特，我再也不会从你这里路过了！我还要赶二十多英里的路呢。哎呀，我出汗了，衬衣都贴在背上了。

科顿: 兄弟，我们到了山顶了，您现在感觉如何？累不累？

过客: 还好，只是有点温暖过度了，谢谢您的关心！兄弟，这是一座教堂吗？我可是一个很虔诚的教徒哦，有这么漂亮的教堂吗？您这里也有教堂？

科顿: 您已经看明白了吧，这确实是一座教堂。难道一路上您在其他地方就没见到过教堂吗？为什么对这个产生怀疑呢？

过客: 请别介意，我一直以为我自己是个基督圣徒，比一般的基督徒要虔诚得多，但我从来没有见过如此漂亮的教堂，惭愧！惭愧！

科顿: 好了，您也太给我面子了。只是因为您说您喜欢垂钓，我才想在和您分别前让您见识一下我们这里的山山水水，看教堂可不是我的本意。

过客: 万分感谢！垂钓和教堂并非是风马牛不相及的，可以鱼和熊掌兼得。我这样的圣徒，不跟您谈谈教堂岂不浪费了我这个特质？

科顿: 兄弟，您一路上的幽默风趣不知不觉地就快把我们带到我家了，您看，前面就是德芙河了，它在欢迎您呢，哗啦啦的河水一定是在告诉您明天一定有很多鳟鱼可以让您大饱口福。

过客: 这和我们在那陡峭的山崖下看到的河是同一条河吗？这条河要秀美得多呢！

科顿: 明天早上看起来会更秀美。您看，那里就是我的家，现在就是您下榻的地方了。有点简陋，您就将就将就吧。

过客：我还没找它，它就自己突然冒出来了。嗯，样子不错！四周也有很多树围绕着，只是树龄太小，好像是您自己栽的。

科顿：是我自己栽的。兄弟，先下马好吗？您一路风尘肯定累极了，就让我抱您下来吧，这也算是我热烈欢迎您的方式之一啊。

过客：万分感谢！兄弟，真的很荣幸能到此打扰。坦率地说，我真的累得精疲力尽了。

科顿：您可以好好安歇一下，歇息的时间越长，体力就恢复得越好。您先简单地吃点晚饭，然后再去休息。兄弟们，赶紧把我义父的房间打扫一下，第一要把床铺好，被褥有多少铺多少，尽量弄得软和舒服点。兄弟，饭菜来了，来，干一杯，再次欢迎您的光临！

过客：干杯！兄弟，一杯白葡萄酒下肚之后我就舒坦多了。我想不客气地多吃点肉，马背上的一路颠簸把我颠得饥肠辘辘了。

科顿：随便吃，兄弟，您看到了吧，我只要一回家，酒菜早就准备好了。不过只是粗茶淡饭，招待不周，请多体谅！不过，这正好说明我没有把您当外人哦。

过客：酒菜这么快上桌说明您的仆人对您的作息很了解啊，兄弟，说实话，我没指望这么快就能吃上饭。您看，我狼吞虎咽，绝不把自己当外人。

科顿：随意就好，这样才不见外。兄弟，再尝尝莫兰麦芽酒，您现在就在莫兰，这是本地麦芽酒。酒才倒了半杯，溢出来的是麦芽酒花，把我朋友的酒加满。

过客：这莫兰麦芽酒太好喝了，比阿斯伯恩的要好喝得多。

科顿：莫兰的酒可能还是比不上阿斯伯恩的，不过要不了多久就会超过它的。阿斯伯恩人造酒时有个不可告人的秘密，他们自己喝的酒用的是最好的麦芽，卖到伦敦去的酒用的是最差的麦芽。来人，把杯盘撤了，拿几斗烟斗，再拿一瓶麦芽酒来，你们自己也去吃饭吧。兄弟，饭菜对您的胃口吗？

过客：饭菜很好吃。兄弟，这旱烟也很不错，闻起来特别香。

科顿：说真话，这是我在伦敦买的最好的烟丝。兄弟，您听从我的安排，不辞辛苦绕道到了我们这个破地方，就是为了满足我的心愿，我们可以相伴多长时间呢？

过客：兄弟，我只能尽力而为，尽量多待几天，时间太长的话，估计有点困难。

科顿：实在不便就不好意思勉强您了。兄弟，我看您真的有点累了，您先去休息吧，服从枕头的美意，睡到自然醒，明天再回答我吧。来，我们每人拿盏灯照着去房间，小心别摔了。兄弟，这就是您睡的床，您好好歇息吧。不要有丝毫的拘谨，有什么需要请尽管吩咐。晚安哦，祝您好梦！

过客：晚安！

Day 2

Chapter 3

渔屋

各种钓饵

科顿：早上好啊，兄弟！怎么啦，这么早就起来梳洗穿戴好啦？

过客：嗯，半小时前我就梳洗穿戴好了。昨晚我睡得很好，我想看看您几位一大早是怎么钓鳟鱼的，所以就不赖在床上了。

科顿：看到您轻松精神的样子我还是很欣慰的，您这么急于去钓鱼真的令我很高兴。不过我得告诉您，今天没什么风，太阳也有点大，钓鳟鱼可能有点不太顺手。但我们还是可以尽力而为，一个方法不行就换另一个方法，肯定能钓到的。早餐来点什么？喝的想要什么？

过客：我平时都不吃早餐的，喝的随便，我不挑剔的。如果方便的话请来杯麦芽酒吧，我要敬您一杯。最好能速战速决，因为我急着想去钓鱼屋里看看您说的那个专门钓鱼的地方，我想早点向您取经呢。

科顿：好的，兄弟，麦芽酒会不请自来的。我不知道您的早饮习惯，我的仆人是知道我的习惯的，只要梳洗穿戴完毕，我就要喝杯麦芽酒，不多喝，就只喝一杯，然后一直到吃饭的时候再喝。仆人把麦芽酒端来了，喝吧，兄弟。

过客：万分感谢！如果可以的话，请您带我去河边吹吹晨风看看晨景吧。

科顿：好的，求之不得！家童，带上钓鱼屋的钥匙，去大厅的窗户边上拿两支鱼竿，还有鱼篓、网兜和钓鱼包都拿来，你跟我们一起去。兄弟，走吧，我们慢慢走着去。顺便提一下，我很想听听您的高见，您对我们这里有哪些方面是不太满意的，一一说说吧。

过客：兄弟，别把我当作吹毛求疵的人，也别把我当作粗鲁无礼的人。昨天晚上我是斗胆冒失一下好逗您乐一乐，那只是开开玩笑而已，您还当真了。

科顿：昨天您可是很认真的哦，现在我也是很认真的哦。即便您真的认为我们这里平淡无奇，甚至有点穷乡僻壤我也理解的，因为乍一看它真的没什么吸引力。不过，兄弟，您看，眼前就豁然开朗了，这里阳光明媚，和艾塞克斯郡、米德尔塞克斯郡、肯特郡等所有的英国南方都还能有什么两样吗？

过客：确实没有两样，这里的早晨非常美妙，很有南方特质，真是个难得的风水宝地。

科顿：不管您是不是真的认为它是风水宝地，我是绝对把它当作风水宝地的。很多了解我品性的朋友也非常认同，还经常说我这里是神仙居。兄弟，前面有个小山崖，您过来看看这条河漂亮不漂亮？河谷蜿蜒曲折，像蛇一样匍匐前进，多美啊！钓鱼屋就在那里，看到了吗，感觉怎么样？

过客：真的不错！从远处看确实很别致的！

科顿：用来钓鱼的话足够别致了。您看，旁边还有一个草地保龄球球场，虽然保龄球我打得不好，平时也不太打，但我很喜欢看别人打。兄弟，到门口了，请进去吧，我们坐下来好好叙叙，想聊多久就聊多久。

过客：请稍等。门楣上写的是什么？“沙卡拉姆钓客公屋”？我真的有宾至如归的感觉了，因为我也是钓客啊，虽然技术有点不足挂齿。下面就是您说到过的那个隐文图案吧，设计得太精美了！我师父艾萨克·沃尔顿先生来这里看过吗？屋子好像是刚建的呢。

科顿：刻在石头上之后他是见过的，嵌在门楣上之后他没有看过，他上次来的时候屋子还正在修建，还没建到门拱这里。恐怕一时半会他也没法来看看了，因为他最近给我来了封简信，说他今年夏天不一定能来这里。实话跟您说，这是他给我的最糟糕的消息了。

过客：人有时候忙着忙着就顾不上休闲了。他因事缠身不能来就没办法，

虹鳟
rainbow trout

您别遗憾了，他的遗憾肯定不比您的遗憾少。这个钓鱼屋确实令人赏心悦目，屋子位于半岛的水边，四周环水，水流清澈见底，我还从来没见过这么别致的小屋子。我都不敢进去了，我怕里面别致得我受不了。既然您让我进，那我就进去了哦。哇！太别致了！太别致了！恰到好处的光线！恰如其分的壁饰！干干净净！整整齐齐！中间还有一张大理石的桌子！

科顿：兄弟，快别那样说了，说得我脸都红了。我敝帚自珍已经是鲜廉寡耻，您那样一顿乱夸，叫我没有自容之地了。家童，搬两把椅子。兄弟，早上我是一定要抽一口旱烟的，这也算是我早餐的一部分，就着烟圈，我们谈点别的吧。

过客：此时此地，最恰当的莫过于谈谈您说过要教我的如何在清水河里钓鳟鱼了。

科顿：我感觉您也非等闲之辈，我有点怀疑我是否有必要班门弄斧了。如果您对我们南方的清水河真的不是很了解，我想我还是可以献丑的。今天是三月七日，钓鳟鱼还有点为时过早，何况现在还是大清早，现在用飞蝇去钓鳟鱼有点不合时宜。您能否告诉我您知道哪些钓鳟鱼的方法，您说一个我就讲一个，这样就可以按照您的思路来。

过客：兄弟，如果您能不吝赐教而且不嫌麻烦的话，我就恳请您系统地指点一下。毋庸讳言，我非常喜欢您，喜欢您的好客、喜欢您的义气、喜欢您这莫兰垂钓之地的座椅。我现在答复您昨天晚上的问题吧，今后只要我有空，我就可以过来陪您，向您请教，因为我也不好意思强求您一次性把所有的垂钓艺术全部讲完。

科顿：您这句承诺就是对我莫大的垂怜啊！既然如此，那我们就不必互相客套了。我就开门见山地给您讲讲我义父艾萨克·沃尔顿先生曾经跟您讲过的技巧吧，我要讲的不是简单的重复，而是延伸和完善，他跟您讲过什么我是可以推测出来的。艾萨克·沃尔顿先生是精通渔道的，至少在英国无人可敌，我对他是敬佩得五体投地的。我义父跟您讲过的我不会人云亦云地照搬一番，而是要给您讲新的、更实用的经验和技巧。从孩童时期开始，我就在清水河里钓鱼，这些清水河中至少有一部分真的是英国最清澈的河流。也就因为河水过于清澈，这里的垂钓方法和其他地方通用的垂钓方法是大有不同的。因为河水浑浊的地方，可以用不太透明的、比较粗糙的钓具，钓的时候也可以往河溪里靠得更近一点。我可以给您一些很实用的指导，在您当地的河溪里垂钓时这些指导也能用得上的。而且可以教您了解更多的飞蝇，还可以教您如何制作人造假飞蝇、如何把人造假飞蝇挂在鱼钩上。兄弟，我要讲的这些艾萨克·沃尔顿先生在《钓客清话》中都是没有涉及的。

过客：那就请您一一道来吧。兄弟，可否把您的打火石借我一用，我也想抽一口烟，因为它也是我早餐的一部分。

三　艺

科顿：兄弟，那我就系统地讲讲吧，任何艺术的讲解和传授都是讲究系统性的。毫不夸张地说，我自认为我是个垂钓大师。在鳟鱼和茴鱼的钓法中，我把它的技艺大致分为三种：水面钓法、水中钓法、水底钓法。钓鳟鱼和茴鱼都会用到这三种方法，我尽量把用这三种方法钓鳟鱼和茴鱼的共性说出来，但并非完全一致，由于垂钓的水域不同，各自有各自的特点，其中的区别我会告诉您的。

水面钓法用飞蝇饵料，水底钓法用沉钩饵料，水中钓法用鱵鱼饵料或者沉钩饵料。

水面钓法中的飞蝇饵料有两种，一种是活飞蝇，另一种是人造假飞蝇。

水底钓法也分两种，一种是沉钩把竿钓法，另一种是浮标钓法。

水中钓法同样有两种，一种是用鱵鱼钓鳟鱼，另一种是用沉钩饵料钓茴鱼。

如果您有耐心的话，这六种方法我都可以详尽地讲给您听。

过客：麻烦的是您而不是我，我是很乐意听的，既然要请教，就得有耐心。如果您不嫌麻烦，就请您详尽地说说吧。

科顿：好吧。首先讲讲飞蝇钓法。

Day 2

Chapter 4

蝇钓

菖蒲
sweet flag

科顿：飞蝇钓法也就是我刚才说的水面钓法。飞蝇钓法有两种，一种是用天然的活飞蝇做饵料，另一种是用人造假飞蝇做饵料。

首先说说天然活飞蝇饵料，我们常用的天然活飞蝇饵料大致可以分为两类，分别是五月份的飞蝇和七月份的飞蝇，也就是绿鸭蝇①和石蝇。尽管我还用到了第三类飞蝇羽蝇来钓茴鱼，而且很管用，但除了我之外，没有第二个人使用羽蝇。在我实验成功之后，我师傅就希望我大力推广。我师傅也是个垂钓高手，不过他已经去世多年了。

① 应指的是学名为 *Ephemera danica* 或 *Ephemera vulgata* 的两种蜉蝣。

用飞蝇钓鱼的时候，如果没有风，就要用短的鱼线，鱼线的长度不要超过鱼竿的一半。如果有风，而且风能把鱼线吹来吹去，就要用长一点的鱼线，鱼线可以跟鱼竿一样长或者更长一点，根据风的大小来决定。飞蝇钓法我们也可以把它叫作点钓或者啄钓，因为钓的过程中要随着风的变化不断地把鱼线提上提下以确保鱼钩停留在水面上。您还可以把鱼钩一直移到您站立的河岸的边沿，只要看到哪里有鱼，就可以尽快地把飞蝇移到哪里。如果操作得当，即使被河岸、树林等挡住了视线，也是可以钓到鱼的。在静止的深水区，下钩时鱼若是游走了，那么它还会游回来的，来来回回试探几次之后，它终究还是要吞食诱饵的。在溪流里，尤其是石头多的溪流，鱼一般会窝在同一个地方，钓的时候鱼钩上要绕上三圈鱼线，一是因为钓到大鱼的时候可以增加拉力，二是因为鱼上钩后您不得不跟它抗争时可以适当地给它放线。特别需要说明的是，点钓的时候鱼线入水不要超过一英寸，钓大鱼的时候鱼线入水可以稍微深一点。我本应该还要给您说说飞蝇，说说飞蝇的外形和颜色，说说飞蝇的繁衍和生息，说说飞蝇的饲养和使用，但现在季节不对，这个以后有恰当的时机再说。

过客：兄弟，您说得太仔细、太有条理了。说实话，我原本没指望您能说得这么详尽，太谢谢您了！

科顿：兄弟，我可以说得更详尽点，在您面前没什么好保留的。我现在说说第二种水面钓法吧，也就是用人造假飞蝇做饵料。在讲如何用人造假飞蝇做饵料之前，先要告诉您怎么制作人造假飞蝇。但您首先要知道的是，用人造假飞蝇钓鱼时鱼线要比鱼竿长一两英尺，同样地，根据河、溪的的不同和风的大小做出调整。微风吹拂时水面会略有波纹，这时肥硕的鳟鱼喜欢在溪流的深水区里觅食，是很容易钓到的。五六月份的时候，肥硕的鳟鱼会少一点，但也还是钓得到。

钓竿的长度要根据您垂钓的河溪的宽度做出调整，一般来说，在钓鳟鱼的河溪里，钓竿有五六码长就差不多了。如果只是临时钓着玩玩，钓竿都无须很精致，因为没有这个必要。如果是把垂钓当作长期的休闲爱好，该怎样选择钓竿呢？

我曾经在约克郡见到过最好的钓竿，是集成式的，也就是说，一根钓竿是由七到十二根小杆子合在一起做成的。小杆子排得很紧实、扎得很牢固，上端用丝线、下端用彩线像缠鞭子一样缠得非常漂亮，手持的部位还有个防滑的弧弯。这种钓竿是用杉木做的，分量很轻，长度只有手掌的两三倍那么长，上部连接的是另外一种有韧性的木杆。我所见过的钓竿中，这种钓竿是仅凭一只手就能把它伸得很远的。不用的时候，还可以把钓竿拆开来，分散地放在干燥的

欧洲冷杉
European silver fir

地方，要用的时候可以按原来的结构重新组装起来，重装后的钓竿和拆开前的钓竿一样直、一样牢实、一样好用。假如按照您师父艾萨克·沃尔顿先生的说法给它上漆、上色的话，可以用很多年。

除非是在树林茂密的河岸边垂钓，一般情况下，对于一个善于甩竿的钓客来说，鱼线的长短都不是问题。钓客最大的快意就是把鱼拉上岸，那一刻很多人都需要别人帮忙。在离河岸较远的地方钓鳟鱼的时候，鱼线要足够长，这是最基本的首要条件，鱼线长会很方便。

我知道在远距离钓鳟鱼的时候有些人自以为比别人内行，只在鱼钩上绕一圈鱼线，其实这是不够的，至少要绕两圈以上，因为在钓到大鱼的时候，为了防止鱼线断掉，这样做是有备无患的。此外，在有树林、有水草的河里钓鳟鱼的时候，不把鱼线以二十英寸的长度绕两圈根本就无法把鱼提上岸来。只绕一圈鱼线的人很多，他们自以为是、自作聪明，是配不上钓客这个称号的。

装鱼线的正确方法是，在靠近鱼钩的地方，按第一节鱼线两倍的长度绕两圈，再上来是三倍的长度绕三圈，再上来是四倍的长度绕四圈，依此类推，五圈、六圈、七圈，直到连接到钓竿为止。这样装鱼线的话，整个鱼线都是缠绕着的，分量加重之后鱼线会垂得很直，甩钩的时候手眼并用，您就可以把飞蝇甩到您想甩到的地方。而且，这样装鱼线鱼钩的部位就会很轻，击水力度就会很小，鱼钩就不会在水里转圈，也就不会把鱼吓跑。

甩鱼线的时候一定把鱼钩垂在前面再往前面甩，不要从背后往前面甩。而且，要让飞蝇先落入水面，尽可能不要让鱼线没入水中。如果风比较大，您就得把鱼线没入水中一点点，以确保飞蝇没入水中。用飞蝇钓鱼的时候，要留意附近和稍远一点的河岸，要防止风吹动您的鱼线，河岸会帮忙，但有时也会帮倒忙，这也是成败的关键。由于河风经常改变方向，您就得随时按照风向的改变轮流在同一河岸的不同地方垂钓，选择地点的依据是要始终背风垂钓。逆风钓鱼的时候，根据您身高，尽可能离岸边站得远一点，您站在河溪的哪一边，就钓哪一边的鱼。在河边站定后，根据钓竿和鱼线的长度，尽量把诱饵甩得远一点，根据风的大小，决定诱饵入水的深度。

实地钓鱼的时候，有人会问靠近鱼钩的那两圈鱼线是缠得紧密一点好还是缠得松散一点好。对于这个问题，我可以明确地说越松散越好，因为线圈越松散，鱼就越不容易看见。但这样做也有两三点不利的地方，有时会使人很头疼。一是松散的线圈没有紧密的线圈牢实，这是毫无疑问的。二是装鱼线的时候，线圈过于松散，就不容易确定线圈的大小是不是一样的，一大一小的话，一个线圈起作用的时候另一个线圈就是不起作用的。三是松散的线圈不但容易挂上树枝、水草，鱼钩在甩入水中的时候也容易反弹回来缠在线圈上，使得鱼钩的钩尖倒置过来，这样一来，飞蝇就是背对着水游动的，会形成更大的水波，这样就钓不到鱼了。这时，您就不得不把鱼钩提上岸来重新整理，不重新整理的话几乎是钓不到鱼的，能钓到鱼的可能性微乎其微。第三种情况是很常见的，尤其是在水流比较湍急的溪流里垂钓的时候和垂钓者还不能很熟练地操纵钓竿的时候更是如此。

水面钓法的两种方法、鱼线长度和鱼竿长度的把控讲完了，接下来给您讲讲如何制作人造假飞蝇，然后再给您讲讲几种不同的人造假飞蝇。

羽蝇和朝圣蝇的制作方法以后有时间再说，先说说一般飞蝇的制作方法。制作人造假飞蝇时，用您左手的大拇指和食指捏住鱼钩，让钩柄的背部朝上、钩尖对着指尖，取一根颜色和飞蝇颜色相同的很牢的丝线，打上颜色相同的蜡。顺便说一下，就这点而言，您要准备好各种颜色的蜡以便随时取用。在大拇指和食指之间拉出丝线，让线头和钩柄的头对齐，然后用丝线把鱼钩缠上两三遍。这样做一是为了防止飞蝇滑出来，二是可以防止钩柄磨松鱼线线头的结，有时钩柄真的会磨松鱼线线头的结。缠好鱼钩之后，拿出鱼线，穿过柄孔同样地在大拇指和食指之间抽出来，这个过程中要捏紧鱼钩，只能让鱼线勉强地抽出来，当鱼线头的结快达到钩柄中间的时候，用丝线把鱼线和鱼钩一起缠上两三遍再系紧，系得越紧越好。然后按照飞蝇的大小比例取出一点羽毛充当飞蝇的翅膀，把羽毛倒立着挨着钩柄的背部，然后用丝线把羽毛和鱼钩系在一起，在系住羽毛的地方把羽毛的根部削去一点点，再把羽毛和鱼钩系紧，丝线可以一直缠到鱼钩弯曲的部位，但也只能到此为止，然后系紧，剪去线头。做到这个程度的时候，一只丑陋的、不成形的人造假飞蝇就出现了。接着，随便找点什么东西用来充当飞蝇的身体，用左手的大拇指和食指轻轻地把它和鱼钩捏在一起，用右手拿出丝线，把飞蝇的身体和鱼钩一起缠起来，随后推到翅膀的下面，然后把翅膀一分为二均匀地摊开，再把翅膀和身体同时推到鱼钩的弯曲部位，以钩柄背部为中心，一边一个翅膀，最后用针尖把身体和翅膀都调整、修理到位，剔除多余的部分，这样一只“飞蝇”就做好了。人造假飞蝇是不会游动的，但这样制作的飞蝇比用其他方法制作的飞蝇好用得多，这是附近一个做船长的亲戚教我的，他叫亨利·杰克逊（Herry Jackson），是个用飞蝇钓鱼的高手，在某种程度上，也是人造假飞蝇的制作高手。如何制作人造假飞蝇我说完了，现在我现场给您演示演示，制作好之后您可以用它试试水，尽管今天不太适合钓鳟鱼，或许您就能用它钓到一只呢。现在九点了，鳟鱼要出洞的话也该出洞了。我陪您一起去钓，现场指导您，饭后再跟您讲如何用飞蝇钓鱼。

过客：我承认我很想去钓鳟鱼，但听您这样娓娓道来，我可以坐在这里听上一整天。不过现在听一点稍后再听一点也挺好的，而且，我真的希望在您最喜欢的德芙河里钓到一只鳟鱼呢。

科顿：我保证您能钓到的，我对这里的河流如此盛赞，不是光嘴巴说说而已的，现在您可以去验证了。我希望您能在这里待上一个月，这么长的时间估计您不会答应，那么在您走之前，请您至少要好好地钓一天的鱼。

过客：您肯定能看出来我是很乐意听从您的安排的，说句心里话，只要我的事务能允许，只要您不嫌麻烦，我跟您待一辈子也行。

科顿：谢谢您！兄弟，谢谢您这么看得起我！我找找东西给您做只飞蝇吧。

Day 2

Chapter 5

溪钓

棕熊
brown bear

科顿：家童，把制作假蝇的材料包给我。兄弟，您是个很实在的人，我打算向您敞开心扉，把我的宝贝全部都展示给您看。

过客: 这就是您的宝贝吗？怎么是一堆乱七八糟的东西啊？像您这样收“破烂”的，全欧洲都找不出第二个人了。

科顿：您现在是这样想，等我把这些您所谓的“破烂”变个戏法之后您再看吧。实不相瞒，有很多人都认为我是个垂钓大师。这些乱七八糟的东西，貌似是破烂，其实都很难弄到手。每年我都会检查一遍，如果有哪样东西用完了，我就会耿耿于怀，一定要及时把它补充到位。我从这些东西当中举两个例子吧，您看，这个是熊毛，这个是深色的熊毛，虽然很不起眼，但我用它能钓到很多很多的鱼呢。您试试看，就用这一两种熊毛，就在今天，您一定会钓到一条鳟鱼或者一条茴鱼的，不管今天天公多么不作美，也不管我的技巧会不会出差错，您绝对会钓到的。

过客：您的信誓旦旦突然让我觉得信心百倍，我完全相信您所说的每一句话。不过，我希望您快点把人造假飞蝇制作出来。

科顿：制作人造假飞蝇很快的。请您看好了，首先看看我是怎么捏住鱼钩的，看清了吗？我开始了哦，您看，这是把鱼钩的柄缠上两三遍丝线的第一道程序，您看，我把鱼线装在鱼钩上了；您看，我把翅膀安上去了；您看，我把飞蝇的身体扭上去了；您看，我把飞蝇推到鱼钩的弯曲部位了；您看，我把翅膀分开了；您看，我把不必要的东西剪掉了；您看，我把飞蝇和鱼钩系在一起了；您看，最后的调整和修理……做好了！您看，感觉怎么样？

过客：说实话，太精巧了！和真的飞蝇一模一样！我们伦敦人制作人造假飞蝇的时候通常都做得又大又长，差不多都遮住鱼钩柄的柄头了。

科顿：这个我知道，有个随我义父艾萨克·沃尔顿先生一起来拜访我的伦敦人给过我一只他制作的人造假飞蝇。实话实说吧，我把它挂在客厅的窗棂上让它献丑呢。兄弟，您知道有句谚语叫“入乡随俗”，您在这里钓鱼的话就要按照这个样子来制作人造假飞蝇，否则您是钓不到鱼的。走吧，我给您找根钓竿，您用它钓鱼试试。兄弟，就在那个地方钓好了，再往前走一步，开始钓吧。我看准了，前面水流拐弯的地方，风把水吹出来了一点波纹，就把鱼线甩到那里去，提着鱼竿沿着河岸往上走，对，就这样。结果会怎样，您就拭目以待吧。

过客：兄弟，您真的看到鱼了吗？

科顿：我看到了，有一条鱼，鱼也看到您了呢，是您把它给吓跑了。我跟您说吧，这是清水河，这不是纽河那样的黑水河，在这里钓鱼的话要往河岸后面多后退一点点。刚才是条很大的鳟鱼，它咬钩了吗？

过客：没有。它原本要咬钩的，都怪您离得太远不及时指导。您看，又来了一条。这个人造假飞蝇太棒了！

科顿：我有把握，天气适宜的话这种人造假飞蝇绝对会钓到鱼的。我看到了，那些鱼只是碰碰人造假飞蝇，它们不会吃它的。来，兄弟，我们先返回钓鱼屋，今天天气状况不理想，在这样的静水区是钓不到鱼的。如果您乐意的话，现在您自己去制作一只人造假飞蝇，然后我们去溪水里钓钓看。我很清楚，用您自己制作的人造假飞蝇钓到一条鳟鱼比用我制作的人造假飞蝇钓到二十条鳟鱼会更让您高兴。家童，再把钓鱼包拿来。兄弟，您看，这是鱼钩，这是丝线，这是做翅膀用的羽毛。您先慢慢做，我去找点东西给您充当飞蝇的身体。

过客：这个鱼钩太小了吧。

科顿：小鱼钩就做小飞蝇，翅膀一定按比例来做，翅膀小，飞蝇也就小，小飞蝇用起来会更有效，这是千真万确的，请相信我。兄弟，您的手指动起来很灵巧、很潇洒啊，看来您应该是我的师傅呢。给您，这个用来充当飞蝇的身体。

过客：这个飞蝇身体的颜色太黑了吧。

科顿：拿在手上是显得很黑，但拿到户外对着太阳光看的话它就是鲜红色的。您知道吗，不对着太阳光看，谁都无法确定一个东西到底是什么颜色。因此，您以后选择飞蝇颜色的时候就对着太阳光看看，而且太阳要像今天的太阳一样明亮才好。这样做又不破费什么，选择精准一点做出来的人造假飞蝇会更好用的。把这个装上去吧，飞蝇的身体尽量做小点。太棒了！兄弟，稍稍指点指点您就做出了一只完美的人造假飞蝇！

过客：谁叫我这么聪明呢！我很有成就感！这是我平生第一次制作这种人造假飞蝇！

科顿：得了，得了，您是专家了行不，我再也不能夸您了，不然您把尾巴都翘到天上去了！来，把鱼线装上。您看，那边有座人行桥，桥下的岩石中间就是一条小溪，我们去那里碰碰运气。跟我来，我们从这块岩石的底下钻过去，小心别滑到水里去了。好了，就在这个地方钓，甩钩吧。

过客：这条小溪里鳟鱼真的很多！有条鳟鱼游过来了！它咬钩了！

科顿：是不是如获至宝啊？把鱼拉上来。我看您还是嫩了点，这是条很小的雄鳟鱼，把它扔回水里去吧，等它长大了再来钓。

过客：我不扔，兄弟，于我来说，钓到的都是鱼，管它是大是小呢。又钓到了一条！

科顿：又是一条很小的雄鳟鱼。

过客：今天我肯定能钓到很多鱼的。又钓到一条！哇！是条茴鱼。这里的鱼好像都很听话呢，说能钓到就真的钓到了。

科顿：这些鱼都太小了，算了，我们走吧，从桥上过去，到小溪对岸的下游去，那里的鳟鱼更多，您会钓到比这更大的鳟鱼的。您看，兄弟，这段溪水不错的，您的鱼线长度够，请您往后面退一点再甩钩。钓到的时候要气定神闲，不要太急于求成，大的鳟鱼也是很气定神闲的。怎么啦？什么情况？鱼都跑了吗？

过客： 没有，有一条碰钩了，是条很大的鳟鱼。

科顿： 那条鱼跑了完全是您的过错，您太心急，起钩太早了。您知道吗？鱼自己不咬钩的话您是没办法让它咬钩的，鱼吃掉飞蝇之后，如果还没有掉头转身准备逃走，您就不能提线，鱼上钩之后，也不能立即就提线，要提线也只能先试探性地适度拉拉。重来，把鱼钩重新甩到水里去，鱼钩可以一点一点地移动。这条小溪里鱼很多的，鳟鱼和茴鱼都很多。那边那块大石头的旁边有个很大的水坑，您在那里钓到大鳟鱼的概率估计有十分之一呢。

过客： 有鱼上钩了！它又朝水底游下去了，我看不清是什么鱼，但很重，肯定是条大鱼。可是，现在没什么动静了。

科顿： 从您说的来看，这肯定是条茴鱼。茴鱼是最临危不惧、死气沉沉的，个头越大，就越容易钓。看到了吧，它就是那副无所谓的样子。家童，把网兜拿来。兄弟，这条鱼归您了！真是个大家伙，至少有十六英寸长，今年我自己都还没有钓到这么大的茴鱼呢。

过客： 这条茴鱼怎么这么黑？我从来没见过这么黑的茴鱼。

科顿： 真的没见过吗？那是因为您没有见过真正成熟的茴鱼。在成熟季节，茴鱼的头、鳃和背是非常黑的，腹部是深灰色的，上边有黑色的斑点，您看，就是这个样子。我想，也就是因为茴鱼浑身发黑，才有人把它也叫作 Umber[①]。这条茴鱼已经度过了它最旺盛的生长期，开始有点衰退了，圣诞节前后的茴鱼是最当季的。快到吃饭时间了，赶紧继续钓吧。在下游那块岩石下面也有一段很好的溪流，是整条溪流中水深最深的地方，在那里一定能钓到大鱼。

过客： 这条也留着，说不定钓不到比它更大的了。我搞错了，

① Umber 意为土红色。

鲣鱼
skipjack tuna

我一直以为茴鱼和鳟鱼是同一季节孵化、同一季节成熟的呢。

科顿：不是的，茴鱼是冬天成熟的。不过，这条茴鱼有点大，不了解茴鱼的人还真的以为它是现在这个季节成熟的。在最不当季的季节里，茴鱼的肉也是很紧实的，而且入口即化，因此，茴鱼一年四季都是适合食用的。在最当季的季节里，茴鱼是非常鲜美的，和我有生以来吃过的最好吃的鳟鱼相比也毫不逊色。

过客：这里有很多鲣鱼，您说话的时候就跳出来五六条了，现在又跳出来一条。滚开！小不点！小溪里鱼真多，这是我见过的最适合钓鱼的小溪了。兄弟，这条小溪真的吸引了我，以后我每年都要来一次，只怕到时您会烦我呢。

科顿：不会的，兄弟。如果您是来钓鱼的话，就请每年五六月份的时候来，如果是来玩的话，就请随时光临。五六月份是这里的钓鱼高峰期，您看了那场景才会真的认为这是最适合钓鱼的小溪呢。

过客：只要我还活着，只要您允许，我就肯定会来的。我钓到一条鱼了！又钓到一条！

科顿：您一个连溪流地形都不熟悉的外地人，用的是自制的人造假飞蝇，却一下子就钓到了这么多鱼，可见您是个多么危险的人物！

过客：是吗？兄弟，我这是谁教的啊？就像大马士塔斯说他的徒弟多洛斯一样，您也可以这样说我了：

尔本为君子，

师我则流氓。

您看这是什么？一块巨石从水中间突出来，我从来没有见过这种奇观！

科顿： 兄弟，站在这里，你可以看到离巨石很远的地方有一个被称为派克池（pike pool）的池子。小艾萨克·沃尔顿[1]先生非常喜欢这块巨石，还为它画了幅水墨画，我把这幅画珍藏在字画藏本里面了。此外，他还为我的房子画了好几幅画。这些画都代表着他对我的厚爱，我一直精心地收藏着，回去吃饭的时候我给您看看吧。

[1] 艾萨克·沃尔顿之子。

过客： 小艾萨克·沃尔顿先生也来过这里吗？

科顿： 是的，他之前就来过很多次了。他在法国的时候就来过，后来他在罗马、在威尼斯的时候也都来过，他还在其他什么地方时来过这里我都记不清了。每次见到他，我都会向他请教一些难题。如果上帝眷顾的话，下个月他又会来的。兄弟，来这个派克池的话得冒点小风险，因为到处都是滑溜溜的鹅卵石，走的时候反应要灵敏点，否则会滑倒的。您好像一下子就已经走习惯了，不过还是小心点为妙。我说过，这里如果有鱼出现的话一定是大鱼，大到甚至可以把钓竿弄坏的。注意！这条就是！

过客： 您好像是鱼的指挥官啊，叫它出现就出现，这不跟传说中的巫师驱魂一样么？稍后您一定要它们服从您的指挥哦。哎呀！有条鳟鱼把我的人造假飞蝇抢走了！我宁可失去一顶皇冠也不能失去我的人造假飞蝇啊！唉！人造假飞蝇没了！我怎么这么倒霉啊！况且，这条鳟鱼很大，侧面看起来大得像鲑鱼一样。

科顿： 兄弟，钓鱼如打仗，胜败乃兵家常事。别计较一只人造假飞蝇的得失了，我说过了，您成功的概率是十分之一。是谁在叫我呢?

过客: 兄弟，您现在就想回去吃饭吗?

科顿: 先回去吃饭吧，您听，兄弟，他们在叫我们呢。您看我们怎么返回，前面有个比较陡的小山，翻过山顶走到山脚就到家了。要么原路返回，从那些跳石和人行桥走。

过客: 当然是抄近路了，我肚子咕咕叫，有点迫不及待了。这里的山岩路我也有点走熟悉了，我不怕路陡。

科顿: 那就抄近路吧，跟我来。吃过饭后，我们还是去钓鱼屋，我还是去那里给您讲讲飞蝇钓法，有很多技巧我都讲不完呢。

过客: 多多益善! 除了我的师父之外，我再也没有遇到像您这样热心快肠、乐施恩惠的人了。在这里钓鱼真的其乐无穷，个中惬意在伦敦的所有河溪中都是感受不到的。

科顿: 我觉得您和这个小家童很相似，都是孺子可教，因为您二位都吃得苦、不怕累。既然如此，在您离开之前，我就好好地教教您。

Day 2

Chapter 6

假飞蝇

白骨顶
Eurasian coot

过客：兄弟，吃饱喝足了，现在又坐在这钓鱼屋里了，您说过要教我怎样用人造假飞蝇钓鱼的，现在就请您开始吧。我真的是虚心求教的，您跟我讲过的鱼竿、鱼线和制作人造假飞蝇等我句句都铭记在心，一个字都没有忘记，现在就请您讲讲人造假飞蝇吧。

科顿: 好吧，兄弟，如果没有什么干扰，整个下午我都给您讲吧。您知道吗？除了今天天公不作美之外，三月份的下午用飞蝇钓鱼也是不太好钓，用鳜鱼和蠕虫钓还差不多。

接着上午的继续讲吧，我的义父艾萨克·沃尔顿先生向世人介绍过十二种用来在水面上钓鱼的人造假飞蝇，而且每种都有名字，其中有些人造假飞蝇我们这里也经常做、经常用的。从他的描述中我就能猜到他模仿的是哪种飞蝇，因为所有被模仿的飞蝇在我们这里都是有的，他所说的人造假飞蝇我们这里也都制作的，只不过用的材料和制作的外形不完全一致而已。艾萨克·沃尔顿先生经常去伦敦的那些河流里钓鱼，我估计，他经常去的河流里能发现的飞蝇他都模仿并且实验过了，其实肯定还有很多飞蝇他是没有注意到的。我们这里有好几种常见的飞蝇，艾萨克·沃尔顿先生提到这些飞蝇时所用的名字和我们当地人所用的名字是不一样的，如果我用我们这里的名字来说，您就会在他分类的飞蝇中增加几个品种，这样您会有点混乱的。艾萨克·沃尔顿先生是个名副其实的垂钓大师，他曾经明确说过在三月中旬是钓不到鳟鱼的。对于茴鱼，我希望他能告诉人们三月底四月初是可以钓到茴鱼的，这个时候是茴鱼最当季的最末期。我最不能忘怀的是，有年十二月六日在茴鱼最当季的时候，我用人造假飞蝇钓到了一条我平生钓到的最大的茴鱼，那条茴鱼也是我见过和吃过的最大的茴鱼。我用人造假飞蝇也能钓到鳟鱼，不但在三月中旬以后能钓到，而且二月份也能钓到，除非春天一点都不回暖。一月份新年潮汐刚到的时候，如果天气晴朗，即便霜雪还在，在下午的一两点钟用人造蛴螬有时也能钓到茴鱼，这个时候的茴鱼是最鲜美的。

虽然很少有人在一月份就用人造假飞蝇来钓鱼，而且想抓住一切机会钓鱼的人在一月份也很难找到适合的天气，但既然讲用人造假飞蝇钓鱼，那么钓鱼的时间我还是按照顺序来，就从一月份开始讲吧。

一 月 份

1. 红褐蝇：人造红褐蝇的翅膀用的是公鸭的白色羽毛，身体用的是黑色长毛杂种狗尾巴上的细绒毛，因为黑色长毛杂种狗尾巴上的绒毛枯死后会变成红褐色，黑色短毛狗尾巴上的绒毛枯死后是不会变色的，它会保留原有的黑色。一月份使用人造红褐蝇是很容易诱鱼咬钩的，只要太阳足够暖和，就很容易钓到鱼。

2. 茶色蚋蚊：人造茶色蚋蚊非常小，小到只能勉强制作出来，因此几乎没有什么人用它来钓鱼，即便要用，也没办法直接挂在鱼钩上，只能先系在丝线上再系在鱼钩上。人造茶色蚋蚊要用貂皮的绒毛和白色的兔毛混合在一起做，翅膀用的是白色的羽毛，翅膀要做得很小。一月份用人造茶色蚋蚊钓茴鱼是最好不过的了，因为一月份除了茴鱼之外，通常没有什么其他鱼会跑到水面上来。我没见过谁在一月份能用人造假飞蝇钓到一英尺长的茴鱼，阳光最明亮、天气最暖和的时候，也只能钓到像胡瓜鱼那么大的茴鱼。人造茶色蚋蚊随身准备两只就行了，一个月里用两只就足够了。

二 月 份

1. 黑褐蝇：一月份人造红褐蝇用过之后，二月份适合用的就是人造黑褐蝇了，人造黑褐蝇的颜色和人造红褐蝇差不多，只是颜色更深、更黑一点，此外要在外面缠上红丝线。人造黑褐蝇的身体要用猪耳上颜色纯正的黑毛来做，猪耳上的毛色也会有点杂乱的，颜色最接近的软黑毛才适合，两只翅膀要一模一样。也有人把人造黑褐蝇叫小褐蝇，二月份可以用它来钓各种各样的鱼。

2. 朝圣蝇：二月份还可以制作人造朝圣蝇，身体用黑色猎犬或者鸵鸟的羽毛，然后裹上红色的公鸡颈羽。天气晴朗的话，人造朝圣蝇是很好用的。

3. 小朝圣蝇：人造小朝圣蝇的身体用的是黑色的兽毛，缠上银色的丝线，再裹上红色的羽毛。二月份如果天气晴好，而且没有冰雪，用人造小朝圣蝇能钓到很大的鱼。如果霜雪还没消退，就只能把它做成褐色或者灰褐色。不过，人造小朝圣蝇只能钓到像黍鲱那么大的小茴鱼。

4. 大朝圣蝇：如果在有漩涡的地方钓鱼，就要用人造大朝圣蝇。人造大朝圣蝇的身体用的是黑色兽毛，裹上公鸡没有剪边的红色羽毛，把羽毛缠在人造假蝇的整个背部，也就是说整只人造假蝇看起来都是毛乎乎的。人造大朝圣蝇在水中会旋转得更快，运气好的话可以钓到非常大的鱼。

5. 还有一种人造大朝圣蝇，黑色的身体上缠上金色的丝线，再裹上红色的羽毛，这种人造大朝圣蝇也能钓到很大的鱼。

6. 大茶色蝇：人造大茶色蝇的身体用的是茶色的熊毛，翅膀用绿头鸭灰色的羽毛，翅膀要一直延伸到飞蝇的尾部。二月份用人造大茶色蝇是最好的，用它钓鱼一定会有很丰厚的收获。

7. 蓝茶色蝇：人造蓝茶色蝇的身体用的是熊屁股上的毛，掺杂一点蓝色的羽纱，翅膀用的是绿头鸭的深灰色羽毛。

鸵鸟
common ostrich

8. 黑褐蝇：人造黑褐蝇的身体用的是奶牛肋部的棕色毛，翅膀用的是灰鸭的羽毛。

需要注意的是，使用人造朝圣蝇的时候，不同的水域和不同的天气要用不同的人造朝圣蝇，改变一下人造朝圣蝇的大小和颜色就可以了。如果不确定哪种人造朝圣蝇更容易让鱼咬钩或者更容易吸引鱼浮出水面，那么在清水河中就改用小的人造朝圣蝇，在黑水河中就改用大的人造朝圣蝇，直到能钓到鱼为止。钓到鱼之后，把手指从鱼鳃伸进去把鱼的喉咙顶出来，用小刀划开喉咙，看看它吃过什么飞蝇，然后您就就可以参照着使用人造假飞蝇了。

三 月 份

三月份用的人造假飞蝇和其他月份用的差不多，只是做小一点就可以了。

1. 小茶色蝇：有一种人造小茶色蝇虽然并不会旋转，但也被叫作旋转茶色

绿头鸭
mallard

欧亚红松鼠
Eurasian red squirrel

蝇，身体用的是松鼠尾巴根部的毛，翅膀用的是鸭子的灰羽毛。

2. 浅褐色蝇：人造浅褐色蝇的身体用的是棕色猎犬的毛或者红色奶牛肋部的毛，翅膀用的是灰色的羽毛。

3. 白茶色蝇：人造白茶色蝇的身体用的是骆驼腿上的毛，翅膀用的是绿头鸭的灰色羽毛。

4. 山楂蝇：有种叫山楂蝇的人造假飞蝇，身体是漆黑的，混杂有八九根灰黄色的山羊毛，身体也是小得只能勉强做出来，翅膀用的是白色的绿头鸭毛。人造山楂蝇的诱鱼能力是很强的，在人造假飞蝇中口碑很好。

5. 蓝茶色蝇：还有一种人造蓝茶色蝇适合在三月份使用，身体很小。用篦子梳理黑色灵缇犬脖子上的毛，篦子上面就会留下蓝色的毛发，这种蓝色是很纯正的。做翅膀的羽毛颜色要稍微暗一点，不能太白。从三月十日开始，就可以用人造蓝色茶蝇了，可以一直用到三月二十四日。

6. 黑蚋蚊：也是从三月十日开始，一直到月底，还可以用一种小的人造黑蚋蚊。人造黑蚋蚊的身体用的是黑色的会涉水的狗的毛，或者用白骨顶的绒毛，翅膀用的是公绿头鸭的羽毛，羽毛越白越好。做的时候飞蝇的翅膀要和身体一样长，身体越小越好。

7. 棕黄色蝇：从三月十六日到月底，可以使用人造棕黄色蝇。人造棕黄色蝇的身体用的是橙色的兽毛，缠上刚出生的小黄牛的毛，这种毛会像金子一样闪亮，翅膀用的是棕色母鸡的羽毛。人造棕黄色蝇的使用时间比较长，可以一直用到四月十日。

四 月 份

三月份使用的人造假飞蝇在四月份都是可以使用的，唯一的区别是人造褐色飞蝇都缠上红色的丝线，人造茶色蝇都缠上黄色的丝线。

1. 棕黄色蝇：棕黄色蝇的身体用的是西班牙猎犬的毛，翅膀用的是浅灰色的羽毛。阳光明媚的时候若把人造棕黄色蝇用在清水河里钓鱼，效果会非常好。

2. 深褐色蝇：人造深褐色蝇个头很小，身体是深褐色的，夹杂着一点紫色的羽纱，翅膀用的是绿头鸭灰色的羽毛。

3. 紫蝇：从四月六日到四月十日，可以使用人造紫蝇。人造紫蝇的身体用的是深紫色的兽毛，翅膀用的是绿头鸭灰色的羽毛。

4. 旋转茶色蝇：从四月十二日到六月底，可以使用一种可以旋转的人造茶色蝇。人造旋转茶色蝇的身体用的是狐狸幼崽腿上的土木灰颜色的毛，缠上黄色的丝线，翅膀用的是绿头鸭的浅灰色羽毛。

5. 黄茶色蝇：人造黄茶色蝇的身体用的是骆驼毛，加上黄色的羽纱或者羊毛，翅膀用的是浅灰色的羽毛。

6. 小褐蝇：人造小褐蝇除了和前面提到的人造褐蝇相同之外，身体要做得细长点，用的是深褐色的兽毛和紫色的羽纱，翅膀用的是灰色的羽毛。人造小褐蝇的制作方法虽然和别的人造假飞蝇的制作方法很相似，但还是有细微差别，当别的人造假飞蝇不好用时，它还是很好用的，尤其是天气晴朗时在清水河中用会特别有效。

7. 虻：从四月二十日开始，可以使用人造虻。人造虻的身体用的是蓝色的山羊毛，混上粉色或者红色的棉绒，翅膀用的是浅色的羽毛，头部用的是深褐色的毛。在夜间钓鱼时用人造虻是最好的，从黄昏到第二天黎明都可以用，而且可以一直用到四月底。

五 月 份

兄弟，现在要讲五月份用的人造假飞蝇了，请您要耐心、专注地听，因为这样讲来确实有点啰唆冗长。五月份用的人造假飞蝇细讲起来更烦琐，您要忍耐一下。五月份用的人造假飞蝇很值得一说，因为五六月份的飞蝇是最能让钓客享受到垂钓的乐趣的。在五月份的时候，您可以看到大量的绿鸭蝇和石蝇，它们早就出现了。还有很多飞蝇是只有五六月份才出现的，虽然数量不是很多，名字也不太为人熟知，但还是能与绿鸭蝇和石蝇相抗衡的。因此，有些人也就用各种各样的人造五月蝇来钓鱼。人造五月蝇中，人造蜉蝣是否是最适合钓鱼的，引起了广大钓客的意见分歧。很多钓客希望我能就此做出一个定论。我想，我也应该就他们的说法表个态，这样您就会知道我的答案其实不是简单的是或者否，因为这个要依据不同的时间和不同的地点来确定。等我讲完之后，您或许会认为我的观点是正确的。

过客：我肯定相信您的判断，而且绝对赞成您的观点。您讲解得越多，我兴致越浓，您说的时间再长我都不会觉得累的。

科顿：您这样说我就不用担心了，那就请您做好听长篇大论的思想准备吧。五月份用的人造假飞蝇都能钓到鳟鱼，但我还是先说不太重要的，这样越往后面就是越重要的了。

1. 火鸡蝇：人造火鸡蝇的身体用的是蓝色的毛，缠上黄色的丝线，翅膀用的是绿头鸭灰色的羽毛。

2. 大朝圣蝇：人造大朝圣蝇的身体用的是黄色的毛，缠上金色的丝线，翅膀用的是枯黄色的绿头鸭羽毛。翅膀要做得很大，配上点红色的公鸡颈羽。

3. 黑蝇：人造黑蝇的身体用的是黑色猎犬的毛，翅膀用的是绿头鸭灰色的羽毛。

4. 浅棕色蝇：人造浅棕色蝇个头细长，身体缠上细细的红丝线。做好之后用针在身体上挑出一些小疙瘩，使得看上去丝线好像是从身体上穿过去的。做翅膀的时候，用绿头鸭灰色的羽毛。

5. 小茶色蝇：人造小茶色蝇的身体用的是茶色的熊毛，缠上黄色的丝线，翅膀用的是绿头鸭灰色的羽毛。

6. 白蚋蚊：人造白蚋蚊的翅膀是苍白色的，头是黑色的。

7. 孔雀蝇：人造孔雀蝇的身体用的是孔雀的绒毛，头是红色的，翅膀用的是野鸭的羽毛。

8. 茶色雕蝇：还有一种非常好用的人造假飞蝇叫人造茶色雕蝇，身体用的是茶色的熊毛，夹杂一点蓝色和黄色的毛，翅膀用的是茶色的羽毛，翅膀要做得很大，头上用松鼠尾巴上的毛做两个触角。

9. 瓢虫（cow-lady）：瓢虫的身体很小，用的是孔雀的羽毛，翅膀用的是红色的羽毛，或者用公鸡的羽毛做成有红色条纹的翅膀。

10. 小黄粪蝇：人造小黄粪蝇的身体是浅棕色的，夹杂着黄色，翅膀用的是绿头鸭深灰色的羽毛。

需要注意的是，上面提到的所有人造假飞蝇中，五月份用的人造假飞蝇翅膀要做大一点，身体要做小一点。此外，四月份用的人造茶色飞蝇和人造小褐蝇在五月份也是可以用的。下面，我要讲石蝇和绿鸭蝇了。石蝇和绿鸭蝇都是鳟鱼和茴鱼的王牌杀手，在它们出现的季节用它们来钓鱼的话，和其他地方的河流相比，在我们德比郡的河流中能更容易地钓到鱼。

五月蝇有好多种，其中四种是最典型的，分别是：绿鸭蝇、石蝇、山楂蝇、小黄蜉蝣。

这四种飞蝇中各自又有最典型的和最具代表性的，各有主次之分。绿鸭蝇和石蝇外观很漂亮，用来钓鱼非常见效，这两点优势是非常明显的。至于山楂蝇和小黄蜉蝣的优势在哪里，我还不是很清楚。

绿鸭蝇在五月二十日前后出现，由于每年的气温所有不同，有时会出现得更早点，有时候会出现得更晚点。不过，不管何时出现，只有在五月底和六月初，绿鸭蝇才是最好用的。石蝇比绿鸭蝇出现得更早，四月中旬就出现了，但到了五月中旬才好用，而且使用的时间比较长，可以用到六月底。在夜晚使用的话，石蝇的使用时间可以延长到六月以后。

并非所有的飞蝇都是在它们适合垂钓的河流里繁衍生息的，但绿鸭蝇和石蝇绝对是的。石蚕是生活在水底的，多数石蚕会变成绿鸭蝇或者石蝇。[①]石蚕在要蜕变成飞蝇的时候，会扎堆地聚在一起，把它和其他的飞蝇蛹区分开来是很容易的，因为它比较粗大，最短的也有一英寸长。鳟鱼和茴鱼更喜欢吃这种大个头的石蚕。事实上，这种石蚕没出现的时候，鳟鱼是长不肥的，也不会是最当季的。

① 实际上蜉蝣和石蝇都不是成年的石蚕。

石蚕变成蛹之后，飞蝇就在蛹里面慢慢成长，等到身体、翅膀等全部成长到位了就会破蛹而出。由于翅膀在蛹里面是折叠卷曲着的，刚出蛹的飞蝇的翅膀要过几小时之后才能全部展开，翅膀全部展开之后才能发挥正常的作用。刚从水底爬到水岸的时候，刚出蛹的飞蝇不得不在草丛的叶子或者枯杆上挣扎，直到太阳和风把它的翅膀风干、晒硬。如果石蚕从水底浮到水面时刚好还在水中央而没有靠岸，它就得借助蛹壳像坐船一样漂浮着，因为它的腿没有地方可以抓扶。刚出蛹的绿鸭蝇不能像刚出蛹的石蝇那样在水面上爬动，它只能耐心地等待翅膀晒干，翅膀晒干之后它就能飞行了。刚出蛹的绿鸭蝇在这个等待展翅高飞的过程中，被鳟鱼或者茴鱼吃掉的可能性有十分之一。随着翅膀慢慢风干，绿鸭蝇翅膀会慢慢地展开，像蝴蝶的翅膀一样紧贴着背部，它的飞行方式和蝴蝶也是一样的。

刚出蛹的时候，绿鸭蝇的身体有些是苍白色的，有些是深黄色的，其实还不是单一的颜色，因为有很多绿色的细长的条纹直直地伸向尾部，尾部又有三个扫把形状的黑乎乎的近似于黑色的条纹，它的尾部像绿头鸭的尾部一样翘向背部，也就是因为这点，人们才叫它绿鸭蝇。

五月份我们可以找到很多蜉蝣，可以把它们大量地储存在盒子里，把盒子盖上，在覆盖物上弄些小孔以便于透气。蜉蝣在盒子里可以保持一两天的活力，取出来钓鱼的时候要捏住它的翅膀拿出来，这样便于把它挂在鱼钩上。用蜉蝣钓鱼时一般会同时使用两只，先拿出第一只，把鱼钩从翅膀下面身体当中最粗的部位穿透过去，从另一边的翅膀下面伸出来，使它在鱼钩上挣扎，然后拿出第二只，以同样的方式挂上去，但要把两只飞蝇的首尾方向对换一下，这样它们在鱼钩上就会活得更久，可以挣扎着挥动翅膀将近二十分钟。从盒子里取出蜉蝣的时候要确保蜉蝣的翅膀是干燥的，手也不要打湿，因为翅膀沾水之后蜉蝣就没多大活力了。

讲完如何将蜉蝣挂在鱼钩上之后，我想再给您讲讲如何制作人造蜉蝣，钓鱼时风很大的话，可以用人造蜉蝣代替活蜉蝣。或者在水面上和河岸上都找不到活蜉蝣的时候，也可以使用人造蜉蝣。而且令人称奇的是，人造蜉蝣可以钓到很大的鳟鱼和茴鱼。

人造绿鸭蝇要在很大的鱼钩上做，身体用骆驼毛、浅色的熊毛、猪脖子上篦下来的鬃毛和黄色的羽纱，把它们均匀地混合在一起，身体要做长一点，做好后缠上绿色或者黄色的丝线，然后打上绿色的蜡。扫帚形状的尾部用紫貂或者鸡鼬的长毛，翅膀用染黄的浅灰色的野鸭羽毛。

要想把浅灰色的野鸭羽毛染黄的话，先取点小檗的树根，配上等量的明矾和胡桃木，放进雨水中煮沸，然后把野鸭羽毛放进去染色，这样染出来的黄色是非常漂亮的。

人造绿鸭蝇基本上讲完了，在适当的季节，不管天气如何，人造绿鸭蝇全天候都是可以用的。曾经在适合用人造绿鸭蝇钓鱼的第十天，暴雨过后，乌云密布，风很大，在傍晚五点到八点的三小时里，我用人造绿鸭蝇钓到了三十五条很大的鳟鱼和茴鱼，而且整个过程我只用了五六只人造绿鸭蝇。制作人造绿鸭蝇的毛料我是随身携带的，用三种毛料我就能很快地制作出一只人造绿鸭蝇。

现在该说说人造石蝇了，但在说人造石蝇之前，有另外一种叫灰鸭蝇的人造假飞蝇我有点不吐不快，人造灰鸭蝇在外形和大小方面没什么特别之处，但颜色很另类，是一种色度更浅、带点铅色的黄绿色，用黑色的丝线缠在外面，翅膀是亮黑色的，整个看起来是温润半透明的，有点像天鹅的脚蹼。人造灰鸭蝇不适合点钓，而是适合沉钩钓，诱鱼性能仅次于人造绿鸭蝇，在人造假飞蝇当中可以算个先锋。制作人造灰鸭蝇要用猎狗脖子上篦下来的绒毛，混入普通狗毛，缠上黑色丝线，再缠上黑猫的毛，翅膀用的是绿头鸭黑灰色的羽毛。

现在跟您说说人造石蝇，但我担心您真的没耐心了，如果真的厌倦了的话，请直言相告，我可以把人造石蝇留待改日再说。

过客：没有厌倦，兄弟，真的没有厌倦，听您讲这些我永远也不会厌倦的。我只是担心我太麻烦您了，如果您觉得需要的话，请先喝口啤酒、抽口烟吧，稍微歇歇再继续讲，我肯定是万分愿意听的。

科顿：谢谢您的体贴！我嘴巴还真的有点讲干了。家童，拿酒和酒杯来。兄弟，我来给您倒上，为我们在南方偶遇的友谊干杯！

过客：我敬您！兄弟，祝您健康快乐！实话实说，午餐的牛肉末太好吃了，我吃得有点多，现在我也有点口渴了。

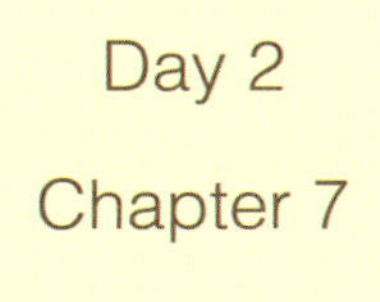

Day 2

Chapter 7

假飞蝇（续）

绿翅鸭
Eurasian teal

过客: 兄弟，我又巴望着您继续赐教了，请您现在就开始好吗？

科顿: 好吧，兄弟，我尽力而为。前面跟您讲过了石蝇在五月份是大量出现的，讲了石蝇在它们适合用来钓鱼的水域里以石蚕为食，接下来我对石蝇还补充一点。

石蝇没有足够的耐心窝在蛹里等到翅膀完全长成，翅膀刚刚长出来的时候，它就觉得自己很强壮了——我们通常把它叫作杰克虫（jack[①]）——这个时候的石蝇还不是真正意义上的飞蝇。它会从蛹里面使劲地钻出来，然后爬到石头上面找个裂缝躲进去，或者躲在石头间的空隙里，潜伏在石缝的期间，它的翅膀就慢慢长成了。也只有在石缝里，我们才能找到杰克虫，而且毫无疑问，这也就是石蝇之所以叫石蝇的原因。当然，为了方便起见，它也有可能在河岸边随便找个小窟窿或者别的藏身之处，只要能不被风吹走，它就能蜕变成石蝇。它很长很壮，尾部和腰部差不多一样大。颜色是很地道的棕色，身上布满了黄色的条纹，腹部的条纹比背部的条纹更艳丽。尾部也有两三个扫帚状的条纹，头上有两个触角，翅膀是双翼的，展开之后会平整地贴着背部。翅膀的颜色和背部的颜色是一样的，比身体其他部位的颜色更深。尽管

① jack 既可以指骄傲自满，也可以指雄性。

它不太使用翅膀，但它的翅膀依然要比身体长。我们一般看不到石蝇飞行，常见的情形是它和蜉蝣相似，用长在腹部下面的脚在水面上划动或者游动，翅膀却是静止的。而生活在水面上的蜉蝣有时候会高高地跳起来，在水边高高矮矮的草丛里有时偶尔也能见到它们的身影。在石蝇盛行的季节，石蝇的数量会非常多，看起来就像是瘟疫横行一样。当然，它也并非是无害的益虫。前面忘了告诉您，我现在补充一下吧，鱼是非常喜欢吃石蝇的，那种喜欢的程度简直让人难以置信，在风平浪静的时候，鱼会浮出水面来不断地、毫无节制地掠食石蝇，以至于能把自己的喉咙卡住，不得不从鳃里把石蝇排出来，它会一边排一边吃，一边吃一边排。石蝇盛行的季节正是鳟鱼健硕的时候，八到十英寸长的鳟鱼是最善于挣扎的，所以很容易弄断钓竿。冬天的时候，两倍大的鳟鱼都没这么负隅顽抗。请原谅，我又有点离题了。

用石蝇钓鱼的方法和用蜉蝣钓鱼的方法差不多，但两者也有区别，蜉蝣适合用在湍流和静水中钓鱼，白天晚上都很好用。我们一般不太用石蝇在湍流中钓鱼，因为在湍流中用人造假飞蝇的效果比用活飞蝇的效果更好。此外，石蝇只适合用于早上和晚上钓，中午是不太适合的。虽然湍流中大的鳟鱼和茴鱼中午也会吃石蝇，但最适合的时间是晚上八点到十一点，此时是大鱼出动的时间，时间越晚，大鱼越活跃。钓鱼时如果能找到活的石蝇，最好就用活的石蝇，找不到的话就用人造石蝇。制作人造石蝇时，身体用茶色的熊毛，混上一点棕色或者黄色的羽纱，布局材料的时候要确保人造假飞蝇的腹部和尾部看起来比身体的其他部位更黄。用的时候在鱼钩系鱼线的地方系上两三根黑猫的胡须，不要把胡须系在人造石蝇的身体上，要确保胡须是向上翘起的，可以上下颤动。人造石蝇的外面要缠上黄色的丝线，翅膀用绿头鸭的深灰色羽毛，要做得又长又大。

还有一种人造蜉蝣叫黑蝇，身体用鸵鸟的黑绒毛卷成，再缠上银色的丝线，然后裹上公鸡的黑羽毛。人造黑蝇的诱鱼性能也很强，但还是比不上人造石蝇。

四种主要人造蜉蝣中的最后一种是人造小黄蜉蝣，它的外形和绿鸭蝇一模一样，只是个头小一点，是鲜黄色的。身体用的是黄色的羽纱，翅膀用的是染成黄色的浅灰色羽毛。

最后还给您讲一种从五月中旬到六月底都能用的蜉蝣，这种蜉蝣叫作人造羽蝇。真的羽蝇外形很像飞蛾翅膀上有很漂亮的水纹圈。我有时也用羽蝇钓鱼，茴鱼很容易被它吸引到水面上来。我们钓客专用的人造羽蝇是用深棕色的羽纱做的，缠上浅绿色的丝线，翅膀是双翼的，用的是绿头鸭的灰色羽毛。人造羽蝇的个头要尽量做小点，因为它很适合钓小鱼。对于五月份用的人造假飞蝇，我就说这么多吧。

六 月 份

从六月一日到二十四日，人造绿鸭蝇和人造石蝇都是可以用的。此外，还可以用一些其他的人造假飞蝇。

1. 泥蛉：人造鹗蝇可以从六月十二日用到二十四日，身体用的是白鼬鼠尾巴上的毛，翅膀用的是灰色的羽毛。

2. 酵母蝇：人造酵母蝇也是茶色的，和酵母发酵时产生的泡沫颜色差不多。身体用的是茶色黄猫的毛，翅膀用的是绿头鸭灰色的羽毛。

3. 颈羽蝇：人造颈羽蝇浑身都是紫色的，翅膀用的是公鸡的红色羽毛。

4. 金丝颈羽蝇：人造金丝颈羽蝇的身体也是紫色的，和颈羽蝇相比就是外面多缠了一些金色的丝线。

5. 肉蝇：人造肉蝇的身体用的是黑色猎犬的毛，掺杂一点蓝色的羊毛，翅膀用的是灰色的羽毛。

6. 小家蝇：人造小家蝇的身体用的是孔雀的羽毛，翅膀用的是公鸭的灰色羽毛。

7. 孔雀蝇：人造孔雀蝇的用料很单一，身体和翅膀用的都是孔雀的羽毛。

8. 蚁蝇：人造蚁蝇的身体用的是棕色和红色的羽纱，翅膀用的是浅灰色的羽毛。

9. 棕蚋蚊：人造棕蚋蚊身体细长，用的是棕色和紫色的羽纱，翅膀用的是浅灰色的羽毛。

10. 小黑蚋蚊：人造小黑蚋蚊的身体用的是黑色的山羊毛，翅膀用的是灰白色的羽毛。

11. 绿蚱蜢蝇：人造绿蚱蜢蝇的身体用的是来茶色和黄色的羊毛，缠上绿色的丝线，翅膀用的是公鸡红色的羽毛。

12. 小茶色蚱蜢蝇：人造小茶色蚱蜢蝇的身体比较细长，用的是茶色的羽纱，翅膀用的是茶色的颈羽。

七 月 份

六月份使用的小个头的人造假飞蝇七月份都是可以用的，除此之外，还有其他一些人造假蝇。

1. 橙色蝇：人造橙色蝇的身体用的是橙色的羊毛，翅膀用的是黑色的羽毛。

2. 小白茶色蝇：人造小白茶色蝇的身体用的是白色的山羊毛，翅膀用的是鹭鸟的蓝色羽毛。

3. 食蚜蝇：人造食蚜蝇的身体用的是猫尾巴上深褐色或者黑色的毛，缠上黄色的丝线，翅膀用的是灰色的野鸭羽毛。

4. 黑蝇：人造黑蝇的身体用的是孔雀的羽毛，翅膀用的是黑色的羽毛。

5. 无翅孔雀蝇：人造无翅孔雀蝇就是用孔雀的羽毛卷成一个小团，不用做翅膀。

6. 蛹壳蝇：人造蛹壳蝇的身体用的是黄绿色的羊毛和白色的狗毛，外形和经常从柳树上掉到水中的蛹壳很相似。我曾见过鳟鱼沿河而下的时候也会吃一点点苔藓，据此判断，只要把蛹壳蝇的颜色做成和苔藓的颜色一样，就可以很好地吸引鳟鱼了。

7. 墨绿茶色蝇：人造墨绿茶色蝇的身体用的是兔子的黑毛和黄毛，翅膀用的是蓝鸽子翅膀上的羽毛。

八 月 份

七月份用的人造假飞蝇八月份都是可以用的，此外还有一些人造假飞蝇。

1. 蚁蝇：还有一种人造蚁蝇，身体用的是黑褐色的牛毛，缠上一些红色的丝线作为尾巴，翅膀用的是褐色的羽毛。制作恰当的话，这种人造蚁蝇非常好用。

2. 蕨蝇：人造蕨蝇的身体用的是野兔脖子上的毛，颜色和蕨菜是一样的，翅膀用的是野鸭的黑灰色羽毛。

3. 白颈羽蝇：人造白颈羽蝇的身体用的是白色山羊毛，缠上白色颈羽毛。

欧洲蕨
common bracken

人造白颈羽蝇毛茸茸的，没有翅膀，看起来就像是蓟花的冠毛一样。

4. 大蚊：人造大蚊的身体用的是茶色的熊毛，夹杂点蓝色的羊毛，裹上棕色的颈羽，没有翅膀。

除此之外，五月份用的所有的褐色人造蝇和茶色人造蝇八月份都可以用。

九 月 份

四月份用的所有人造假飞蝇九月份也都可以用，除此之外，我还补充两种。

1. 褐驼蝇：人造褐驼蝇的身体用的是从墙上剥下来的熟石灰，缠上红色的丝线，翅膀用的是绿头鸭的黑灰色羽毛。

2. 无名蝇：还有一种人造假飞蝇我没有给它取名字，就叫无名蝇吧，身体用的是獾皮，混上一点野猪的黄色的绒毛，没有翅膀。

十 月 份

三月份用的人造假飞蝇十月份都可以使用。

欧亚獾
Eurasian badger

十一月份

二月份用的人造假飞蝇十一月份都可以使用。

十二月份

和一月份一样，由于天太冷，十二月份不太有人会用飞蝇钓鱼。有时候冬天偶尔也会晴暖如春的，虽然不太常见，但也不能完全排除。假如天气足够晴暖的话，拿在手上是褐色对着太阳看是黄色的人造褐蝇是可以用在清水河中钓鱼的，即便冰雪没有消融也没关系。但就效果来说，可能有点不尽人意，因此不太值得为此费劲。

兄弟，到此为止，我已经把怎样用飞蝇钓鱼或者说怎样在水面上钓鱼全部都讲完了。最后强调一点，在我所说的所有人造假蝇当中，人造绿鸭蝇和人造石蝇对鱼是最有吸引力的，既可以钓种类很多的鱼，也能钓很大的鱼。尽管如此，总有那么些日子是无论如何都不适合钓鱼的。比如，一丝风也没有的时候，就不太适合钓鱼，即便是点钓也不太会有成果。与此相反，狂风大作的时候也是不适合钓鱼的。一是因为您很难把飞蝇悬在水面上；二是因为鱼很难发现您垂下的飞蝇；三是因为狂风大作的时候，水里会翻涌出很多可供鱼捕食的猎物，鱼就不会专注于鱼钩上的诱饵。此外，天气燥热无风的时候也不适合钓鱼，您再怎么小心谨慎，您和鱼钩、鱼线的倒影也会把鱼吓跑的，即便在湍急的溪流里，即便您能耐心地藏身在柳树林里，都是徒劳无功的，这种天气里钓到鱼是很困难的。或许有人能用其他人造假飞蝇钓到鱼，可以兴冲冲地满载而归，但是用人造绿鸭蝇和人造石蝇绝对会收获更多。很多时候，我自己用人造绿鸭蝇和人造石蝇轻松地就能钓到很多鱼。说句大实话，有时候就因为一次性鱼钓得太多一下子吃不完，我都只能暂时放弃钓鱼了，这个是没有必要说假话的。我用人造绿鸭蝇和人造石蝇，就是在您眼前的这条河里，仅用三四个小时就钓到了三四十条河里最大的鳟鱼。令人羞愧和遗憾的是，河里的鱼有点遭殃，因为夜间有很多无耻之人借助火把用渔网截河进行非法捕鱼，白天则有人通过建堤放水，使用鱼枪、网幔、拖钩等方式捕鱼。虽然我们有严厉的法律可以处罚非法捕鱼，但这些现象屡禁不止，还呈现出愈演愈烈的势头。在我看来，这些人的行径都是很流氓、很卑鄙的。

最后我总结一下，很坦率地说，我跟您讲的那些人造假飞蝇中，有些至少在我们这里是常做、常用的，在您们那的河流里用可能不一定很见效，这点不必瞒着您。我曾经给伦敦的一些朋友送过几种人造假飞蝇，据说也没有太大的效果。因此，您如果想用我介绍的人造假飞蝇大有收获的话，最好就到我们这里来和我一起钓鱼。现在，我们回去吃晚饭吧。明天风力要是正常的话就很方便钓鱼，我估计风力正常的可能性有十分之一。但不管怎么说，鱼总是有得吃的。

Day 3

Chapter 8

品鱼

迷迭香
rosemary

晨 别

科顿： 早上好啊！兄弟，您总是比我起得早。

过客： 说实话吧，昨天钓鱼太有意思了，我又急着想去钓鱼呢。早上一听到风在窗棂上吹，我就迫不及待地起来了。不过也不比您早，您进来时我刚刚穿戴好。

科顿： 很高兴您能有这么大的热情，今天是很适合钓鱼的。您看，一大早就我给您准备了三四只人造假飞蝇，这个是银色的，这个是茶色的，这个是深褐色的，这个是浅褐色的。我保证每个都会很好用的。您可以全部都试试，看哪个最好。要请您谅解的是我今天不能一直陪着您钓鱼了，临时有点事要处理一下，我得失陪两三个小时。办完事我就过来叫您回家吃饭，就由我的家童陪您钓鱼吧。

过客： 兄弟，您忙您的吧，不用陪我。不过，请您简单说说使用这些人造飞蝇有哪些诀窍吧。昨天不走运，今天不至于还是不走运吧，我想碰碰运气，能有所作为呢。

科顿： 最关键的诀窍就是，风如果能把水面吹出波纹的话，您就要在静水区钓，因为这种风力下昨天岩石间的那段溪流流速是有点过快的。不过，我希望您在两种不同的水域中都能钓到鱼。

过客：我会听从您的教诲的。您忙您的去吧，祝您办事顺利！走吧，小伙子，咱们一起并排走。等一下，兄弟，忘了跟您说了，我还没向您请教完呢，下午您再给我讲讲如何在水底下钓鱼好吗？

科顿：好的，兄弟，下午我一定会有备而来的。

品　鱼

科顿：兄弟，您回来了？我正过来叫您回去吃饭呢。

过客：幸亏我回来了，不然就要让您耗费脚力了。

科顿：战况如何？技术有长进吗？

过客：您当场验证吧！您看，三条鳟鱼！最大的这条是我有生以来用人造假飞蝇钓到的最大的鳟鱼！还有一条更大的鳟鱼上钩后又逃脱了，真可惜！还有三条茴鱼！这条比我昨天钓到的那条还要大！昨天那条也挺大的！

科顿：兄弟，今天上午怎么突然就有这么多的收获！您现在认为我们的德芙河怎么样啊？

过客：德芙河确实是全英国最适合鳟鱼生长的河流，也是最适合钓鳟鱼的河流。我已经对德芙河产生了很深厚的感情！要是我住在这里的话，我一定要把它据为己有，在它流经的地域，我绝不允许有任何东西对它的水质造成污染！

科顿：您这样说真的体现出您是一个真正的垂钓艺术爱好者！兄弟，为了弥补上午我那么无礼的失陪，我将亲自下厨烧两条鱼给您尝尝。跟我回屋去吧，客厅的窗台边有几本书，我在做鱼的时候您可以随便翻翻。

过客：好的，兄弟，一切听您的安排。

科顿：鱼好了！兄弟，您看，我这速度快不快？

过客：太神速了！鱼做得这么色、香、形俱全，就差不知道它的味道如何了，我想赶紧尝尝。

冬塔花
winter savory

科顿：尝吧！怎么样？兄弟，还能将就吗？

过客：太好吃了！我从来没有吃过这么好吃的鱼！我以前吃过的鱼跟这个比起来真是小巫见大巫啊！这种味道的美妙远远超越了伦敦的任何鱼宴！

科顿：这个还不是最美味的，如果鳟鱼最当季的时候您倒是可以这么说。您尝尝茴鱼吧，我敢肯定，这个季节的茴鱼绝对是比鳟鱼更好吃的。

过客：真的更好吃呢！兄弟，我有个要求，您得答应我。既然您教了我如何钓鳟鱼和茴鱼，现在要请您教我如何做鳟鱼和茴鱼。就教我如何做出这种味道，这无疑是最能立竿见影的了。

科顿：没问题，兄弟。谢谢您这么肯定我的手艺，还能提出这样的要求，我真的很开心。做鱼其实很简单的：

取条鳟鱼洗干净，用餐巾擦干，剖开鱼腹除去内脏，用餐巾把腹腔的鱼血擦干净，注意不要用水清洗腹腔，用刀在鱼身的一个侧面划上三道痕，刀痕不要太深，划到鱼刺即可。取一个干净的炖锅，倒入适量的陈年但没过期的啤酒、加入少量陈醋和白葡萄酒，再加上水，水量要能使鱼完全浸没在水中。再加入适量的精盐、柠檬皮、一把辣根，再放入适量的迷迭香、百里香、冬塔花。配料加好后就用很旺的柴火把水烧开，在水要溢出来之前把鱼放进去，如果一次性煮多条鱼的话就慢慢地一条接一条地放，避免一次性全部放进去时水温突然下降，这样就会造成冷锅。放完鱼后趁着鱼在煮的时候就捣碎大蒜等开始制作蘸酱，制作蘸酱的水就从炖锅里取一勺汤。鱼煮熟后，立即把水倒掉，把鱼盛在鱼盘上，抹上牛油，均匀地撒上辣根粉和姜末，把柠檬切片，摆在鱼身和鱼盘中点缀一下，然后就可以上桌了。

做鳟鱼是不用去鳞的，做茴鱼是要去鳞的，除了去鳞之外，做茴鱼基本上和做鳟鱼一样操作。去鳞时用手指甲或者小刀轻轻地刮，注意不要刮破鱼皮。需要提醒您的是，钓到茴鱼和鳟鱼后要及时吃，尤其是鳟鱼，如果钓上来后过四五个小时再吃味道会差很远，就一文钱都不值了。

兄弟，我看您已经吃好了，走，我们还是去钓鱼屋，如果您愿意听，我就给您讲讲如何在水底钓鱼。

Day 3

Chapter 9

沉钩

鱼鹰
osprey

过客：兄弟，我们又坐在钓鱼屋里了，就请您给我讲讲如何用沉钩在水底钓鱼吧。很显然，用沉钩在水底钓鱼是没有用飞蝇在水面上钓鱼那样简单的，因此，这种钓法也就不太流行。虽然不太容易，但我想最关键的就是要把好钓竿和掌握好起钩的时机，您说是吗？

科顿：是的，您说得很对，确实是这样的。只要不是洪水泛滥，沉钩钓法任何时候都只用蠕虫做饵料。我用沉钩钓法钓到过差不多一千多磅的鱼。不管春夏秋冬，一年四季天天都可以用沉钩钓鱼，当然，禁渔期是不可以钓鱼的。我不扯远了，还是言归正传吧。沉钩钓法通常也分为两种，一种是把竿钓法，一种是浮标钓法。但还有一种沉钩钓法效果也很好，那个以后再说。

沉钩把竿钓法可以分为三种：

第一种沉钩把竿钓法用的鱼线的长度是鱼竿长度的一半，鱼钩上挂上铅坠，钩柄上系上三根短鱼线，我们把这种短鱼线叫作跑线，一根跑线上系一只大的赤子爱胜蚓，另外两根跑线各系一只大小适中的普通蚯蚓，或者各系一只小一点的赤子爱胜蚓也行。如果不用蚯蚓，用别的蠕虫也行，只要鳟鱼爱吃的就可以。艾萨克·沃尔顿先生肯定跟您讲过鳟鱼喜欢吃什么蠕虫的，我就不重复了。其实，用任何蠕虫都行，因为鳟鱼只要想吃的话，对于任何蠕虫它都是来者不拒的，它不吃的蠕虫我还没见过。如果同时用两只蠕虫钓鱼，就用鱼钩从第一只蠕虫的头部穿进去，一直穿过蠕虫的身体，让鱼钩从蠕虫身上的肿结下面钻出来，然后把蠕虫推到鱼钩和鱼线的结合处，以便挂上第二只蠕虫。挂第二只蠕虫时让鱼钩从蠕虫身上的肿结的下面钻进去，穿过身体从头部出来，让蠕虫的头部刚好遮住鱼钩为止。挂的过程中动作一定要轻巧，不要弄伤蠕虫的其他部位。挂好第二只蠕虫之后,再把第一只蠕虫推下来,让两只蠕虫身上的肿结挨在一起。

第二种沉钩把竿钓法也要用到跑线，整个鱼线要比刚才讲的那个方法更长，装备方式是一样的，鱼线顶端系钩的方式和一般的系钩方式也是一样的。可以找个手枪子弹或者卡宾枪子弹的弹壳，鱼线穿过弹壳的小孔后系上大头钉或者别的东西作为小栓子。在弹壳上方半英尺的地方，接出分支跑线，分支跑线大概有手掌的两三倍那么长，在溪流中用时可以还适当长点。分支鱼线上也系上鱼钩，鱼钩上挂上蠕虫。在弹壳下方的半英尺的地方，另外接出一根分支跑线，长度和第一根分支跑线长度一样，用同样的方法系上鱼钩、挂上蠕虫，只不过要换一种蠕虫，不要和第一根分支跑线所挂的蠕虫种类雷同。两根分支跑线上都不要挂上铅坠，这样在水深不同的河床里，总能找到一个适当的水底。如果三根鱼线都系上铅坠的话，是达不到这个效果的，因为在试探水深的时候会把三个鱼钩同时都拖着走，而试探水深是必不可少的环节，都系上铅坠就会很麻烦，钓鱼的成功率也会大大降低。这两种把竿钓法都适合在浑水河和河床里泥浆较多的河流里钓鱼，也适合在溪流里钓鱼，而且在溪流里钓鱼的时候可以和溪水靠得很近，不必担心身影和钓竿的影子会把鱼吓跑。

第三种沉钩把竿钓法比前面两种要好得多，用的鱼线和钓竿一样长或者还长出一码半，鱼钩上只用两根鱼线，一根是另一根的两三倍那么长，只挂一个铅坠,鱼钩要很小,蠕虫也要很小,蠕虫要挂得很牢实,每只鱼钩只挂一只蠕虫,鱼要吃的话就只能吃鱼钩上唯一的那一只，没有多余的选择。挂蠕虫的时候鱼钩从蠕虫的尾部钻进去，一直穿过蠕虫的身体，让蠕虫的尾巴遮住一寸长的鱼线，蠕虫的头部留一小截垂在鱼钩之外。这样装备的鱼钩适合在溪流和清水河中钓鱼，鱼竿最好用可以单手操纵的分量较轻的鱼竿，甩钩的时候要像用人造飞蝇钓鱼那样在面前把鱼钩甩出去，而不是从背后往前面甩。因为在某些溪流，有时候鱼钩在水面上或者刚入水时还没来得及沉下去，鱼就来咬钩了。鱼钩沉水后，也要像用人造飞蝇钓鱼一样慢慢地把鱼钩往面前拉，让蠕虫始终保持着动的状态。请相信我所说的，不管是谁，只要用这种方法去试试，就会发现这是用蠕虫钓鱼的最好的方法，尤其是在清水河中更是效果了得。需要注意的是，鱼竿的重量一定要轻，鱼竿的颜色一定要素，整个鱼竿要做得比较精致，如果技术还算娴熟的话，绝对会创造奇迹的。一般来说，怎么钓鱼每个人都有自己的偏好，但如果想既简单又好玩的话，毫无疑问，采取这种方法用蠕虫在清澈的溪流中钓鳟鱼和茴鱼是最佳的选择。此外，用这种方法还有一个很大的好处，那就是如果垂钓者不墨守成规，能够从岸上下水，涉入溪水没过小腿或者膝盖的浅滩里，那他几乎可以做到想钓什么就能钓到什么。

在水底钓鱼的第二种方式是浮标钓法，也有两种，一种是用蠕虫做饵料，另一种是用蛆或者石蚕做饵料。

用蠕虫做饵料的话，鱼线要比钓竿短一英尺或者一英尺半，在浑水河中钓可以用两到三根跑线系在鱼钩上，在清水河中钓的话跑线不要系在鱼钩上，要系在鱼钩上方两三英尺的地方，一根跑线比另一根跑线长四五倍。蠕虫的大小无所谓，但铅坠的重量要和浮标的大小相吻合，浮标的大小要取决于水流的速度大小。河水很清澈的话，要使用同一种蠕虫。蠕虫个头很小的话，一个鱼钩可以同时使用两只，挂蠕虫的方式跟前面讲的一样。

用浮标钓法在水底钓鳟鱼的时候，要尽量让鱼钩接近水底，不要拖动鱼钩。万一控制不稳的话也没关系，鳟鱼有时也会咬移动的鱼钩。用浮标在水底钓茴鱼的话要离水底稍微远一点，因为茴鱼通常会接近水体的中部，群聚的时候也比较分散，和鳟鱼相比更容易引出水面来。对于吞食沉钩饵料，茴鱼更倾向于上浮吞食而不是下潜吞食。

用蛆或者石蚕做饵料钓的话，鱼线的长度和用蠕虫做饵料时鱼线的长度差不多，更长一点也没关系，但最多只能用两根跑线，一根跑线是另一根跑线的两三倍长。浮标要越小越好，但要确保鱼钩能沉下水去，要根据铅坠的大小和水流的速度来决定浮标的大小，在溪水回流的地方和有漩涡的地方还要考虑水流的冲击力，因为不管是在水面钓鱼还是在水底钓鱼，水流回流的地方和有漩涡的地方都是钓鱼的理想之地。

钓茴鱼最好用草灰蛆（ash-grub），草灰蛆很肥硕，呈奶白色，头尾相连弯曲成弧形，头比较尖细，是红色的。或者用钝叶酸模虫来钓茴鱼，钝叶酸模虫是浅黄色的，比一般的蛆更细长、更有活力，腹部有两排短足，头也是红色的。草灰蛆和钝叶酸模虫用来钓茴鱼是最好的，因为尽管鳟鱼也会吃这两种饵料，尤其是偏向吃草灰蛆，但意向性不强，并不是见到了就吃。我曾经用草灰蛆和钝叶酸模虫这两种饵料钓鱼，钓到十条茴鱼的过程中才钓到一条鳟鱼。不过，鳟鱼要么不上钩，上钩的一定都是大鳟鱼。

可以用麦麸饲养草灰蛆和钝叶酸模虫，草灰蛆会长得更肥硕、更有活力，更能吸引鱼咬钩。草灰蛆虽然很肥硕，但并不粗壮，挂在鱼钩上时还是有必要用牢固的丝线把它系起来再系在鱼线上，距离鱼钩大约要有一根稻草那么长的距离，这样既可以防止鱼咬钩时草灰蛆漂得太远，也可以防止它沉到比鱼钩更低的位置去。这样挂饵料的话鱼线和鱼钩的连接处是完全裸露着的，因此就会显得不够醒目，也就不太能吸引鱼来咬钩。改善这个情况是有点困难的，但为了尽量改善这个情况，在设计鱼线和鱼钩的连接时，我通常采用最白的马毛来连接鱼钩和鱼线，因为马毛的色泽和鱼线很相似，亮度也和草灰蛆差不多，因此和其他颜色的连接物相比肯定是有好处的，至少不会有什么坏处。在鱼钩上挂蛆的时候把鱼钩从蛆的头部或者颈部有皲裂的地方伸进去，钻到腹部中间，但不要让鱼钩的钩尖露出来。这个时候蛆尤其是草灰蛆会流出体内的汁液，不必管它，只要蛆的皮挂在鱼钩上也就行了。沾上了蛆的汁液的鱼钩的弯部会染成黑色，也不必管它，继续把鱼钩往蛆的尾部伸下去，直到头部超出鱼钩顶端垂出来为止，然后用短鱼线把蛆的头系好，使头部和身体呈直线形。这样在鱼钩上挂蛆的话，蛆既不会滑落，也不会被水流冲走，鱼没有咬钩之前试吃的时

洋常春藤
English ivy

候也不容易把它抢走。

石蚕也是非常好的饵料，在很多地方都比一般的饵料更好用。石蚕可以同时用两三只，加上蠕虫一起使用的话效果会更好，有时挂好石蚕之后还可以把人造假飞蝇最后挂在鱼钩的钩尖上一起配合使用，效果也很不错。不过，石蚕一般只适合沉钩钓，装备到位的话，全年都是可以使用的。用石蚕做饵料可以钓很多种鱼，但最适合钓的还是鳟鱼和茴鱼。

除了上面讲到的几种饵料之外，还有一些饵料用来沉钩钓也是非常棒的，有些还特别适合某些地方和某些河流。其实，每个钓客在自己常去钓鱼的地方都会有自己的心得体会。还有些饵料我就不跟您讲了，因为我觉得可能不太适合您那个地方，说多了怕误导了您。根据我的综合观察，我觉得您是个实实在在的人，也是个实实在在的钓客，您自己肯定也会有自己的经验，所以第二种用沉钩钓鳟鱼和茴鱼的方法我就讲这么多吧。

阿魏
asafetida

过客：兄弟，请允许我问您一个问题：用蠕虫钓鱼有没有什么诀窍能使它更吸引鱼、能让鱼更主动地咬钩呢？

科顿：这个我不是太清楚，就算我知道一些诀窍我也不太用这些诀窍，因此我不跟您讲这个。但我也不完全拒绝回答您，在我年轻的时候，我尝试过使用鱼鹰油、常春藤汁、樟脑、阿魏汁、荨麻汁等各种辅料，这些都是我遇到过的钓客告诉我的，但我实践之后，觉得收效甚微，因此，我觉得没有什么特别有效的方法。不过，我亲眼见过一些比我更不会使用人造假飞蝇钓鱼的人，我们用同样的蠕虫做饵料钓鱼时，他们居然比我还要钓得多，看来他们还是有他们自己的诀窍的。如果您不介意的话，这个问题我们暂且不管它，因为来日方长，我们可以慢慢再讨论，这样也您也就不必听得耳朵起茧了。如果您还想听的话，我最后还给您讲一个在中间水位钓鳟鱼和茴鱼的方法，这个讲完了我就不再啰唆了。

过客：这怎么能说是啰唆呢，兄弟，听君一席话，胜读十年书！这是莫大的享受和收获呀！您请讲吧，我洗耳恭听！

Day 3

Chapter 10

悬钩

白斑狗鱼
northern pike

钓客：在水体的中部悬钩钓鳟鱼和茴鱼也有两种方式，一种是用鱵鱼做饵料钓鳟鱼，另一种是用蠕虫、蛆或者石蚕做饵料钓茴鱼。

用鱵鱼悬钩钓鳟鱼时，鱼钩在水里的深度要距离水面半英尺或者一英尺。与此相关的其他要领我建议您参考艾萨克·沃尔顿先生的介绍，因为他绝对是全英国最擅长用鱵鱼钓鱼的高手了。不过，实话实说，我不太赞成他把饵料用盐腌制起来。我亲眼见过他把所有活的饵料全部弄死不留一个活口，在饵料还没有变质之前就用盐把它们全部腌制起来。虽然他用这种腌制的饵料能钓到很多鱼，但用活饵料的话他肯定能钓到更多的鱼的。此外，我对他使用人造假鱼做饵料也不太赞成，因为我们都认为人造假飞蝇是很好用的，很难想象他那样一个垂钓高手竟然偏爱使用人造假鱼做饵料。所谓仁者见仁智者见智，这个暂且就不说了吧。我认为把鮈杜父鱼的头和鳍切掉之后用来钓鳟鱼和茴鱼是特别好的，还有一种泥鳅也非常棒。不说您可能不知道，在我所钓到的鳟鱼中，我经常能在它们的喉咙里发现鮈杜父鱼和泥鳅而不是鱵鱼，从中可以推断鳟鱼偏爱吃的是什么了。有一次最为典型，那天天气很不错，地方也很好，我用鱵鱼钓了大半天居然连一条鱼都没钓到，后来我该用蠕虫钓，一下子就钓到了十四条。我记得很清楚，十四条鱼中，每条鱼的喉咙里或者胃里都有泥鳅，最少的有一条泥鳅，最多的有六条泥鳅。从那以后我就知道了，如果用泥鳅钓鳟鱼的话，肯定会钓得盆满钵满的。

不过用鱵鱼做饵料有个更好的用途，这个用途您回去试试倒是不错的，那就是用鱵鱼做饵料钓茴鱼。因为茴鱼一般都会浮出水来，见到鱵鱼后它也有可能会吞食的。很多人认为茴鱼的嘴巴太小，吞食鱵鱼那么大的饵料有点不太可能，但诸多事实足以证明茴鱼确实也吃鱵鱼的。虽然我自己没有用鱵鱼钓过茴鱼，但我对此深信不疑，因为我的一个仆人曾经用鱵鱼钓到过茴鱼，而且用的时间还很短。这个是我亲眼所见，与我道听途说的事情相比，显然是更可信的。而且令人惊奇的是，他所钓到的茴鱼其实也不大，都不到十一英寸长。

我得请求我义父也就是您师父艾萨克·沃尔顿先生的谅解，我并非故意要跟他唱反调，我只是想表明我个人的观点。他说过，钓到很大的鳟鱼很难拉上岸的时候，为了避免弄断鱼竿或者鱼线，可以把鱼竿先扔到水里让鳟鱼拖着走，等鳟鱼累了再把鳟鱼和鱼竿都找回来。他既然这么说过，就说明他也这么做过，不管用什么方法，只要能拿钓到大鱼，倒也是令人高兴的。不过，我觉得这种做法没必要。毫不夸张地说，我一生中钓过成千上万的鳟鱼，不管钓到多么大的鳟鱼，我的鱼竿和鱼线从来都没有断过，最多只是鱼线有时会胡乱地缠在钓竿上而已，鱼竿也从来没有脱手过。而且，只要鱼真正上了钩，不管是大鱼还是小鱼，我从来都没有让哪条鱼抢走过我的鱼钩。我也见到过有些人由于用力过猛，鱼脱钩了，或者鱼线断掉了，甚至钓到大鱼后临时加固鱼线还是会出问题，鱼最终还是跑掉了。但对于脱钩和断线的情况，我真的很难理解，鱼既然上钩了，它怎么可能突然从鱼钩上脱身呢，何况很多鱼钩都是有倒钩的。艾萨克·沃尔顿先生说的方法确实有人在用，我也见过拖着鱼竿、鱼线的鳟鱼三四天后被发现死在某个地方，喉咙里还卡着鱼钩。鳟鱼咬钩吃鱵鱼的时候，只要不像钓狗鱼那样迅速地提钩，鱼钩绝对会卡进鳟鱼的喉咙的。我也遇到过鱼脱钩的情况，还曾经有一两次钓到过同一条鱼，鱼嘴里被撕裂的地方还卡着头一天吃进去的飞蝇。虽然如此，但我还是坚信，

赤鲉
large-scaled scorpion fish

只要鱼钩没有脱钩，哪怕鱼钩只是钩住了鱼嘴而没有钩住它的骨头，任何鳟鱼上钩后都挣扎不了两小时，耐着性子周旋一下是绝对能钓上来的。而且我很清楚，鱼只要上了钩，感觉到痛后它就会立刻逃走，尽快地潜入水底，像赤鲉一样窝在沙砾上，借助沙砾使劲地摩擦鱼钩，要么把鱼钩弄得松脱掉，要么把鱼钩弄断掉，总之，不弄脱鱼线它是不会再浮出水来的。既然鱼不会跑得太远，那何必要把鱼竿扔进水里去呢？这是在水体中部悬钩钓鱼的方法之一，这种方法就先说这么多吧。

第二种在水体中部悬钩钓鱼的方法是用蠕虫、蛆、石蚕或者其他适合沉钩钓法的饵料，同样要用到浮标，要让饵料距离水底大约一英尺的距离。这样的水体位置和水底相比，茴鱼是更容易咬钩的。跟前面说过的一样，这种方法适合在清水河中钓茴鱼，而且渔具要做得比较精致才好。

讲沉钩把竿钓法时我附带讲出了第三种方法，这第三种方法也可以算作是在水体中部悬钩钓鱼的第三种方法，用这种方法钓鳟鱼、钓茴鱼都很适合。我前面跟您说过的，我的实践证明，用蠕虫钓鱼是最佳的选择。

兄弟，对于钓鳟鱼和钓茴鱼，我能想到的我都跟您说完了，这些都是我的个人之见，肯定不能满足您的需求。在您停留寒舍期间，我不再跟您啰唆这方面的事情了，这样您耳根会清净点，希望您能自自在在地多住几天。

过客：今天必须得走了。兄弟，只要我还能活一年半载，五月份我还会来的，不管五月份艾萨克·沃尔顿先生来不来，我是一定要来的！到时我要让他知道您看在他的份上是如何对我不吝赐教的，我希望他因为欣喜于我的长进而对您感激万分！

钓客：兄弟，您能再来那太好不过了！我一定会喜出望外的！天下没有不散的筵席，看来不得不跟您依依惜别了。走的时候我务必要送您一程，我先送您到我故意误导您绕道的地方，然后我们再相互告别。现在，先预祝您一路顺风吧！